L'ALOUETTE DE LA VASE

LA TRILOGIE DU ROYAUME D'ERISHUM - TOME 1

GWEN DEMARCO

CHAPITRE 1

Une silhouette élancée se hâtait le long des rives boueuses de la rivière, guidée par la lueur pâle et humide de l'aube naissante. D'un pas prudent, Nyssa s'aventura sur le lit boueux que la marée descendante avait exposé. « Nyssa ! » résonna une voix dans l'air vif du matin. C'était Tarric, une autre alouette de la vase, un garçon de quelques années son cadet qui arborait toujours un sourire facile. Ses bottes s'enfonçaient dans la boue gluante tandis qu'il s'approchait, affichant ce sourire caractéristique et une trace de boue séchée sur une joue. Bien que Tarric ait plusieurs années de moins qu'elle, Nyssa remarqua que son temps en tant qu'alouette de la vase toucherait bientôt à sa fin.

Une alouette de la vase devait être agile, capable de glisser sur la boue tel un danseur, répartissant son poids pour éviter de s'enfoncer dans la surface instable de la berge découverte. La vase engloutissait les pieds lourds et ralentissait les mouvements d'une personne, rendant la traversée des bords de la rivière lente et difficile. Il fallait être léger et rapide. Parfois, la boue était un farceur espiègle, désireux d'attirer les victimes dans son étreinte vaseuse, mais Nyssa avait depuis longtemps appris à négocier le lit de la rivière avec aisance.

Alors que Tarric s'approchait, Nyssa se redressa après avoir examiné la boue sous ses bottes.

« On partage aujourd'hui, d'accord ? Je prends le centre, près du Pont Central et des quais, et tu peux prendre le secteur sud », suggéra Tarric. « Je sais que tu préfères cet endroit. »

Nyssa hocha la tête, son visage illuminé par l'aube naissante. Elle savait que Tarric préférait l'étendue de boue près du milieu de la rivière, là où elle traversait Erishum, pensant que la proximité du château et de ses riches habitants permettait de trouver des objets perdus de meilleure qualité sur les berges boueuses de l'Assur. Il comptait aussi sur les objets qui se coinçaient autour des fondations des supports en pierre du pont. Tarric était attiré par la grandeur des bâtiments élaborés et étincelants ainsi que par les murmures de richesse et de prestige du centre-ville. Cela l'attirait comme l'appel d'une sirène.

Nyssa préférait la porte sud où l'eau se précipitait, non filtrée, depuis la nature sauvage étendue au-delà des murs protecteurs du royaume. Là, pensait-elle, des objets venus de terres disparues depuis longtemps seraient déposés par les courants de la rivière, attendant qu'elle les découvre.

Il avait fait de l'orage la nuit précédente, alors elle espérait que la tempête de la veille aurait peut-être remonté quelque chose de précieux des profondeurs de la rivière. Ses trouvailles étaient souvent des objets du quotidien, des tessons de poterie, et occasionnellement une pièce si elle avait de la chance. Néanmoins, de temps à autre, la rivière la surprenait, lui murmurant des histoires de contrées que les Sauvages Mourants avaient englouties depuis longtemps.

« Alors, comment ça se passe avec Mara Kayseri ? » demanda Tarric, tirant Nyssa de ses pensées. Il s'appuyait sur un long bâton de bois, son outil de fortune pour creuser dans le lit de la rivière. Tout le monde connaissait l'ambition de Nyssa de faire son apprentissage avec la guilde des boulangers. Son rêve était d'échanger sa vie couverte de boue contre la chance de pétrir la pâte et de respirer la bonne odeur du pain tout juste sorti du four.

« A-t-elle dit quelque chose de plus sur cet apprentissage ? » L'espoir sincère dans sa voix reflétait celui de Nyssa, témoignage des rêves qu'ils chérissaient tous deux sous la crasse et la saleté de leur existence quotidienne.

Nyssa secoua la tête. « Je dois économiser assez de pièces pour payer le droit d'entrée, acheter mon uniforme et une place au dortoir. » Elle rêvait de porter un jour le tablier jaune qui la désignerait comme boulangère.

« Allez, Nyssa », dit Tarric, jetant un coup d'œil vers l'est, où des traînées roses commençaient à teinter le ciel. « Nous devrions tirer parti du temps qui nous reste avant que les plus jeunes se lèvent. Ils sont peut-être plus légers, mais nous avons l'expérience. » Il y avait une lueur déterminée dans ses yeux, un sentiment d'urgence qui reflétait celui de Nyssa.

Nyssa s'étira, essayant de détendre les nœuds dans ses épaules. Elle se sentait comme une vieille femme courbée. Ce travail dans la boue l'avait vieillie avant l'heure, l'innocence de la jeunesse ayant laissé place à la sagesse durement acquise de la survie.

« Et d'ailleurs », ajouta Tarric, arrêtant ses pas alors qu'elle commençait à retourner au travail. Elle lança un regard inquiet au demi-sourire sournois qui jouait sur ses lèvres, « j'ai pensé à m'engager pour devenir un pie-grièche. Ils paient un salaire correct, assez pour m'offrir un jour un petit logement pour moi et Timi. »

Nyssa s'arrêta brusquement, la boue réclamant avidement ses pas vacants. « Tarric », commença-t-elle, son regard dur. « Rejoindre les pies-grièches du roi... ce n'est pas la récompense que tu crois. » Elle se retourna pour lui faire complètement face, voulant qu'il voie à quel point elle était sérieuse. Ses yeux brillaient d'inquiétude et de détermination, interrompant la tranquillité du matin. « Les pies-grièches semblent être la voie vers une vie plus facile, mais c'est une cage dorée. Pense à Vallen. A-t-il l'air heureux, à ton avis ? »

« Il a l'air nourri », rétorqua Tarric avec une colère inhabituelle, faisant se sentir mal Nyssa d'avoir remis en question sa décision.

Sauf que Nyssa se souvenait des rumeurs, des histoires murmurées qui avaient filtré jusqu'à leur niveau, des récits des pies-grièches utilisées pour des tâches peu recommandables, envoyées pour écraser toute rébellion, parfois sur de simples soupçons. Les murmures sombres qui rampaient dans leur ville étaient prononcés à voix basse. Elle voyait souvent Vallen lors de ses patrouilles du royaume – à chaque fois, il paraissait plus dur et presque brisé. Les quelques fois où elle avait essayé de lui parler, de vérifier s'il allait bien, il l'avait chassée. Mais elle voyait sa douleur, son regret et sa détresse dans son regard autrefois vif. « J'ai entendu des choses, Tarric », continua-t-elle, sa voix à peine audible par-dessus le doux clapotis de la rivière contre la rive. « À propos de gens qui disparaissent, d'innocents qui se font purifier par les Enumerii... tout ordonné par le roi et exécuté par les pies-grièches. » Elle le regarda, ses yeux l'implorant de comprendre. Ces paroles étaient dangereuses, mais elle avait besoin que Tarric réalise ce qu'il s'apprêtait à faire avant qu'il ne soit trop tard. « Les pies-grièches du roi ont peut-être le ventre plein et les poches lourdes, mais à quel prix ? » La question resta suspendue entre eux, aussi froide et mordante que la brise matinale.

Tarric grommela et commença à se détourner.

« Tarric, écoute », implora Nyssa, son regard englobant ses vêtements froissés, la boue familière encroûtant l'ourlet de son pantalon usé, l'ambition brûlante dans ses yeux. Elle pouvait facilement lire le risque qu'il était prêt à prendre, son désir désespéré d'une vie différente, plus facile. Elle comprenait. Bien sûr qu'elle comprenait. Personne ne comprenait mieux l'envie d'une vie meilleure qu'un autre rat des égouts. Chaque jour était une corvée désespérée, à se débattre et lutter dans l'espoir de trouver de quoi échapper à la vie dans la rue.

« Tu as peur sans raison, Nyssa », marmonna-t-il, détournant son regard du sien. « Ce ne sont que des histoires, des rumeurs. Je doute qu'elles soient aussi terribles que ce qu'on entend dire. »

« Mais es-tu sûr de vouloir rejoindre les pies-grièches ? Peut-être devrais-tu trouver un moyen de parler d'abord à Vallen. Il te dirait si c'est une mauvaise idée », plaida-t-elle, sa voix se brisant sous la tension qui étranglait sa gorge.

« J'ai passé au peigne fin cette maudite boue toute ma vie, Nyssa. Et qu'est-ce que j'ai à montrer pour cela ? » répondit-il, la frustration montant. Il balaya le paysage du bras, désignant les berges boueuses qu'ils fouillaient chaque jour. Sa voix tomba presque au murmure, chaque mot lui brisant le cœur. « N'importe quoi doit être mieux que ça. »

Nyssa regarda Tarric se retourner pour partir, ses épaules lourdes et sa posture fatiguée. Une boule de regret se logea dans sa gorge, et elle eut du mal à avaler. « Tarric », l'appela-t-elle à nouveau, l'arrêtant net. Il ne se retourna pas pour lui faire face, mais elle savait qu'il écoutait.

« Je suis désolée », admit-elle. « Je ne voulais pas... Je ne veux juste pas que tu sois blessé. Je veux que tu sois en sécurité, Tarric. Mais je te soutiendrai », ajouta Nyssa, son ton inébranlable. « Quoi qu'il arrive. »

Tarric se retourna, regardant par-dessus son épaule. Nyssa fut soulagée de le voir ressembler davantage à lui-même. « Je sais, Nyssa. Maintenant, nous devons nous mettre au travail avant que les autres petites alouettes sortent et prennent toutes les bonnes choses. »

D'un geste de la main plein d'entrain, Tarric s'éloigna rapidement, pataugeant vers les quais.

CHAPITRE 2

Une fois Tarric parti, Nyssa s'avança péniblement vers l'extrémité sud de la rivière. Si elle voulait trouver quelque chose avant le début du Festival de Jerwan, elle devait se concentrer et travailler. Elle remplit sa pochette de cuir de nettoyage avec l'eau glacée de la rivière et attacha le sac à sa ceinture de corde. Frissonnant alors que le froid de l'eau s'infiltrait à travers ses bottes imperméables jusque dans ses orteils, Nyssa trouva un endroit prometteur près de la herse qui empêchait les bêtes vivant dans les Terres Mourantes d'entrer. L'hiver approchant se faisait sentir dans le contact glacial de la rivière. Secouant le froid, elle sortit son filet-tamis d'une boucle à sa ceinture et commença à fouiller méthodiquement le fond de la rivière exposé par la marée basse. Nyssa cherchait des bosses caractéristiques dans la surface habituellement lisse du lit boueux de la rivière.

Elle trouva un endroit probable et utilisa le long manche robuste de son outil pour creuser profondément sous la bosse. Elle tira le filet hors de l'eau, secoua la boue, révélant ce qui avait causé la bosse. Nyssa soupira en réalisant qu'elle n'avait trouvé qu'une pierre lisse, gris colombe. Elle lança un regard désabusé à la pierre qui reposait dans le panier de son filet. Saisissant la pierre, elle la rinça dans son seau de nettoyage. Une fois propre, Nyssa la leva vers la lumière matinale trouble. Quand le soleil la frappait juste comme il faut, elle étincelait joliment, alors elle la laissa tomber dans son sac à trouvailles avec un haussement d'épaules, mi-amusée, mi-dépitée.

Nyssa reconnut la pierre scintillante : c'était le même matériau utilisé pour construire le château du roi il y a des âges. Avoir une maison ou un commerce construit en pierre était un signe de statut à Erishum. Les carrières avaient été perdues il y a longtemps, totalement avalées par les Terres Mourantes.

À mesure que la pierre devenait rare, les artisans s'étaient tournés vers la Rivière Assur, façonnant des briques avec sa boue abondante et utilisant les grands roseaux robustes qui poussaient sur ses rives pour les renforcer. Plus on s'éloignait du château et du cœur du royaume, plus on trouvait de maisons faites en briques de boue cuite.

Pendant que Nyssa travaillait, n'entendant que sa propre respiration et le clapotis léger de la rivière qui se retirait, la ville prenait doucement vie. L'écho des charrettes à bras roulant sur les pavés brisait le silence, se mêlant à la cacophonie grandissante des marchands éloignés préparant leur journée et au carillon lointain des cloches royales annonçant le jour nouveau.

La Rivière Assur serpentait paresseusement le long de la frontière du royaume, ses eaux troubles mélangeant des bruns terreux, des verts d'algues et des gris nuageux. Des dizaines de bateaux parsemaient sa surface, certains munis de cannes à pêche, d'autres de filets. Sur la rive verdoyante, des silhouettes se penchaient, leurs mains habiles ramassant les roseaux robustes, leur labeur solitaire ponctué des grognements et gémissements des ouvriers voisins qui, avec des bras usés et nerveux, soulevaient d'énormes pelletées de boue de la rivière dans des charrettes grinçantes destinées aux fours des maçons.

Alors que le soleil du matin commençait à réchauffer les eaux qui clapotaient autour des chevilles de Nyssa, elle entendait les bavardages et les rires des plus jeunes enfants qui commençaient leur travail le long de l'eau. S'éloignant des jeunes alouettes de vase qui empiétaient sur son territoire, Nyssa se retrouva dans l'ombre projetée par l'épais mur de pierre séparant le royaume d'Erishum des dangers des Terres Mourantes.

La brise matinale agitait ses vêtements usés, la faisant frissonner et apportant avec elle un mélange d'odeurs : la fumée de la guilde des métallurgistes, la richesse terreuse de la boue, le piquant du poisson des quais voisins et le faible parfum du pain qui cuisait au loin.

Apercevant une zone irrégulière dans le sol, Nyssa plongea ses mains dans la vase de la rivière, la boue s'accumulant sous ses ongles tandis qu'elle fouillait, ses sens en alerte, cherchant l'irrégularité qui pourrait être un trésor potentiel.

La lumière vive du matin scintillant à la surface de la rivière, juste à l'extérieur de la herse, attira son attention. Elle jeta un regard inquiet à l'énorme herse qui couvrait l'étendue sombre de la rivière. Tout ce qui empêchait les monstrueux hyva d'entrer dans la ville, c'étaient les murs de pierre massifs et l'épais grillage couvrant la Rivière Assur. Avec appréhension, Nyssa fixa la forêt infranchissable, noire et vert sombre, qui bordait la rivière au-delà de la herse. C'était peut-être son imagination, mais la forêt paraissait menaçante, même depuis la protection des murs de la ville et l'ancienne magie qui tenait les Terres Mourantes en échec. Même pendant les journées les plus chaudes, le brouillard restait accroché au sol de la forêt, rampant et s'accrochant, avalant la lumière. Des créatures invisibles rampaient et glissaient dans la pénombre, leurs petits yeux brillants luisant dans l'obscurité. Les branches tordues des arbres dressaient vers le ciel leurs doigts griffus, des feuilles flétries accrochées aux rameaux.

Bien que les Terres Mourantes paraisse calme et paisible aux yeux de Nyssa, elle savait ce que la forêt recelait.

Scrutant l'épaisse barrière qui divisait la rivière, Nyssa s'interrogea sur les runes anciennes gravées dans le bois et le métal. Elle ne savait pas ce que disaient les symboles, mais savait qu'il s'agissait d'un texte religieux tiré de leur livre saint. Les entailles qui formaient les runes étaient prononcées et remplissaient Nyssa d'un profond désir de comprendre ces mots.

Nyssa jeta un dernier regard à travers la herse vers les terres sauvages brumeuses, imaginant percevoir la lueur d'yeux sauvages scintillant dans le feuillage sombre et épineux.

Lorsque la cloche du milieu de matinée retentit sur le royaume, la marée avait commencé à remonter, et Nyssa avait trouvé une petite collection d'objets qui pourraient lui rapporter quelques pièces. Elle était particulièrement fière de la cuillère et de la pipe à fumer qu'elle avait déterrées. Elle espérait que la Conservatrice Athura veuille ajouter la cuillère à sa collection de curiosités. Elle était en métal véritable, non sculptée dans les épaisses branches de la vigne de quenti. La pipe à fumer était étonnamment intacte, mais le relief sculpté sur la pipe d'argile était abîmé, et Nyssa savait qu'elle ne valait pas grand-chose. Cependant, elle savait que Marun Levant avait cassé sa pipe l'autre jour. Sa boutique prospérait parce qu'il était un marchand habile, mais elle pensait qu'offrir la pipe pourrait amadouer le commerçant. Sachant combien Marun Levant appréciait de fumer ses feuilles au parfum doux, Nyssa pensa qu'elle pourrait peut-être obtenir plus de pièces que d'habitude.

Sortant de l'eau qui montait lentement, Nyssa s'arrêta sur les berges pour cueillir quelques brins de grande herbe et les mettre dans son sac. Puis elle se dirigea vers la file d'attente des bassins de lavage communs. Elle attendit patiemment. Un homme posa un panier rempli de la pêche du matin pour laver la boue et la crasse de ses mains et de ses vêtements. Les corps argentés des anguilles scintillaient en bleu comme des joyaux visqueux dans le grand panier, glissant les uns sur les autres.

Quand ce fut son tour, Nyssa se lava rapidement, impatiente d'aller au musée, puis au marché pour vendre ses biens.

Après s'être lavée, Nyssa s'éloigna en sautillant, laissant de l'eau derrière elle. D'ordinaire, elle aurait pris le temps d'essorer l'excès d'eau de ses vêtements, mais elle était trop pressée pour s'en soucier.

« Nyssa ! Nyssa ! » gazouilla une voix familière et fluette derrière elle. Nyssa se retourna, un grand sourire déjà sur le visage.

« Bonjour, Mitanni ! As-tu eu une matinée fructueuse ? » demanda Nyssa, s'accroupissant pour saluer la petite fille aux cheveux noirs.

Mitanni lança à Nyssa un regard penaud, secouant la tête. « Toutes les bonnes choses avaient déjà été trouvées quand je suis arrivée à la rivière ce matin. J'ai dû d'abord aider Maman avec le bébé, donc j'étais trop en retard. »

« Eh bien, heureusement qu'aujourd'hui c'est le jour du festival ! La famille royale lance toujours les meilleures friandises. Retrouve-moi sur la place. Je te garderai une place devant sur la Route du Roi pour que tu puisses attraper les meilleures sucreries. »

Mitanni adressa à Nyssa un sourire impatient et édenté. « Le jour du festival, c'était le meilleur jour de l'année ! » s'exclama la fillette. Petite, Nyssa avait ressenti la même chose, mais maintenant qu'elle était plus âgée, elle comprenait que ces réjouissances annonçaient aussi un sacrifice à venir, ce qui rendait ses sentiments envers la célébration plus mitigés. Pourtant, malgré son appréhension, Nyssa était aussi impatiente que Mitanni pour les friandises.

Mitanni lui lança un regard timide avant de sortir une fleur rose pâle de derrière son dos. « J'ai cueilli une fleur de nyssantha pour toi. Tu portes son nom, et j'ai pensé que ça te plairait. »

Elle prit délicatement la fleur des mains de Mitanni, prenant soin de ne pas écraser les pétales. « Merci, Mitanni. Je l'adore. Mais cette fleur ne pousse que sur l'eau profonde. Aller si loin dans la rivière est trop dangereux, je ne veux pas que tu recommences. Une fleur ne vaut pas ta vie. Promets-le-moi. »

« Je promets. Je ne suis pas allée dans l'eau profonde. Un des bateaux de pêcheurs a détaché cette fleur de sa tige et elle a flotté jusqu'au rivage. Je ne suis pas allée dans l'eau profonde », expliqua Mitanni.

Rassurée, Nyssa souhaita une bonne journée à Mitanni et rentra chez elle.

Nyssa vivait dans ce qu'on appelait le quartier de l'ombre. C'était le taudis d'Erishum. Les hauts remparts fortifiés protégeant le royaume des Terres Mourantes faisaient que les zones proches du mur restaient dans l'ombre une grande partie de la journée. À Erishum, on disait que tout ce qui est sale finit contre les murs. Plus on était riche, plus on vivait près du centre-ville et loin des murs. Le château du roi se trouvait presque en plein centre de la ville, marquant le statut de la famille royale.

Mais Nyssa n'attachait pas d'importance au fait de vivre dans le quartier de l'ombre – elle était simplement heureuse d'avoir un endroit à elle pour dormir la nuit, sûr et caché. Nyssa trottina lestement sur les pavés. Son cœur se remplit de contentement à l'approche de la structure délabrée qui lui servait de maison. C'avait été autrefois un bâtiment à deux étages, le rez-de-chaussée étant une sorte de boutique et l'étage supérieur un logement. La plupart du rez-de-chaussée s'était effondrée bien avant sa naissance, et le second étage ne valait guère mieux. La proximité de la structure avec les murs fortifiés faisait que personne n'avait envie de reconstruire, même si les matériaux étaient disponibles. Ainsi, l'endroit était resté seul et inoccupé jusqu'à ce que Vallen montre à Nyssa un passage à travers la ruine vers un espace sous un toit partiellement effondré et un seul mur, étonnamment sûr et protégé des intempéries.

La plupart du bâtiment n'était qu'un tas de ruines, des poutres squelettiques et des murs oubliés. Mais pour Nyssa, les vestiges de la structure en décomposition étaient un sanctuaire. Une poche de solitude et de sécurité, soigneusement cachée des regards indiscrets et du danger, qu'elle n'avait à partager avec quiconque.

Elle jeta un coup d'œil autour d'elle pour s'assurer que personne ne la regardait. Elle entra dans le bâtiment une fois certaine d'être seule. Avec l'agilité acquise par des années de pratique, Nyssa rampa à travers le labyrinthe d'espaces tordus et étroits, glissant avec aisance sous une poutre basse et disparaissant dans le ventre de la structure effondrée.

La cavité dans laquelle elle entra était étonnamment sereine, bien qu'encore sombre en raison de l'ombre du rempart. Son moment préféré de la journée était la fin d'après-midi, quand les ombres bougeaient et baignaient sa maison de lumière. Souvent, Nyssa s'allongeait sur sa paillasse et observait les rayons poussiéreux filtrer par quelques trous du toit, baignant l'espace encombré d'une lueur presque éthérée. Retirant ses bottes de travail, elle déposa soigneusement sa pierre scintillante sur une étagère de fortune, un endroit réservé à ses trouvailles les plus précieuses – des objets jolis ou intrigants, mais sans valeur marchande.

Aussitôt, elle retira ses vêtements détrempés, les étendit sur une poutre pour les faire sécher, et enfila sa seule tenue de rechange. La douceur du tissu sec contre sa peau fut un soulagement bienvenu. Elle s'assura de revêtir sa longue cape au cas où le temps fraîchirait. Elle sortit les brins de grande herbe de son sac et les posa à côté de ses vêtements humides pour les faire sécher également.

Après avoir remis ses bottes, Nyssa jeta un dernier regard à sa cachette, le cœur rempli d'une étrange fierté. Cette ruine, ce fragment oublié du monde, était à elle et à elle seule. C'est ici qu'elle se préparait chaque jour à affronter sa condition, qu'elle trouvait du réconfort dans la solitude, et où le germe de l'espoir subsistait, la poussant à rêver d'une vie qui dépasserait les berges boueuses de la Rivière Assur.

CHAPITRE 3

Le soleil avait commencé à réchauffer les pavés sous les pieds de Nyssa tandis qu'elle se frayait un chemin à travers Erishum, une vive impatience dans sa démarche. La brume qui s'élevait de la chaussée rendait l'air épais et lourd, mais elle savait que le soleil la chasserait bien avant le début du festival. Malgré la chaleur croissante de la journée, Nyssa savait que les nuits ne feraient que se refroidir. L'étreinte glaciale de l'hiver s'installait sur Erishum. Une fois que le gel commencerait, le climat deviendrait vite périlleux.

La destination de Nyssa était l'unique musée du royaume, un lieu de reliques et de curiosités, un établissement souvent négligé au milieu de l'éclat et du luxe d'Erishum, mais pas par Nyssa. C'était son lieu préféré de tout le royaume. Le musée était le gardien de trésors perdus, récupérés et exposés avec soin pour que les citoyens du royaume puissent les admirer. C'était aussi un lieu d'instruction et d'apprentissage.

Le chemin de Nyssa la menait à travers le quartier de la lavande. Le quartier fourmillait déjà d'activité, même si tôt dans la journée. Hommes et femmes, avec leurs écharpes de lavande caractéristiques autour du cou, se penchaient aux fenêtres et se tenaient dans l'encadrement des portes ouvertes, appelant les passants, tentant de les inciter à se délester de quelques pièces pour quelques instants de plaisir. Vêtus de tenues aux degrés de pudeur variables, ils riaient, chantaient et hélaient les voyageurs matinaux. Souvent, ils tenaient des fleurs en main, et certains en portaient tressées dans leurs cheveux. L'air était saturé du parfum de lavande. Ce parfum, bien qu'indéniablement doux, recélait une pointe de désespoir.

Nyssa traversa le quartier à pas pressés, la tête baissée, indifférente à ce que vendaient les prostituées et ne voulant pas leur donner de faux espoirs en s'attardant. Une fois sortie du quartier de la lavande, Nyssa ralentit le pas.

La marée était encore assez basse pour que Nyssa puisse traverser la rivière Assur à pied pour atteindre sa destination, mais, ne voulant pas risquer de mouiller ses vêtements, elle rejoignit la foule sur le Pont Sud.

Le pont était bondé, même à cette heure matinale, mais Nyssa se faufila rapidement à travers le chaos. Son chemin vers le musée la menait en bordure du marché. Nyssa ralentit en passant devant un salon de thé. Elle jeta un coup d'œil dans le café où l'on infusait les premiers thés du jour, le mélange aromatique de feuilles herbacées et florales, de sucre et d'épices s'échappant de façon alléchante par les fenêtres ouvertes. Son estomac vide gargouilla. À côté du salon de thé se trouvait la boulangerie préférée de Nyssa.

Regardant la vitrine grande ouverte pour attirer les clients, Nyssa fut attirée par les piles de pâtisseries et de gâteaux brillants, méticuleusement arrangés sur le comptoir. Elle admira la disposition des tartes, leurs croûtes feuilletées remplies de fruits brillants et de crèmes onctueuses. Chaque pain arborait une croûte dorée à la perfection.

Une douceur tangible flottait dans l'air autour d'elle, emplissant ses narines. Le parfum envoûtant du sucre caramélisé et de la vanille lui creusait l'estomac.

En passant devant la boulangerie, un nuage d'arômes enveloppa Nyssa ; chaque odeur distincte était une symphonie exquise racontant des histoires de farine, de sucre et de beurre. Nyssa se promit qu'une fois ses trésors vendus, elle s'offrirait un petit pain sucré en récompense.

Les artistes de rue avaient déjà commencé à divertir les foules de leurs histoires et de leurs tours, leurs costumes flamboyants éclatant de couleurs sur les pavés et les briques noircies de suie. Le festival ne devait pas commencer avant plusieurs heures, mais c'était un jour de fête où les riches dépensaient plus librement que d'habitude, alors artistes et marchands étaient sortis en nombre, prêts à profiter de la générosité des passants.

Nyssa se fraya un chemin à travers les spectacles, les yeux écarquillés devant certains numéros et acrobaties. Cependant, elle n'avait pas le temps de s'attarder. Elle devait se dépêcher si elle voulait vendre ses marchandises et avoir encore le temps de prendre le petit-déjeuner avant que le royaume ne ferme ses portes pour le Festival de Jerwan.

Le cœur de Nyssa battait d'excitation, un sourire lent s'étirant sur son visage tandis qu'elle approchait de la façade majestueuse et vieillie de son musée bien-aimé.

Lorsque Nyssa poussa les lourdes portes en bois du musée, une petite cloche annonça son arrivée. Elle fut aussitôt enveloppée d'un silence austère ; le tumulte de l'extérieur s'évanouit. Le grand hall d'entrée exposait plusieurs objets — le plus imposant étant une armure qui aurait été portée par le grand chevalier Hurrian. Nyssa contourna l'armure et observa les trois galeries qui partaient du hall d'entrée.

Regardant autour d'elle, Nyssa ne vit la conservatrice nulle part en vue. D'habitude, la cloche aurait aussitôt fait apparaître la femme cultivée et énigmatique. Nyssa supposa qu'elle devait encore se trouver dans ses quartiers à l'arrière du bâtiment, se préparant pour les festivités. Bien qu'issue d'une branche cadette de la famille royale, Nyssa supposait qu'elle avait de nombreux devoirs en tant que membre de la famille royale.

Marchant à pas feutrés, Nyssa déambula devant de hautes statues sur leurs piédestaux, des tapisseries colorées suspendues aux poutres racontant la riche histoire d'Erishum, et des vitrines remplies de toutes sortes de curiosités. Des sculptures d'albâtre fixaient l'horizon depuis des recoins isolés tandis que des portraits fanés ornaient les murs blanchis. Nyssa fit un détour par sa section préférée, l'exposition de céramiques. Derrière de rares et coûteuses vitres se trouvaient des collections brillantes de bols de service en porcelaine fine et de vases anciens, façonnés par des mains oubliées de l'histoire. Les céramiques étaient les seuls vestiges laissés par des gens dont les noms étaient depuis longtemps effacés. Pourtant, leurs créations subsistaient encore entre les murs du musée.

Nyssa s'arrêta devant son objet préféré, une tasse à thé parfaite et élégante. Elle était faite de la plus pure porcelaine blanche, peinte de délicates fleurs roses et bleues. C'était la meilleure trouvaille que Nyssa ait jamais retirée de la boue de la rivière Assur. La conservatrice Athura avait dit à Nyssa que la tasse avait plus de cent ans et avait été fabriquée par un potier célèbre de cette époque. Comment la tasse avait survécu dans les profondeurs boueuses du fond de la rivière ne cessait de remplir Nyssa d'émerveillement et de joie. Sans oublier que la conservatrice l'avait généreusement récompensée pour sa découverte.

Nyssa se sentait toujours enchantée par les histoires que racontait chaque objet de ce lieu bondé. Elle plongea la main dans son petit sac et toucha la cuillère qu'elle avait trouvée ce matin-là. Elle était certaine qu'elle n'avait pas sa place dans une vitrine, mais elle ne pouvait s'empêcher de nourrir un mince espoir.

Chassant ses rêveries, Nyssa fit demi-tour et se dirigea rapidement vers la lourde porte séparant le musée des quartiers de la conservatrice. Hésitante, elle leva la main et frappa à la surface, priant pour que la conservatrice ne soit pas déjà partie.

Des pas résonnèrent derrière la porte massive, leur rythme sec s'intensifiant. Nyssa retint son souffle, son cœur calé sur la cadence. Les gonds bien huilés grincèrent doucement quand la porte s'ouvrit vers l'intérieur, révélant le visage familier de la conservatrice Athura.

Les traits de la conservatrice s'adoucirent en un sourire tendre lorsqu'elle aperçut Nyssa. La teinte dorée de sa peau brune rappelait toujours à Nyssa le sirop que les boulangers utilisent pour sucrer le pain spécial du solstice. La conservatrice était vêtue de robes vert royal, la dentelle dorée ornant les manches et l'encolure, signe de son rang. La dentelle scintillait dans la lumière tamisée des lanternes du musée.

« Ah, Nyssa », la salua-t-elle d'une voix à la fois autoritaire et chaleureuse. « Tu as des objets à évaluer ? »

Nyssa sourit timidement, baissant le regard vers le sac tissé dans sa main. « J'espère ne pas vous avoir dérangée, Conservatrice Athura... » commença-t-elle.

« Allons donc, ma chère », balaya la conservatrice d'un geste. « Tes trouvailles du lit de la rivière sont la meilleure façon de commencer la journée. Peu importe l'heure. » Il y avait une lueur affectueuse dans ses yeux, une douceur qui semblait presque déplacée au milieu des antiques du musée.

Un sourire rapide traversa le visage de la conservatrice avant qu'elle n'ouvre grand la porte de ses quartiers, invitant Nyssa à entrer. « Viens, viens. Je n'ai pas beaucoup de temps avant de devoir aller sur la place royale, mais jetons un œil rapide. »

Athura lui fit signe d'entrer d'un geste doux, désignant une table ancienne encombrée de parchemins poussiéreux et de livres ouverts.

Nyssa jeta un regard furtif autour des quartiers de la conservatrice Athura, admirant les meubles beaux et accueillants, les piles désordonnées de livres et le désordre chaleureux. La conservatrice mena Nyssa vers un établi coincé près de sa cuisine. Au milieu du chaos de l'atelier, c'est là que Nyssa fut invitée à révéler sa dernière trouvaille.

Les mains légèrement tremblantes, Nyssa ouvrit son sac sur la table. « J'ai trouvé cette cuillère, Conservatrice Athura. » Nyssa sortit la cuillère et la posa sur le comptoir en bois usé tandis que la conservatrice allumait une lanterne.

Tenant délicatement l'ustensile vieilli dans sa main gauche, la conservatrice Athura alla chercher une loupe à large monture. C'était un trésor en soi, enchâssé dans le laiton et orné de gravures. L'approchant de la cuillère, ses yeux pétillaient de curiosité, miroir de l'excitation de Nyssa. La lumière de la lanterne illumina la cuillère, révélant comment le temps et l'eau de la rivière avaient usé l'artisanat d'origine. Penchée, absorbée dans son examen, Athura suivit la courbure de la cuillère, ses yeux traquant les veines du métal usé à travers la loupe.

Pour Nyssa, la conservatrice Athura était une énigme magique. Chaque jour, elle consacrait son temps à préserver les histoires et l'histoire du passé d'Erishum. Elle portait la flamme et éclairait les contes oubliés de leur grand royaume. La conservatrice, malgré sa lignée royale, était bienveillante et accessible. Elle sentait le parchemin sec et l'encre métallique, une odeur que Nyssa trouvait réconfortante.

Pendant que la conservatrice Athura étudiait la cuillère, Nyssa fixa la main de la conservatrice, dont le majeur était taché d'encre comme à l'accoutumée. Lorsqu'elle ne travaillait pas à la collection d'antiquités du musée, on la trouvait souvent en train de transcrire des livres et des documents. Nyssa détourna vite les yeux, cachant son envie.

« Spécimen curieux, à sa façon », commenta la conservatrice en rendant la cuillère à Nyssa. Sa voix trahissait une pointe de déception, mais un sourire encourageant éclairait son visage. « La triste vérité, ma chère, c'est que ceci n'a aucune valeur historique. Son design n'est ni élaboré, ni représentatif d'une époque notable. »

« Je m'en doutais. » Nyssa soupira, berçant la cuillère dans ses mains, l'air pensif.

Cependant, Athura sembla percevoir sa déception. « Cependant », dit-elle, une lueur rassurante dans le regard, « il y a une petite boutique d'articles ménagers, près du quartier des boulangers, spécialisée dans les objets d'occasion. Mara Nintura, qui la tient, est experte en objets en étain. Elle a un faible pour les jeunes, alors essaie de paraître plus jeune. »

Nyssa rit des taquineries de la conservatrice. « Vous pensez qu'elle l'achètera ? »

« Oh, sans aucun doute », répondit Athura, un ton tranchant dans la voix. « Si elle ne te fait pas une bonne affaire, tu pourrais l'apporter à la guilde des métallurgistes. Ils sont toujours à la recherche de métal récupéré. » Elle lança à Nyssa un regard perçant. « Dans tous les cas, insiste pour pas moins de cinq rewps. »

Nyssa hocha la tête avec empressement, replaçant la cuillère dans son sac. « Merci, Conservatrice Athura ! »

« Maintenant, qu'as-tu d'autre pour moi ? » La cuillère n'avait pas rassasié la curiosité de la conservatrice. L'intérêt de la femme mûre était piqué alors que Nyssa sortait le reste de ses trouvailles.

Sortant la vieille pipe à tabac, Nyssa la posa sur la table entre elles. Bien que la porcelaine était éraflée et la plupart du décor avait disparu, il restait des traces du motif d'origine — une version stylisée du sceau royal du royaume. La forme élancée du hyva se détachait sur le blanc de la porcelaine.

Nyssa n'avait vu un hyva que deux fois dans sa vie, mais ces deux occasions étaient gravées dans sa mémoire. Elle avait gravi les remparts du royaume les deux fois. La première fois, le hyva l'avait terriblement effrayée. Même en sécurité sur le rempart, elle avait compris à quel point le monstre était massif. Il s'était glissé hors du feuillage tordu à la lisière des Terres Mourantes. Son long corps et ses nombreuses pattes rappelaient à Nyssa un mille-pattes couvert d'écailles. Il lui arrivait de trouver de longs insectes à pattes multiples chez elle pendant les douces soirées de printemps. Le hyva avait émergé de l'ombre des Terres Mourantes comme s'il avait été façonné par les ténèbres de la forêt indomptée.

Ses yeux dorés la fixaient sans ciller, comme s'il imaginait son goût. Son corps indigo écailleux était long et souple sur ses multiples pattes épaisses et puissantes, terminées par de méchantes griffes noires. La créature s'était redressée sur sa moitié arrière, s'appuyant sur sa longue queue et ses pattes pour équilibrer son corps sinueux, exposant les écailles plus pâles qui viraient au gris clair le long de son ventre. Sa large tête s'affinait en une mâchoire étroite garnie de crocs acérés comme des rasoirs, et son long crâne reptilien était surmonté d'une frange de cornes, les plus grandes s'incurvant autour de sa tête, pointant vers ses mâchoires.

Les deux fois, c'était en début de soirée, quand le soleil avait perdu de son éclat et que le monde basculait vers le gris. Le soleil déclinant jouait sur la carapace d'écailles d'obsidienne des bêtes. Comme le ciel nocturne constellé, les écailles scintillaient de subtiles nuances d'indigo et de pourpre, projetant de longues ombres tordues qui semblaient danser sous le ciel assombri. Les deux fois que Nyssa avait vu un hyva, elle s'émerveillait de la façon dont cette bête féroce portait la tombée de la nuit comme un manteau. Elle trouvait la créature presque belle et éthérée lorsqu'elle sortait des bois obscurs.

Chaque fois qu'elle avait vu l'une de ces créatures, celle-ci la repérait, cachée en haut du parapet, ses yeux dorés la fixant sans fléchir avant de pousser un avertissement modulé et cliquetant depuis sa poche gulaire. Ce son avait été si menaçant que Nyssa s'était précipitée loin du mur et avait dévalé l'échelle à toute vitesse ; elle n'avait pensé qu'à fuir. La terreur de ce moment était restée avec Nyssa bien après son retour dans la sécurité de son foyer.

Un tiraillement agitait l'esprit de Nyssa tandis qu'elle fixait l'image fanée du hyva ornant la pipe, une lutte constante entre la peur et la gratitude — le monstre de ses pires cauchemars, le hyva, un colosse venu des profondeurs des Terres Mourantes, était le protecteur divin d'Erishum, une réalité que son cœur tremblant avait du mal à concilier.

« Quelle tragédie », dit la conservatrice Athura en claquant la langue face à l'état de la pipe. « Un si bel artisanat, presque entièrement perdu. C'est un hommage au hyva, symbole important de l'histoire et de la prospérité de notre royaume, et pourtant — » Elle fit claquer sa langue, tenant la pipe et l'examinant à la loupe. « Trop abîmée. Je crains qu'elle ne vaille pas grand-chose sur le marché », conclut-elle tristement. « Malgré tout, Nyssa », dit-elle, l'œil pétillant à nouveau, « imagine les histoires que cette pipe pourrait raconter si elle pouvait parler. »

La conservatrice parcourut rapidement le reste des objets de Nyssa, conseillant où les vendre et estimant leur valeur.

Finalement, la conservatrice Athura poussa un soupir triste. « Je dois y aller. Je ne veux pas m'attirer la colère du roi Jorek en arrivant en retard. Viendras-tu au festival ? »

« Bien sûr ! Je ne le manquerais pour rien au monde », répondit Nyssa.

« Eh bien, je te chercherai dans la foule et je te lancerai quelques friandises en plus », promit la conservatrice dans un sourire complice.

CHAPITRE 4

Une atmosphère de fête emplissait l'air tandis que Nyssa descendait la Route du Roi menant à la place devant le palais. Le rire et la musique résonnaient dans le marché vibrant et palpitant, ajoutant une mélodie entraînante à la scène animée. C'était le cœur d'Erishum, où roturiers et nobles se rassemblaient lors des festivals.

Les quatre pièces serrées fermement dans la paume de Nyssa donnaient un ressort à ses pas. L'euphorie d'un commerce réussi avec Marun Levant réchauffait encore son cœur. Avec ses gains, elle se rapprochait de son rêve de devenir apprentie boulangère, mais d'abord, un petit plaisir s'imposait. Elle s'était promis une récompense.

Elle se fraya habilement un chemin à travers la foule joyeuse, sa silhouette élancée fendant sans effort la masse qui grossissait, et arriva à la porte arrière de la boulangerie de Mara Kayseri – la meilleure boulangerie de tout Erishum et le rêve de Nyssa. La moitié supérieure de la porte était ouverte, laissant s'échapper le plus délicieux bouquet de sucre et de levure. Nyssa aperçut Mara Kayseri à un comptoir, surveillant un jeune homme enfoncé jusqu'aux coudes dans la pâte. Nyssa se racla doucement la gorge tout en frappant ses jointures contre le chambranle de la porte. La boulangère plus âgée leva les yeux de sa tâche, le froncement qui marquait ses traits s'effaçant de son visage à la vue de Nyssa.

La femme plus âgée adressa un rapide compliment à l'homme avant de se diriger vers la porte arrière.

« Bonjour, Nyssa. Te rends-tu au festival ? — Oui, madame », répondit Nyssa. « J'espérais que vous pourriez encore avoir quelques-uns des petits pains sucrés d'hier que je pourrais acheter. »

Mara Kayseri lui lança un large sourire. « Il m'en reste encore quelques-uns. Si tu en veux un, cela te coûtera un rewp. »

Nyssa savait que Mara Kayseri était très généreuse envers elle et lui en était reconnaissante. Nyssa prit une pièce dans la petite collection dans sa paume, la tendant. Mara Kayseri envoya un de ses apprentis chercher la friandise de la veille.

Avec précaution, Nyssa tendit à Mara Kayseri un carré de lin dans lequel elle avait rangé près d'une douzaine de jolis boutons, récupérés et polis au cours des derniers mois. Kayseri, surprise, ouvrit le tissu, révélant le trésor qui se cachait à l'intérieur – des boutons en nacre iridescente, des boutons-bascules en bois polis jusqu'à être lisses, et des disques d'os finement sculptés. Tandis que la boulangère admirait l'assortiment, Nyssa murmura : « Je les ai trouvés en pensant à vous. »

Mara Kayseri en choisit un, le tenant à la lumière pour l'admirer. « Ils sont ravissants, Nyssa. Merci. »

Nyssa rassembla son courage pour poser sa question intimidante : « J'espère devenir apprentie boulangère. Que me faudrait-il pour entrer comme apprentie à la guilde des boulangers, Mara Kayseri ? »

Kayseri, les yeux distants et pensifs, examina de nouveau les boutons. Le joyeux vacarme de la boulangerie sembla s'estomper autour d'elles, l'arôme du pain fraîchement cuit emplissant l'air. Elle finit par lever les yeux et croiser le regard plein d'espoir de Nyssa. Elle hocha la tête, son visage ridé ferme et calme : « Je pense que tu ferais une excellente boulangère un jour. Mais pour être apprentie boulangère, tu auras besoin des frais d'entrée pour ton tablier et le gîte et le couvert, ce qui fera vingt-trois crevans. Si tu peux réunir cette somme, je te parrainerai. »

La pensée de réaliser enfin son rêve remplit Nyssa d'une douce chaleur. Les mots de Kayseri voltigeaient dans son cœur comme un oiseau en cage, faisant écho à l'espoir au milieu de l'attente anxieuse de Nyssa pour son avenir.

Une fois que Nyssa eut son petit pain sucré en main, Mara Kayseri lui souhaita une bonne journée et se dépêcha de retourner dans les cuisines vaporeuses pour surveiller ses fours et ses apprentis. Les festivals étaient une journée occupée et profitable pour les boulangeries, alors Nyssa était d'autant plus reconnaissante de la gentillesse de Mara Kayseri d'avoir pris un moment pour parler avec elle.

Le petit pain était encore chaud et fumant, signe qu'on l'avait réchauffé pour elle. Il portait la promesse d'un intérieur tendre et moelleux et la douceur satisfaisante et collante du sirop versé sur le dessus. Son estomac gargouilla de plaisir tandis que le pain chaud et le sucre caramélisé flottaient dans l'air, se mêlant à la myriade d'autres arômes du festival.

Émergeant de derrière la boulangerie, Nyssa trouva un endroit relativement tranquille à l'écart de la foule qui se bousculait. Tenant délicatement le petit pain sucré entre ses doigts, elle prit une bouchée délicate. Elle ferma les yeux tandis que les saveurs sucrées dansaient sur sa langue, ses papilles s'en réjouirent.

Nyssa savoura chaque bouchée, son esprit vagabondant déjà vers ses rêves de boulangerie. Si c'était elle qui avait créé ce petit pain, elle essaierait d'y mettre une garniture de crème pâtissière ou peut-être de confiture, voire quelque chose d'acidulé pour couper la douceur. Le tintement de ses pièces dans sa poche, le goût du sucre, l'esprit du festival... ce genre de journée était trop rare pour Nyssa.

Un long et fort carillon de la cloche du château annonça le début des activités du festival, alors Nyssa fourra la dernière bouchée du petit pain dans sa bouche et pressa le pas. Tandis qu'elle naviguait dans les rues animées d'Erishum, elle garda une main protectrice sur sa bourse, une défense nécessaire contre les doigts agiles des pickpockets.

Nyssa réussit à se faufiler à travers la foule et trouva une bonne place le long de la route principale en face de l'endroit où la famille royale avait installé une plateforme surélevée pour la célébration. Entre Nyssa et la scène, la route était remplie d'artistes qui défilaient le long de la Route du Roi. Quand elle aperçut la silhouette diminutive de Mitanni se faufilant à travers la foule, elle l'appela pour qu'elle vienne la rejoindre. Nyssa fit de la place dans le groupe, donnant à Mitanni une place de choix au premier rang de la route.

La musique du festival était un mélange enivrant d'une myriade d'instruments ; des instruments à cordes pinçaient des notes divines sous les mains de musiciens virtuoses, tandis que des flûtes de roseau faites des plantes qui poussaient le long des berges de la rivière tissaient des mélodies qui rappelaient à Nyssa le chant des oiseaux qu'elle pouvait parfois entendre émaner des fermes de baies. Les tambours ponctuaient la symphonie d'un rythme profond et régulier qui correspondait aux battements de son cœur.

Rires et acclamations accompagnaient les mélodies tandis qu'un défilé éblouissant de danseurs et d'acrobates défilait, se pliant et se tordant artistiquement au rythme de la musique. Nyssa haleta de plaisir et de choc quand plusieurs artistes firent des saltos, défiant les lois de la gravité avec leurs cascades étonnantes. La foule fit écho à son émerveillement avec des halètements et des acclamations.

À peine le dernier acrobate avait-il fait son saut que silence respectueux s'abattit sur la foule. Elle pouvait entendre le martèlement rythmé de dizaines de pieds frappant les pavés en synchronisation. Ce n'était que son imagination, mais elle aurait juré que la terre sous ses pieds commençait à vibrer sous les pas synchronisés. Émergeant du coin de rue arrivèrent les Pies-grièches du roi, leurs silhouettes imposantes semblant absorber l'air même autour d'elles.

Leurs longues capes d'un noir profond étaient jetées par-dessus une épaule. Comme toujours, elles portaient une lance dans une main et avaient une épée redoutable attachée à leur taille. Chacune portait une tunique rouge sang épaisse, dont Nyssa savait qu'elle avait une cotte de mailles tissée dedans. Sur la poitrine de chaque pie-grièche se trouvait un emblème noir d'un oiseau stylisé, la pie-grièche qui leur donnait leur nom. Au printemps, Nyssa se faufilait parfois dans les champs de baies tard dans la nuit une fois que les fermiers étaient blottis dans leurs lits pour remplir son ventre vide sans se faire prendre. Dans la lumière déclinante, elle regardait souvent les pies-grièches, qu'on appelait aussi 'oiseaux bouchers', attraper de petits rongeurs et lézards, qu'elles empalaient sur les épines acérées des buissons de baies avant de dépouiller leur proie de sa chair. Nyssa contemplait souvent les petits oiseaux bruns voltigeant autour du verger, leurs chants doux et innocents, une dichotomie étrange mais fascinante avec la férocité de ces minuscules créatures lors de la chasse.

Jetant un coup d'œil aux Pies-grièches du roi, Nyssa fut frappée par la férocité de leurs visages, un rappel vivant que leur nom leur allait si bien, aussi prédatrices et intrépides que l'oiseau qui les inspirait.

Nyssa attrapa Mitanni par l'épaule juste avant qu'elle n'essaie de se précipiter dans les rangs en marche des soldats. « Vallen ! » cria la fillette, sa voix perçante facilement entendue par-dessus la foule silencieuse. Pourtant Vallen, marchant avec la précision d'une machine, conserva un calme glacial, ses yeux sévères fixés rigidement devant lui, ignorant l'enfant qui l'appelait.

La déception assombrit le visage rayonnant de Mitanni, une

moue se formant sur ses lèvres tandis qu'elle baissait sa main qui saluait. Elle se rétracta, son excitation joyeuse s'estompant.

Voyant le malheur de son amie, Nyssa s'accroupit à côté d'elle, l'entourant de ses bras. « Souviens-toi, Vallen a un rôle très sérieux, Mitanni. Il ne peut pas rompre la formation, même pas pour dire bonjour à ses amis », murmura-t-elle doucement. Elle fit un geste vers le dos de Vallen tandis qu'il s'éloignait au milieu des rangs de compagnons guerriers. « Il est chargé de protéger le roi et la famille royale ; ce n'est pas un exploit ordinaire. Son dévouement est... nécessaire. »

Mitanni hocha la tête, jetant un regard pensif sur la marche qui continuait. Nyssa était fière de la douceur et de la résilience de la petite fille. Un jour, Mitanni comprendrait mieux le devoir et le désir de laisser le passé derrière soi, même si cela signifiait aussi laisser derrière elle les personnes de son passé.

Puis, la foule ayant à peine eu le temps de reprendre son souffle, un défilé de marionnettes géantes représentant des hyva apparut. Nyssa haleta et recula devant les expressions redoutables sur les visages réalistes des marionnettes. Les bouches des monstres béaient, bordées de rangées de crocs d'un réalisme intimidant. Chacune représentait le redoutable hyva, mais au lieu d'être décorée dans les couleurs noires authentiques, ces créations énormes dansaient dans un arc-en-ciel de couleurs. Les violets se fondaient dans les bleus et les verts qui cédaient la place aux jaunes et aux rouges. Les couturières du royaume saisissaient l'opportunité que le festival offrait pour démontrer leur savoir-faire à l'aiguille.

Les marionnettistes, cachés sous des pans de tissus colorés, manipulaient les silhouettes colossales avec une fierté évidente, leurs mouvements donnaient l'illusion de la vie. Voir ces monstres resplendissants et impressionnants gambader autour de la place, bondir sur les spectateurs et les faire crier de plaisir, remplit Nyssa d'un mélange égal de plaisir et de malaise. Les marionnettes dominaient la foule, créant un spectacle fascinant.

L'hyva, protecteur impitoyable du royaume, était maintenant des étincelles vibrantes de joie sous le soleil de fête du festival, apportant non pas la peur mais le plaisir à ceux qui les regardaient danser.

Une fois que la dernière marionnette eut dansé devant la foule sous les acclamations et les sifflements, un silence d'anticipation s'abattit sur la foule.

Le Roi Jorek émergea sur l'estrade, sa cape émeraude décorée de broderies dorées complexes qui captaient le soleil. Sa tenue royale était parsemée de fils dorés tissés en motifs riches et fluides, créant un contraste saisissant contre le tissu vert profond et sombre destiné à simuler les riches teintes des forêts du royaume. La couleur était aussi un clin d'œil aux yeux verts sombres inhabituels qui distinguaient la plupart des membres de la famille royale. Autour de son cou, il portait une chaîne dorée avec une amulette de pierre rose.

Bien qu'elle n'en ait jamais été témoin de première main, les récits de la sorcellerie et du pouvoir divin du Roi Jorek étaient tissés dans le tissu même de la vie d'Erishum. C'était majestueux et terrifiant, semblable aux forces primordiales qui façonnaient le monde. Les habitants de la ville chuchotaient des sagas sur la capacité du roi à faire naître la vie de la terre stérile, à invoquer des tempêtes de ciels clairs, et même à recevoir des visions envoyées directement d'Enum.

À côté du Roi Jorek, resplendissante dans sa robe, se trouvait sa femme, la Reine Sasana. Son ensemble élégant était de la même teinte verdoyante que celle du roi, avec de riches vignes dorées ornant le tissu de soie délicat, s'enroulant autour de sa silhouette comme un jardin en cascade. Les enfants adolescents du couple royal firent de même, leurs tenues reprenant en version adoucie celles de leurs parents, maintenant un air de jeunesse tout en reflétant la grandeur frappante de leur lignée. La princesse portait une robe verte délicate qui tourbillonnait autour de ses chevilles, ornée de boutons de rose dorés à l'ourlet.

Le prince, et héritier du trône, était vêtu d'émeraudes et d'ors brillants qui reflétaient la tenue royale de son père, mais dans une coupe moderne qui apportait une note de modernité.

Tandis qu'ils avançaient sur la scène, la foule retint son souffle, captivée par le spectacle de leur famille royale vêtue des couleurs héraldiques du royaume, le vert et l'or. Leur tenue royale annonçait l'unité, la santé et la prospérité inattaquables de la famille et du royaume, l'incarnation d'Erishum.

Après que la famille royale immédiate eut pris sa place au centre de la scène, les membres de la famille royale élargie commencèrent à arriver des côtés de la scène. D'abord vinrent les deux frères et sœurs du roi, chacun une figure d'autorité convaincante. Leurs vêtements et bijoux portaient aussi les verts et ors riches du royaume, mais les accents d'or étaient plus clairsemés, soulignant des motifs simples mais dignes. Ensuite vinrent les cousins ; leurs vêtements marquaient une réduction supplémentaire de l'or. Quelques lignes élaborées de vignes dorées couraient le long de leurs tuniques, simplement un contour mince contre le fond vert, un peu comme de longues vignes s'étirant vers l'étreinte chaleureuse du soleil. Dans ce groupe final se trouvait la Conservatrice Athura, qui lui adressa un petit signe quand elle l'aperçut.

Une fois que la famille eut pris ses places sur scène, créant un dégradé de décoration dorée contre le vert monotone, la cloche du château sonna de nouveau, marquant la partie suivante du festival.

De la grande entrée voûtée de pierre du Sanctum, qui siégeait en place de proéminence sur les terrains du château, la procession des Enumerii prit ses pas réguliers vers la scène.

Le Grand Enumerox Berossus s'avança à la tête du cortège, ressemblant presque à un spectre flottant sur l'estrade à cause de la peinture blanche couvrant chaque centimètre de sa peau. Son torse nu, d'une pâleur surnaturelle, reflétait la lumière, le faisant presque luire sous les rayons. C'était un homme mince et élancé.

Sa chair était blanchie pour représenter la pureté de sa foi en Enum.

L'entièreté de sa peau exposée et blanchie était couverte de cicatrices rouge sang. Son corps était une toile dédiée à la foi. Les scarifications profondément gravées le marquaient méticuleusement ; chaque coupure rouge profond était une ode à sa fidélité, les mots du livre saint couvrant son torse. On disait que la baie de murto que l'ordre utilisait, qui donnait aux cicatrices leur couleur vive, était incroyablement douloureuse quand elle était introduite dans les blessures. En acceptant la douleur brûlante et cuisante des cicatrices infusées de murto, les corps des prêtres devenaient purifiés dans le sang de leur dieu. Le grand nombre de cicatrices de Berossus rendait hommage à sa sainteté et au sang qu'il avait volontairement versé au service du divin.

Les marques n'étaient pas simplement des ornements, mais constituaient une carte écrite dans la langue la plus ancienne que les Enumerii possédaient. Les points sombres de rouge étaient les fruits terribles de rituels, symboles douloureux de foi et de sacrifice gravés sur son corps.

Prêtant encore plus de dureté à son apparence, la tête de Berossus était rasée proprement, apparaissant presque comme un œuf d'ivoire lisse sous le soleil implacable, comme si son crâne était sculpté dans l'albâtre le plus pur. La plus grande des cicatrices était un crâne d'hyva d'une précision saisissante représenté à l'arrière de la tête de Berossus. Il brillait comme un phare contre sa peau blanche, interrompant la douceur de sa tête chauve. Les cornes du crâne d'hyva se courbaient par-dessus les oreilles de Berossus, se terminant en pointes d'aspect menaçant sur ses joues.

Le bas du corps du prêtre était enveloppé d'une longue robe noire plissée, ceinte à la taille. Le vêtement balayait le sol tandis qu'il marchait, ses pieds cachés par le tissu épais. Le seul ornement que le prêtre portait était une amulette faite de la même pierre rose que le roi. Les talismans ne pouvaient être portés que par des hommes choisis par leur dieu Enum pour leur pureté d'esprit et leur dévotion. Enum, par le conduit de leur roi, déterminerait qui était digne de manier la magie qu'il insufflait dans les pierres et les hommes saints d'Erishum.

Berossus était rarement vu en dehors du Sanctum et des terrains du château. C'était une énigme, une incarnation de sévérité monastique qui transcendait les pièges humains ordinaires. L'aspect saisissant de son apparence le distinguait du reste des citoyens du royaume. La peinture blanche qui tachait sa peau faisait que Berossus et tous les prêtres se démarquaient de la population d'Erishum, qui avait typiquement la peau richement bronzée et les cheveux sombres. Au milieu des réjouissances colorées du festival, Berossus se tenait seul – une facette sombre mais convaincante d'Erishum et du dieu Enum, un symbole du pouvoir, de la dévotion et du sacrifice volontaire des Enumerii.

Le reste des prêtres de l'ordre suivit le Grand Enumerox sur l'estrade, les hommes de la secte en deux rangées ordonnées.

Leurs simples robes noires ne portaient aucune trace des couleurs héraldiques du royaume, le vert et l'or, pourtant leur simplicité avait une dignité austère. Chaque moine se déplaçait avec un rythme métronome chorégraphié. Dans chacune de leurs mains se trouvait une copie du livre saint à hauteur de poitrine. Derrière eux, leurs apprentis suivaient avec révérence, leur peau blanchie immaculée de toute cicatrice.

Tandis que Berossus traversait la scène, la foule tomba dans un silence encore plus profond, la silhouette mystérieuse et quelque peu troublante du grand prêtre commandant un respect qui lui était propre. Son regard balaya l'assemblée, ne s'arrêtant pour se poser sur aucune personne en particulier. Quand ses yeux effleurèrent les siens, Nyssa frissonna involontairement comme si une vague de froid l'avait parcourue.

Berossus s'arrêta devant le roi, s'inclinant dans une révérence basse et respectueuse, une aura de révérence profonde entremêlée d'un sous-ton de pouvoir indéniable dans chacun de ses mouvements. Les réjouissances bruyantes du festival s'étaient complètement tues tandis que tout le monde regardait. Le grand prêtre se tenait distinct de ses frères, attirant l'attention non pas à cause de couleurs vibrantes ou de broderies ornées mais de la pure intensité de sa présence. Dans une main, il tenait un bâton ancien de l'ordre, le sommet orné d'une autre pierre rose. Nyssa aurait juré que la pierre pulsait doucement d'une lumière intérieure. Chaque prêtre, y compris le Grand Enumerox, portait un pendentif fait du même matériau pour le festival.

Avec un sens de solennité, le Roi Jorek tendit une main. Une main ornée de multiples bagues dorées, chacune incrustée de pierres précieuses dans un arc-en-ciel de couleurs vives. Ses doigts rencontrèrent le sommet de la tête de Berossus, l'oignant et lui accordant la bénédiction d'Enum. Le contact envoya un murmure à travers les spectateurs, un écho de respect, de révérence et d'une certaine crainte. Jorek retira sa main presque aussitôt qu'elle avait pris contact, libérant Berossus de la posture servile.

« Bénédiction d'Enum sur toi, Grand Enumerox Berossus », commença le Roi Jorek. Sa voix était robuste et autoritaire, portant facilement par-dessus la foule silencieuse. Avec un bref hochement de tête, Berossus recula et laissa le roi prendre le centre de la scène. Le Roi Jorek s'avança vers le bord de l'estrade, ses yeux verts sombres balayant l'audience d'un regard bienveillant. « Comme vous le savez tous, notre Royaume d'Erishum a fait face à un péril grave il y a longtemps. Nos terres étaient assiégées par de méchants adversaires de tous côtés qui ne cherchaient rien de moins que notre destruction. C'était une époque sombre et traître pour nos ancêtres. »

S'arrêtant, il se tourna vers Berossus, l'or de ses robes brillant au soleil. Nyssa retint son souffle, aimant toujours la narration de la préservation du royaume.

« Mon ancêtre le Roi Jerwan, dont ce festival même porte le nom, était un homme de grand courage et de prévoyance et de grande conviction », continua le Roi Jorek, son ton portant une note de révérence. « Dans notre heure la plus désespérée, il chercha le conseil du divin, notre dieu Enum. Notre dieu donna au Roi Jerwan une vision, lui ordonnant de construire les murs protecteurs autour de notre grand royaume. » L'audience s'accrochait à chaque mot, absorbée par la gravité de son récit. Même les plus jeunes parmi eux connaissaient le coût de la légende.

« Avec les conseils et la bénédiction d'Enum, le Roi Jerwan créa ce que nous connaissons maintenant comme les Terres Mourantes – non pas comme un lieu de mort, mais une barrière, une ligne dans le sable tracée contre nos ennemis. Et Enum fit naître l'hyva, nos gardiens, directement du sol des Terres Mourantes. Les créatures jaillirent de l'essence même du pouvoir divin d'Enum. Enum effaça les empires hérétiques maléfiques entourant notre royaume béni, retirant les terres profanes de la terre et les remplaçant par les Terres Mourantes. »

La voix du Roi Jorek devint solennelle, ses yeux prenant un aspect presque pieux tandis qu'ils balayaient la foule. « Cependant, Enum exigea un prix, un gage de notre gratitude et de notre foi, un geste qui lierait notre royaume à Sa providence divine. Les cinq Tributs d'Enum. Cinq hommes et femmes choisis pour être sacrifiés chaque solstice d'automne et de printemps aux Terres Mourantes, un témoignage requis de notre dévotion et de notre foi et de notre lien avec notre dieu. »

Le Roi Jorek reporta son regard vers la masse silencieuse. Sa voix résonna dans l'espace ouvert, la foule retenant son souffle à chaque mot. « Mon peuple », commença-t-il, le poids de sa voix portant un fardeau invisible. Il y eut un moment où les murmures latents de la foule cessèrent complètement, tous les yeux et toutes les oreilles dirigés uniquement sur lui. « Enum, notre dieu, guidera mes mains pour choisir des gens qui ont tourné le dos à Son amour et à Sa providence. Cependant, nous ne devons pas les dénoncer. Les Tributs d'Enum seront amenés dans sept jours pour que nous puissions les remercier de leur sacrifice, bien qu'involontaire. Cette nuit-là, ils seront menés à la ziggourat sacrificielle pour être donnés à l'hyva en tribut. Leur sacrifice continuera à nourrir le pouvoir qu'Enum a placé dans les Terres Mourantes pour garder notre peuple en sécurité. »

Il y eut un murmure inquiet qui se répandit doucement à travers la foule rassemblée. Le roi leva la main pour demander le silence. Son visage bienveillant était rempli de tristesse mais aussi de résolution. « Ces cinq ne sont pas choisis au hasard. Non, ils ont tourné le dos à ce royaume sacré. Ce sont les criminels et les hérétiques qui défient si effrontément les limites fixées par Enum et l'harmonie d'Erishum. »

La voix du Roi Jorek s'adoucit en un murmure fragile que seule son autorité pouvait porter au-dessus de la foule, ses mains maintenant serrées fermement devant sa poitrine, reflétant sa supplication. « Et pourtant, mon peuple, nous leur devons nos remerciements. Ils porteront nos péchés, paieront nos dettes à Enum et à ses gardiens, l'hyva, et s'assureront que notre royaume reste baigné dans la faveur du divin. »

Il leva les yeux vers le ciel, et déclara avec une autorité indiscutable : « Nous rendons grâce car ils nous aideront à maintenir notre alliance avec Enum, notre protecteur divin. Dans leur chute, nous nous élevons. Dans leur exil, nous trouvons la consolation. Dans leur sacrifice, nous survivons. Toute louange, Enum. »

Le décret du Roi Jorek resta suspendu lourdement dans l'air pendant un bref moment avant que la foule n'éclate en acclamations. Ses mots déclenchèrent un mélange de peur et de révérence dans la poitrine de Nyssa. Elle se sentait coupable de ne pas pouvoir pleinement embrasser la gratitude envers les tributs comme elle le devrait. Elle comprenait que c'était une nécessité qui gardait l'ensemble du royaume et tout son peuple à l'abri de la destruction dévastatrice au-delà de leurs murs de la ville. Pourtant, elle se sentait coupable que quiconque doive mourir pour qu'elle puisse survivre, même si c'était la volonté d'Enum.

Nyssa détourna le regard du roi et vers Berossus, qui se tenait enraciné, son regard apparemment verrouillé sur le Roi Jorek. Son visage ne trahissait rien, mais ses yeux brûlaient d'une lueur fanatique.

Un sacrifice pour garder leur protection divine. Tout le monde comprenait cela, mais c'était un prix qui n'émoussait jamais son tranchant aigu de perte. Pour les gens d'Erishum, c'était un rappel du coût élevé de la paix et des sacrifices faits en son nom.

Juste au moment où le Roi Jorek prononçait ses mots de clôture, un rugissement joyeux s'éleva de la foule. Des serviteurs du château s'avancèrent, leurs bras ployant sous le poids de plusieurs énormes paniers tressés. La lumière du soleil scintillait sur les friandises enveloppées dans du papier brillant, certaines même nouées avec des rubans colorés. Nyssa savait qu'elle verrait très bientôt ces rubans orner les cheveux des gens. Les paniers furent levés bien haut pour susciter l'enthousiasme de la foule.

Dans un chœur de rires et d'acclamations, la famille royale s'avança et lança des poignées de délices dans la foule. La place s'anima d'un tourbillon d'activité tandis que les gens bondissaient et sautaient, leurs yeux brillants de plaisir et leurs mains tendues pour attraper les friandises colorées enveloppées de papier qui volaient. Nyssa avait entendu des rumeurs que les cuisines royales avaient passé des semaines avant le festival à travailler fébrilement pour faire des friandises pour tous ceux qui assistaient.

Des nuées de pâtisseries saupoudrées de sucre pleuvaient comme une tempête sucrée. Bonbons, morceaux de fruits secs sucrés, chunks moelleux de miel durci, et plus encore remplissaient l'air tandis que les gens se bousculaient pour attraper une friandise lancée par la famille royale.

Nyssa regarda avec plaisir Mitanni se faufiler avec agilité parmi la foule, ses bras minces se tendant bien haut pour saisir les friandises en plein vol. Elle était comme un petit pinson, dansant et tourbillonnant sans effort, sa tunique se transformant rapidement en sac de fortune. Une fois que la tunique de Mitanni fut remplie de friandises, Nyssa regarda avec tendresse la petite fille déballer un des bonbons, prenant de minuscules grignotages lents pour savourer et faire durer le plaisir.

Cependant, la joie de Nyssa fut tempérée par le grondement profond des voix d'hommes derrière elle. Elle jeta un coup d'œil par-dessus son épaule, reconnaissant immédiatement un des hommes. Les beaux vêtements de l'homme, dans des tons riches et terreux, se démarquaient parmi les vêtements sales et usés du reste de la foule. C'était Egmond – un visiteur fréquent du musée et un ami proche de la Conservatrice Athura. Sa présence au musée était presque aussi omniprésente que celle d'Athura elle-même, et ses grognements constants résonnaient dans les chambres creuses, une critique constante contre la gouvernance du Roi Jorek. Ses traits habituellement animés affichaient une morosité inhabituelle aujourd'hui, comme un ciel ravagé par la tempête pleurant sa sérénité perdue.

Le visage d'Egmond, sillonné par d'innombrables hivers, se pencha et marmonna à son compagnon ; le ton de sa voix attira l'attention de Nyssa.

« Remarques-tu, Garron ? » demanda-t-il, ses yeux ne quittant jamais le spectacle. « Le Roi Jorek nous couvre de ces sucreries pour détourner l'attention de son peuple. Il nous distrait avec des rires et des réjouissances pour masquer une vérité dérangeante. »

Son compagnon, Garron, lui jeta un regard de côté, ses sourcils se fronçant de confusion. « Quelle vérité serait-ce, Egmond ? »

« La vérité que nos greniers sont pratiquement vides », répondit Egmond, son regard glissant en direction des champs lointains. « La récolte de cette année était maigre... trop maigre. Beaucoup de ventres resteront vides cet hiver, et beaucoup ne verront pas le printemps prochain. »

Garron commença à répondre, mais le rugissement de la foule noya leurs voix. Nyssa tendit l'oreille pour en entendre plus. Cependant, leur dispute fut perdue dans la célébration. Elle resserra sa cape usée autour d'elle, le cœur serré par l'angoisse. Tandis que le royaume se gorgeait des sucreries du roi, elle se demandait si leurs mots n'étaient que ceux d'hommes amers ou s'il y avait de la vérité dans leurs plaintes.

Une fois que la famille royale partit, retournant au château, une troupe d'acteurs prit la scène pour recréer comment le Roi Jerwan sauva Erishum. Tandis que les acteurs filaient leur récit, Nyssa grignotait les sucreries qu'elle avait attrapées. Les acteurs étaient talentueux, et bientôt, elle se trouva captivée et perdue dans l'histoire. L'actrice qui jouait la Reine Erriba d'il y a longtemps avait une belle voix, et quand elle chanta la chanson de remerciement de la reine à Enum, des larmes coulèrent sur les joues de Nyssa.

La femme frappa la note finale de la chanson et la laissa s'attarder, puissante et révérente par-dessus la foule pendant un long moment stupéfait mais l'atténua en une lamentation douce et déchirante. Dès que la chanson atteignit sa note finale, des applaudissements et des acclamations éclatèrent sauvagement de la foule.

Maintenant que la plupart des festivités touchaient à leur fin, Nyssa se fraya un chemin à travers la foule qui s'amincissait, laissant derrière elle des rires et des bavardages joyeux. Ses poches gonflaient des friandises du roi, mais son cœur était bien plus lourd. Les mots des deux vieux hommes avaient assombri la fête.

Essayant d'éviter la foule tandis que la plupart des gens d'Erishum rentraient chez eux – bien qu'elle imaginât que beaucoup se dirigeaient vers les pubs pour continuer la célébration – Nyssa décida de prendre un itinéraire indirect à travers le quartier des tailleurs. Le soleil couchant rendait les rues pavées du quartier vide presque fantomatiques et mystérieuses. Nyssa accéléra le pas, en veillant à ne pas faire de bruit, pour ne pas attirer l'attention de personnes dangereuses sur sa solitude.

Les sons de voix d'hommes ralentirent ses pieds, et elle se glissa rapidement entre la toile d'une tente flottant doucement et un chariot d'exposition vide. Tandis qu'elle retenait son souffle, elle se baissa et regarda de sous le chariot vers la route. Lorsque les hommes passèrent devant elle, Nyssa reconnut immédiatement les bottes raides et brillantes des Pies-grièches du roi.

Une fois que les hommes eurent marché au-delà, Nyssa jeta un œil autour du chariot pour regarder les Pies-grièches tandis qu'elles patrouillaient. Un des hommes se tenait à l'écart des autres, plus grand que le reste, son dos droit comme un piquet, son uniforme impeccablement entretenu. Nyssa le reconnut instantanément ; elle reconnaîtrait Vallen n'importe où.

Se glissant silencieusement de derrière le chariot, Nyssa les suivit, ne voulant pas perdre de vue son ancien ami et protecteur. Elle lui manquait désespérément et voulait juste le voir encore une minute. Vivre aux franges de la ville avait fait d'elle une experte pour passer inaperçue, alors elle n'était pas inquiète qu'ils la repèrent. Elle les regarda depuis le coin d'un bâtiment. Elle resta inaperçue tandis que les autres Pies-grièches conversaient, leurs voix résonnant dans les rues désertes.

« Eh, est-ce le caniveau d'où tu as rampé, Vallen ? » ricana un, son ton sarcastique doux mais écœurant, pointant vers un bâtiment délabré et qui s'effritait.

Des rires moqueurs suivirent la question méprisante. Vallen garda le menton levé et les yeux devant, ne répondant pas à la cruauté dirigée vers lui. Ne pas réagir à leurs railleries n'était pas une preuve d'acceptation silencieuse ; Nyssa pouvait le dire par la raideur de ses épaules tandis qu'il ignorait ses bourreaux. Elle comprenait Vallen et savait qu'il aimerait beaucoup les remettre à leur place. Probablement avec ses poings, comme il le faisait quand ce n'était que tous les deux contre le monde. Mais Nyssa reconnut ce que les autres gardes faisaient – ils voulaient le provoquer. S'ils pouvaient amener Vallen à attaquer, ils pourraient lui attirer des ennuis. Elle avait vu des manigances comme ça plein de fois, et Vallen aussi, alors il garda intelligemment sa langue.

« Quoi ? Tu n'as rien à dire, La Pie-grièche des Caniveaux ? » railla un autre des gardes.

Tournant sur ses talons, Nyssa s'éloigna à grands pas, décidant de prendre une autre route pour rentrer chez elle. Il n'y avait rien qu'elle puisse faire pour aider son ami. Toute interférence de sa part, un autre rat des égouts, entraverait les progrès de Vallen vers sa nouvelle vie. Il avait échappé au quartier des ombres comme tant en rêvaient. Elle ne pourrait jamais risquer son avenir à cause de sa colère en son nom. Mais elle en avait assez entendu et ne pouvait plus écouter. Comme une lâche, elle s'éloigna, rentrant chez elle, le cœur lourd.

CHAPITRE 5

Aussi loin qu'elle s'en souvienne, le coucher du soleil marquait la fin de la journée de Nyssa en tant que L'Alouette de la Vase. Ses journées commençaient avant le lever du soleil, et elle avait besoin de suffisamment de sommeil pour garder ses sens aiguisés en fouillant la vase. Alors que le soleil se couchait, mettant fin au premier jour du Festival de Jerwan, l'obscurité descendit rapidement sur Erishum, laissant Nyssa presque seule dans les rues pavées. Tout le monde semblait se dépêcher de rentrer pour retrouver la chaleur de leur foyer. La température chutait rapidement, et Nyssa pouvait voir sa respiration former de la buée dans l'air nocturne.

Son chemin vers la maison passait devant un charmant pub à la structure voûtée en bois, connu des habitants sous le nom du Cygne à l'Hydromel. La lumière dorée et chaude de ses fenêtres rondes semblait accueillante, comme un phare dans la pénombre. Elle semblait l'inviter à se mettre à l'abri des vents glacés. Ce n'est pas pour autant que Nyssa ait jamais mis les pieds à l'intérieur de ses murs épais : pas d'argent, pas d'entrée. Le pub bourdonnait toujours de conversations et du tintement des chopes, où résonnaient habituellement des rires, des histoires grivoises et de la musique.

Alors qu'elle flânait devant sa porte usée mais solide ce soir-là, il était clair que tout Erishum n'était pas allé se coucher. Certains continuaient encore à fêter la journée. Les arômes tentateurs d'un copieux ragoût de bœuf, parfaitement épicé et accompagné de pain chaud et croustillant, flottaient vers elle, révélant que le dîner battait son plein. Cela l'invitait à s'approcher et à presser son nez contre la vitre, rien que pour s'offrir ce plaisir par procuration.

À l'intérieur, les clients se blottissaient près de l'âtre, leurs rires éclatants résonnant dans l'espace au plafond bas, le murmure des conversations ponctué à l'occasion de bravos et de rires complices. Nyssa pouvait voir l'éclat doré de la bière tourbillonnant dans les chopes et les bols remplis à ras bord de ragoût bouillonnant. Elle observait d'un regard affamé l'un des clients tremper un morceau de pain dans le ragoût, portant le pain généreusement imbibé à sa bouche avec un plaisir évident. Cela fit gargouiller l'estomac de Nyssa d'envie.

Dans un autre coin, une troupe de musiciens était en plein morceau, jouant une gigue entraînante tandis que quelques clients tapaient des mains en rythme. Le pouls des cordes et les trilles joyeux d'une flûte créaient un rythme réconfortant qui donnait à Nyssa l'envie de se balancer doucement. Elle se pressa plus près jusqu'à ce que sa respiration embue la vitre froide, s'efforçant d'entendre chaque note, chaque parole qui immortalisait les récits de héros courageux et de servantes égarées, se perdant dans la mélodie.

Absorbée par la chaleur du lieu, son cœur se serra de nostalgie. Un mouvement attira son attention alors que Nyssa regardait avec envie le spectacle à l'intérieur. Un groupe bruyant de clients près de la fenêtre l'avait aperçue. L'un des hommes la montra du doigt et poussa un éclat de rire. Les visages des autres clients à la table se fendirent de ricanements moqueurs et de grimaces de dégoût alors qu'ils faisaient signe au propriétaire de la taverne.

Elle sut alors que son moment de répit était terminé. L'homme au ventre rebondi sortirait d'une minute à l'autre pour la chasser comme une créature importune interrompant leur fête. Nyssa recula, le cœur lourd. Avec un dernier regard empreint de mélancolie vers la chaleureuse lumière dorée, elle s'éloigna de la fenêtre, laissant l'obscurité masquer sa présence. Soupirant doucement, elle fit demi-tour et disparut rapidement dans le crépuscule qui s'épaississait, laissant derrière elle les rires et la musique.

Une fois à l'abri chez elle, Nyssa alluma un bout de chandelle récupéré, sa lumière vacillante projetant de longues ombres dansantes sur les murs en briques. Elle attrapa les roseaux ramassés le matin même, heureuse qu'ils aient suffisamment séché dans la journée pour être utilisés. Assise sur sa paillasse, Nyssa utilisa les roseaux pour réparer les accrocs de son filet, tressant habilement les lames d'herbe séchée dans le filet.

Autour d'elle, sur les étagères et les tables, se trouvaient ses trésors dénichés, que la rivière abandonnait pendant la marée descendante. Au-dehors, la nuit noire comme de l'encre engloutit le monde, alors que les cris obsédants des hyva commencèrent à monter au fur et à mesure que l'obscurité s'épaississait. Leurs rugissements et leurs gémissements firent frissonner Nyssa. Une fois son filet réparé, Nyssa se glissa dans sa paillasse et s'enveloppa dans toutes ses couvertures usées pour se protéger du froid grandissant. Alors qu'elle fermait les yeux, les cris rauques des hyva furent étouffés par les murs de sa demeure misérable mais réconfortante.

CHAPITRE 6

Bien avant que le royaume d'Erishum ne soit baigné par la chaleur du soleil matinal, Nyssa était déjà enfoncée jusqu'aux genoux dans la boue de la rivière. Tandis que ses orteils bottés s'enfonçaient dans la vase gluante, le froid de l'eau se transmit rapidement à travers le cuir huilé de ses chaussures, engourdissant ses orteils. Le frisson de la brume matinale flottait dans l'air, faisant de chaque respiration qu'elle prenait comme un baiser glacé sur ses poumons. Malgré une nuit agitée remplie des cris épouvantables des hyva et de ses rêves inquiets d'un hiver rigoureux, Nyssa s'était levée avant l'aube, la détermination gonflant sa poitrine. Mara Kayseri avait promis de la parrainer comme apprentie, alors maintenant tout ce qu'elle avait à faire était de réunir les frais d'inscription.

Une douleur persistante habitait ses doigts et ses articulations. La nuit précédente avait été amèrement froide. Nyssa avait dû enfiler sa cape et superposer chaque maigre couverture qu'elle possédait sur elle. Cela avait rendu la nuit misérable et presque sans sommeil. Elle devrait déménager dans la grange du berger plus tôt que prévu si le froid continuait de s'aggraver. Cela ne la dérangeait pas de dormir dans le grenier à foin au-dessus des moutons ; leurs bêlements et leurs mouvements pouvaient être une façon charmante de s'endormir.

Les mains gercées de Nyssa étaient glissantes de boue tandis qu'elle scrutait le lit de la rivière à la recherche de tout ce qui scintillait ou semblait déplacé. Toute Alouette de la Vase savait que la rivière prenait tout ce qui se présentait lors de la marée haute et rendait ce qu'elle voulait à marée basse. Alors qu'elle fouillait la boue, scrutant les offrandes de la rivière, elle les rangea soigneusement dans son sac légèrement usé jusqu'à ce qu'elle puisse les examiner correctement chez elle.

Soudain, sans avertissement, elle fut renversée et envoyée s'étaler sur son derrière, atterrissant durement dans la boue. La vase froide et épaisse remonta à travers ses vêtements en lambeaux, collant le tissu à sa peau. Surprise et confuse, elle leva les yeux pour voir un garçon maigre, son visage couvert de taches de rousseur la regardant de haut avec un air renfrogné.

Elle reconnut immédiatement Bran, une Alouette de la Vase comme elle. Il se tenait debout, les mains sur ses hanches maigres, la fixant avec une irritation évidente. « Tu es dans mon coin, Nyssa », cracha-t-il, désignant le lit de rivière vide autour d'eux.

« Ton coin ? » demanda-t-elle, tentant d'essuyer un peu de boue de ses paumes mais ne réussissant qu'à l'étaler davantage. « Personne ne possède la rivière, Bran. »

Bran ricana, le froncement de sourcils sur ses jeunes traits s'approfondissant, narguant Nyssa assise dans la boue. « Tu ferais mieux de t'habituer à ce genre de travail. Tu finiras bientôt dans le quartier de la lavande, de toute façon. Tu es trop vieille pour être une bonne Alouette de la Vase. Tu devrais arrêter avant de mourir de faim. Bien que j'aie entendu dire qu'il est impossible de se relever d'un matelas une fois qu'on commence à y travailler. »

Sur cette dernière pique lancée dans sa direction, Bran s'éloigna à grands pas, éclaboussant dans l'eau peu profonde.

Nyssa sentit les larmes lui monter aux yeux devant ce manque de respect immérité. Elle allait lui montrer – elle obtiendrait l'argent et deviendrait une boulangère talentueuse. Elle se promit qu'elle lui montrerait. Parce qu'il avait raison ; une fois qu'une personne finissait dans le quartier de la lavande, trouver un moyen d'en sortir était très difficile. Il n'y avait aucune honte dans ce travail, mais ce n'était pas ce qu'elle voulait pour elle.

Pressant ses deux mains dans la vase à côté d'elle, Nyssa se prépara à se hisser hors de la boue. Cependant, elle s'arrêta quand elle sentit quelque chose de solide et de forme inhabituelle sous sa main. Tâtonnant dans la vase spongieuse, son cœur commença à s'emballer quand elle réalisa que c'était quelque chose de grand et d'étrange.

Regardant autour d'elle pour s'assurer que personne ne l'observait, Nyssa enroula ses doigts autour de l'objet et le souleva hors de la boue aspirante.

Avec un grognement d'effort, Nyssa libéra l'objet mystérieux de l'emprise agrippante de la boue de la rivière. Quand le sol relâcha l'objet de sa prise, elle faillit retomber sur son derrière. Quel que soit cet objet, c'était la plus grosse chose qu'elle ait jamais trouvée en fouillant la vase. La lumière matinale se refléta sur quelque chose de brillant alors qu'il émergeait, transparaissant à travers la crasse collante. Le cœur de Nyssa commença à battre la chamade. Elle le rinça soigneusement dans les eaux peu profondes de la rivière, lavant les couches de boue épaisse et de limon.

Alors que l'eau emportait la saleté, Nyssa plissa les yeux sur l'objet, sa confusion grandissant à chaque moment. La forme était particulière, comme une bête métallique enroulée sur elle-même. Il était entièrement fait d'un alliage doré intrigant qui scintillait comme s'il dansait avec le soleil. Il était métallique, mais contrairement à tout ce qu'elle avait jamais vu auparavant. Elle n'avait aussi jamais vu autant de métal sur quoi que ce soit ou qui que ce soit qui ne soit pas de la royauté ou exposé dans le musée.

Il avait des spirales enroulées, s'entremêlant dans un labyrinthe complexe rappelant les ruelles tortueuses et les vieilles rues pavées d'Erishum. Les tuyaux sinueux culminaient en une extrémité large et évasée en forme de cloche qui lui rappelait un oiseau avec sa bouche ouverte sur un cri fort.

Nyssa traça ses doigts sur ce qui semblait être le corps principal de la bête enroulée, ses doigts glissant sur les courbes et les bosses, trouvant une complexité inattendue. Sa taille était à la fois impressionnante et intimidante. Elle ne pouvait pas croire sa chance – il était entièrement fait de métal brillant. Il avait la circonférence et le volume qu'un gros serpent posséderait tout en s'effilant magnifiquement vers une extrémité.

C'était la chose la plus exquise qu'elle ait jamais vue. Regardant encore autour d'elle, Nyssa fourra l'objet dans sa chemise et enroula sa cape autour de son corps, espérant que cela masquerait l'objet volumineux. C'était le genre de richesse pour laquelle les gens tueraient volontiers.

Elle se leva, berçant l'étrange artefact avec un sentiment d'excitation tempéré par la peur. Habituellement, Nyssa rentrait chez elle pour se nettoyer avant de se diriger vers le musée, mais elle ne voulait rien risquer avec son prix. Avec un dernier regard autour d'elle, elle rabattit le capuchon de sa cape pour cacher sa tête et son visage, puis se dépêcha de sortir de la rivière et se dirigea vers le cœur de la ville.

Serrant l'artefact massif contre sa poitrine, Nyssa navigua dans les rues tortueuses avec un malaise nouveau. Les bruits habituels d'Erishum, une harmonie chaotique et animée de voix et d'outils, prirent une teinte sinistre. Le cliquetis des charrettes à bras battait un rythme d'alarme contre les pavés, les cris des marchands semblaient la désigner dans la foule, et les rires des enfants étaient teintés d'un écho aigu et prédateur.

Elle avançait nerveusement à travers la ville, s'écartant des rues principales qu'elle parcourait habituellement. Elle glissa à travers les cours cachées comme de l'eau et dériva silencieusement le long de ruelles étroites. Ses bottes firent un bruit de succion doux sur la pierre ancienne, ses orteils froids et picotants dans ses chaussures.

Au lieu de monter les marches principales du musée comme d'habitude, elle se dirigea vers une ruelle étroite sur le côté du bâtiment – en partie pour éviter les regards suspects et en partie pour ne pas salir les sols polis avec ses vêtements boueux.

Retenant son souffle, elle s'approcha de la porte arrière des quartiers de la conservatrice. Elle était beaucoup moins imposante que l'entrée principale, mais semblait infiniment plus accueillante à cet instant. Nichée au milieu du lierre grimpant et des briques patinées, elle paraissait plus familière, plus accessible.

Prenant une profonde inspiration de soulagement d'être arrivée à destination entière et sans encombre, elle frappa rapidement, le son sec noyé par le bruit de la ville. Le prix caché sous sa chemise lui semblait plus lourd qu'il n'était, son anxiété amplifiant son poids. Tout ce qui lui restait à faire était d'attendre. Elle caressa le bord de l'étrange dispositif, retenant son souffle.

La porte finit par grincer en s'ouvrant, projetant un mince coin de lumière dorée et chaude sur le sentier pavé. Conservatrice Athura, enveloppée dans sa robe vert royal habituelle, sans la broderie dorée de sa robe de cérémonie, jeta un coup d'œil dans les ombres. Ses yeux sombres s'illuminèrent de reconnaissance en apercevant la silhouette tapie. « Nyssa », chuchota-t-elle, la voix chargée de prudence, « que fais-tu par derrière ? »

« Je ne voulais pas salir de boue, Conservatrice Athura. Et… j'ai trouvé quelque chose que je voulais vous apporter immédiatement. »

Les yeux de la conservatrice s'illuminèrent d'intérêt, et elle fit signe à Nyssa d'entrer. Nyssa se précipita par-dessus le seuil, sentant le fardeau qu'elle portait s'alléger une fois qu'elle eut franchi le seuil. Athura ferma la porte avec un clic doux, coupant les échos du monde extérieur. La conservatrice la mena dans un couloir étroit qu'elle n'avait jamais vu auparavant. Il était encombré d'armoires et de bibelots qui auraient donné envie à

Nyssa de s'attarder dans toute autre situation. Plusieurs portes bordaient le couloir, la plupart fermées, mais quelques-unes étaient entrouvertes. Sa curiosité prit le dessus, et Nyssa jeta un coup d'œil dans les pièces qu'elles dépassaient. Chacune semblait être un foyer encombré d'innombrables artefacts.

Suivant la conservatrice, elles s'arrêtèrent toutes les deux juste à l'extérieur de la salle de réception principale. Nyssa aperçut Berossus examinant quelque chose sur l'établi. Son visage d'un blanc saisissant était à moitié voilé dans les ombres, ses yeux intenses fixés sur un objet. L'homme saisit l'objet du comptoir, le tenant à la lumière. Nyssa vit que c'était une broche en forme de hyva.

« Attends ici. Reste hors de vue », chuchota Athura à Nyssa, pointant vers un coin sombre bordé d'étagères de livres anciens. Nyssa hésita un moment avant d'obéir, se retirant dans la pénombre, ses yeux fixés sur le prêtre.

« Qu'est-ce que c'était ? » demanda Berossus alors que la conservatrice revenait dans la pièce.

Athura lui fit un haussement d'épaules désinvolte. « Ce n'est qu'un enfant avec un bibelot à vendre. »

« Pourquoi vous embêtez-vous avec ces rats des rues ? »

« Ce ne sont que des enfants. Et parfois, ils me trouvent un petit morceau de notre histoire qui s'est perdu dans la rivière. C'est inoffensif de leur donner un peu d'argent. Je peux épargner quelques pièces pour cela. »

Berossus fronça le nez aux mots de la conservatrice mais ne commenta pas davantage.

La conservatrice rejoignit le grand prêtre à l'établi tandis qu'ils discutaient de l'objet dans la main de Berossus. Nyssa devint une observatrice silencieuse pendant un moment, espérant pouvoir mieux entendre ce qu'ils disaient. Elle ne pouvait qu'imaginer le genre de choses que deux personnes importantes, comme le prêtre et la conservatrice, discuteraient.

Finalement, le prêtre se redressa et se détourna, sa cape se déplaçant comme une tache d'encre dans la lumière tamisée. Nyssa ne savait pas s'il percevait sa présence, mais elle se rétracta davantage dans les ombres quand il jeta un coup d'œil dans sa direction. Elle retint son souffle jusqu'à ce qu'il s'éloigne à grands pas, et le son de ses pas se perdit dans le silence.

Conservatrice Athura le regarda partir, s'attardant près de la porte principale de ses quartiers un moment de plus avant de faire signe à Nyssa de la rejoindre. Soulagée, Nyssa sortit prudemment de l'alcôve, traversant la pièce jusqu'où la conservatrice se tenait à côté d'un établi de chêne massif.

« Viens, Nyssa, montre-moi ce que tu as trouvé », parla doucement Athura, sa voix dépourvue de la tension qui l'avait voilée plus tôt. Ses yeux scintillaient de curiosité, et quelque chose d'autre que Nyssa ne pouvait pas tout à fait déchiffrer.

Nyssa sortit l'objet de sous sa tunique, ses mains tremblant légèrement. La boue avait été principalement lavée, révélant des tuyaux complexes et une surface brunie qui luisait faiblement dans la lumière des lampes de la pièce.

Les yeux d'Athura s'élargirent à la première vue de l'objet, sa faim instinctive de conservatrice traversant son visage avant d'être disciplinée en un désintérêt placide. Mais Nyssa avait vu sa réaction et sentit l'excitation se construire davantage dans sa poitrine. Cet objet, quel qu'il soit, avait une vraie valeur. La conservatrice tendit la main, ses doigts traçant le design enroulé avec une révérence qui en disait plus que les mots ne pourraient jamais le faire. « Remarquable », marmonna-t-elle, ses doigts explorant délicatement les contours de l'étrange artefact.

« Où as-tu trouvé ceci ? » demanda-t-elle, son attention ne quittant jamais l'objet.

« Dans la boue de la rivière à marée basse », répondit Nyssa, sa voix à peine au-dessus d'un chuchotement, « près de la grille sud. »

Athura hocha la tête, son expression pensive. Avec une

profonde inspiration, elle offrit : « Je peux te donner quatorze crevans pour cela. »

Le cœur de Nyssa battit la chamade, remontant presque dans sa gorge au chiffre. Quatorze crevans, c'était plus qu'elle n'avait jamais reçu pour aucune de ses trouvailles.

Nyssa prit une inspiration rapide et fortifiante. « Je suis sûre que la guilde des métallurgistes me donnerait dix-neuf crevans pour autant de métal. Cependant, je pense que ce serait dommage qu'un si bel objet soit fondu. Seriez-vous prête à le prendre pour dix-huit ? Cela, plus l'argent que j'ai économisé, me donnerait assez d'argent pour pouvoir acheter mon apprentissage avec la guilde des boulangers. »

À part un bref grognement de plainte, la conservatrice ne dit rien pendant un très long moment tendu avant de souffler une respiration défaite. À ce bruit, Nyssa dut se mordre la joue pour ne pas montrer son triomphe.

« Laisse-moi aller chercher l'argent. Attends ici », dit la conservatrice avec un sourire doux.

Alors qu'Athura se détournait, Nyssa demanda : « Qu'est-ce que cet objet, au fait ? Je n'ai jamais rien vu de tel. »

Une lueur entra dans les yeux de la conservatrice, et les coins de sa bouche se contractèrent en un sourire. « Oh, oui. C'est une belle pièce. C'est un instrument de musique. Je crois qu'on l'appelle une trompette. Tu souffles de l'air dans le petit embout, et cela doit produire un joli son. Tu vois ce tampon ? » La conservatrice pointa vers un petit blason sur le côté de l'instrument que Nyssa n'avait pas remarqué auparavant. C'était un blason conçu pour ressembler au bouclier d'un soldat avec un chat d'apparence étrange se dressant sur ses pattes arrière avec des griffes et des dents montrées dans un affichage agressif. « C'est le blason du royaume de Puzur. C'est tout un trésor. Cette corne a été créée hors des murs d'Erishum. J'ai hâte d'essayer de déterminer son âge. »

Les yeux de Nyssa s'élargirent. Elle avait trouvé beaucoup de choses dans la boue de la rivière, mais jamais quelque chose d'aussi rare et exotique. Sur ce, la conservatrice se dépêcha de traverser la pièce vers un petit coffre-fort.

« Merci, Conservatrice Athura », dit Nyssa, sa timidité remplacée par une excitation nouvelle.

D'une main tremblante, Nyssa remercia Enum d'un signe et lui adressa une prière silencieuse de gratitude.

Alors que la conservatrice ouvrait son coffre-fort, Nyssa s'approcha de l'instrument de musique, essayant d'imaginer comment il pouvait possiblement faire un joli son. Il ne ressemblait en rien aux flûtes de roseau qu'elle connaissait, mais elle supposa qu'il devait fonctionner de manière similaire.

Saisissant délicatement l'objet, elle porta l'extrémité effilée à sa bouche. Elle ne pouvait pas attendre d'entendre sa chanson. Elle pouvait encore sentir un peu de sable contre ses lèvres, mais Nyssa était bien habituée à ce que la boue recouvre tout ce qu'elle possédait. Prenant une petite inspiration, elle souffla fermement dans l'instrument.

Nyssa faillit lâcher l'objet de choc quand il cracha un bruit fort et étrange. Cela ressemblait à quelqu'un qui étranglait un canard en colère.

« Nyssa, non ! » s'écria la conservatrice. Sa voix fit savoir à Nyssa qu'elle avait fait quelque chose qu'elle n'aurait pas dû faire.

Elle reposa rapidement l'objet, honteuse de ce qu'elle avait fait. Pourquoi avait-elle pensé qu'elle pouvait jouer avec l'instrument ? À quoi pensait-elle ? Elle pria qu'elle ne l'ait pas cassé comme une idiote.

Avant que Nyssa ne puisse s'excuser, Berossus apparut dans l'embrasure de la porte, ayant l'air prêt pour la bataille. « Qu'est-ce que c'était que ce bruit ? » exigea-t-il.

Nyssa recula de peur et d'horreur d'avoir attiré le grand prêtre par le bruit. Conservatrice Athura se précipita vers l'homme, s'interposant entre lui et Nyssa. « Ce n'était rien. Juste un artefact qui a fait du bruit. Je crois que c'est sans conséquence, mais j'étais justement sur le point de vous rappeler pour l'inspecter, Grand Enumerox. »

Les yeux enfoncés de Berossus, intenses et hantants sous le poids de son front lourd, fixèrent la conservatrice du regard avant de se poser sur la trompette. Un sourire froid sculpta son visage, un rictus courbant ses lèvres peintes en blanc. Nyssa dut serrer ses doigts en poings pour éviter de tendre la main de manière protectrice vers l'instrument. « Et qu'est-ce que c'est, puis-je demander, que cet engin abominable ? » s'enquit-il calmement, se dirigeant vers la trompette avec un mouvement si fluide qu'il ne semblait guère être un pas du tout.

Avant qu'Athura ne puisse expliquer, Berossus berçait déjà l'instrument dans ses mains tachées de blanc, l'examinant avec un regard méfiant. Le pli méprisant de ses lèvres effaça tout espoir persistant qu'il ne confisque pas la trompette.

« Ceci… ceci est clairement un objet impie », déclara finalement Berossus d'une voix qui résonna dans les halls du musée. « Quelque chose qui trouve du plaisir à créer le chaos plutôt qu'à préserver notre ordre révéré. Il devra être purifié de son essence souillée. Très probablement, il devra être entièrement détruit. »

À sa proclamation, la pièce sombra dans un silence consterné ; le seul son était les respirations doucement haletantes de Nyssa. Conservatrice Athura et Nyssa échangèrent des regards, l'assurance habituelle de la première ombrée de découragement.

Les yeux de Nyssa se remplirent de larmes qu'elle ne permettrait pas de tomber, son cœur souffrant aussi mal que le jour où Vallen rejoignit les Pies-grièches du roi ; son rêve d'un avenir rempli de pâtisseries et de joie semblait se dissoudre dans l'éther, se désintégrant plus vite que du sucre jeté dans du thé chaud.

Berossus se tourna sévèrement vers les deux femmes, ses yeux prenant une lueur étrange et fanatique. Nyssa baissa immédiatement la tête en révérence, gardant son regard fermement sur le sol. « Vous devez toutes les deux comprendre pourquoi ceci est nécessaire », commença-t-il d'un ton sobre et savant. « Erishum a résisté aux épreuves du temps et des tribulations parce que nous sommes vigilants. Nous ne pouvons pas baisser notre garde contre les reliques impies qui apportent avec elles des forces imprévisibles. Ces sortes d'artefacts hérétiques... ils incitent au désordre et au chaos. »

Il continua en arpentant la pièce ; le poids de ses mots résonna sur les plafonds voûtés : « Enfant, tu as trouvé cet objet ? » Il jeta un regard dédaigneux aux vêtements boueux de Nyssa. « Dans la rivière, je suppose. »

« Oui, Votre Excellence. J'ai trouvé l'objet près de la grille nord où la rivière s'écoule dans les Terres Mourantes. »

« Je vois. Et as-tu dit à quelqu'un à propos de cette chose ? Ou l'as-tu montrée à quelqu'un ? »

« Non, Grand Enumerox. Je l'ai apportée directement à Conservatrice Athura. Et je ne l'ai montrée à personne. »

« Excellent. Cependant, tu dois apporter tout objet comme celui-ci directement au Sanctum la prochaine fois. Nous savons comment traiter les reliques impies comme celle-ci. Vous avez toutes les deux beaucoup de chance de ne pas être souillées par un tel objet. Vous auriez pu être sérieusement blessées. Heureusement, je ne sens aucune aura maléfique de l'une ou l'autre d'entre vous, donc aucune de vous n'aura besoin d'être purifiée. Cette fois. C'est pourquoi il est d'une telle importance que vous apportiez tout ce qui est inhabituel au Sanctum en premier – comme je disais justement à Conservatrice Athura ici – vous devez vous assurer que vous gardez votre âme contre la corruption en restant loin de ces... matériaux. »

Nyssa inclina la tête en reconnaissance, incapable d'exprimer son accord. Il n'y aurait jamais de moment où elle apporterait quoi que ce soit au Sanctum en premier. Ils ne payaient jamais pour quoi que ce soit – ne faisaient que prendre puis purifier ou détruire les choses apportées à leur porte.

Sans un autre mot ou geste d'adieu, Berossus pivota gracieusement, ses doigts blanchis agrippant possessivement la trompette. Son départ fut aussi froid et silencieux que son arrivée l'avait été, laissant un parfum persistant d'encens et de baie de murto. Nyssa sursauta quand l'écho de la lourde porte avant du musée claqua derrière lui, le son résonnant dans tout le musée comme un couvercle de cercueil claqué. C'était tout ce que Nyssa pouvait faire pour étouffer les sanglots qui bouillonnaient dans sa gorge.

Elle ouvrit la bouche pour poser une question, mais la conservatrice mit un doigt sur ses lèvres. Marchant vers la porte de ses quartiers, Athura se tint dans l'ouverture, fixant dehors pendant un long moment avant de se retourner pour faire face à Nyssa.

La conservatrice se dirigea vers elle, son calme habituel obscurci par une urgence frénétique. « Nyssa », pressa-t-elle, ses yeux d'un regard inhabituellement perçant, « la herse nord… est-ce vraiment là que tu as trouvé l'instrument ? »

Son cœur se tordit dans sa poitrine alors que Nyssa hésita avant de baisser son regard vers le sol poussiéreux. « Non… », confessa-t-elle, le mot s'échappant d'elle plus comme un soupir. « Je… je l'ai trouvé à la grille sud, pas à la nord. Je ne sais pas pourquoi j'ai menti. »

« Non, c'est parfait. Tes instincts t'ont bien guidée. Nyssa, écoute-moi », pressa Athura, sa voix tendue et urgente. « Cet objet n'était pas impie. Tu l'as vu. Il n'y avait rien, absolument rien, de maléfique en lui. Juste parce que le Grand Enumerox n'aime pas ou ne comprend pas quelque chose ne signifie pas qu'il est automatiquement souillé et doit être détruit. Je le jure, Nyssa. Tu as joué d'une flûte de roseau, oui ? C'est juste comme ça, il ne fait que de la musique, rien de plus. Je travaille avec toi depuis des années ; tu sais que tu peux me faire confiance. »

Nyssa hocha la tête. Dans son cœur, elle savait que la conservatrice avait raison, même si cela allait à l'encontre de tout ce qu'on lui avait enseigné de ne jamais questionner les hommes saints du royaume. La conservatrice saisit son épaule et commença à la diriger vers l'entrée arrière. « Maintenant écoute-moi, Nyssa. J'ai besoin que tu retournes là où tu as trouvé la trompette et que tu voies s'il y a autre chose là-bas. Il est très, très important que tu fasses cela. Tu dois bouger vite et y retourner avant que Berossus n'envoie des gens pour fouiller les eaux. »

« Mais n'est-ce pas dangereux ? Je ne veux pas être purifiée. »

« Tous les objets que tu trouveras ne seront pas dangereux, je te le jure. C'est juste un artefact historique important – il n'est pas corrompu. Cependant, tu ne peux pas te faire prendre. Et tu ne peux dire à personne à propos de ceci. Je ne peux pas te protéger s'ils t'attrapent avec des objets similaires. Cependant, si tu trouves quelque chose de valeur, je doublerai ta récompense. »

Nyssa s'arrêta net. « Vraiment ? »

« Oui, mais tu dois te dépêcher avant que le reste des Enumerii ne soit envoyé pour fouiller la rivière et trouver autre chose. »

CHAPITRE 7

Émergeant de la ruelle ombragée qui longeait l'arrière du musée, la lumière vive du matin l'enveloppa. Elle promena naturellement ses yeux autour d'elle, comme si elle ne faisait qu'admirer la beauté de la vaste ville, et son regard se posa sur deux silhouettes familières, debout sur les marches du musée. Leurs torses peints en blanc et leurs robes sombres les désignaient comme des prêtres Enumerii. Un pressentiment funeste s'empara d'elle, une sensation puissante au creux de l'estomac, qu'elle avait appris à ne pas ignorer en tant que Rat des Égouts et Alouette de la Vase. Elle se retourna et s'éloigna d'un pas calme et discret.

À chaque pas qui l'éloignait davantage du musée, son cœur battait dans sa poitrine, battant la chamade dans ses oreilles. Elle s'arrêta comme pour regarder dans une vitrine de magasin mais jeta un coup d'œil du coin de l'œil. Les deux hommes s'étaient arrêtés quelques boutiques plus loin, s'attardant près d'un vendeur comme s'ils faisaient du shopping. Les Enumerii n'achetaient jamais rien eux-mêmes, tout leur était fourni.

S'assurant que sa cape cachait complètement son visage et ses cheveux, elle dévia légèrement sa route pour mettre plus de distance entre elle et les prêtres. Elle tourna rapidement et s'engagea dans une ruelle étroite, s'éloignant d'eux le plus discrètement possible. Un rapide coup d'œil par-dessus son épaule confirma ses craintes – ils la suivaient, leurs longues jambes dévorant la distance qui les séparait. Le monde autour de Nyssa se brouilla, son intuition lui hurlant le danger qui la talonnait.

Sans aucun avertissement, Nyssa pivota sur ses talons et sprinta vers le marché animé au lieu de se diriger vers la rivière comme elle l'avait initialement prévu. Un cri de stupeur s'éleva dans le vent tandis que les prêtres trébuchaient, pris au dépourvu par sa fuite inattendue. Ses bottes frappaient le pavé tandis qu'elle s'enfuyait, les entraînant à travers un labyrinthe de ruelles étroites et de rues bondées avec une agilité surprenante. Elle se faufila à travers une ruche d'activité humaine, se glissant entre la foule de vendeurs, d'acheteurs et de bétail, tous inconscients de sa fuite désespérée.

Derrière elle, une demi-douzaine de voix tourbillonnèrent au-dessus du bruit de la foule. « Arrêtez ! » Un éclair de terreur instinctive la traversa. Mais Nyssa ne s'arrêterait pas. Elle ne pouvait pas – pas avant d'avoir tenté de trouver un nouveau trésor dans la rivière Assur.

Elle plongea dans une ruelle étroite qu'elle connaissait, bondissant par-dessus des caisses abandonnées et se faufilant sous des cordes à linge alourdies de linge encore mouillé. Elle se précipita vers le centre animé du marché. Elle plongea dans la foule, se frayant un passage entre les étals animés et les vendeurs bruyants. L'odeur des pains levés des boulangers, du poisson fumé des poissonniers et la puanteur des cuves des tanneurs emplirent ses sens et noyèrent presque le battement de peur qui martelait comme un tambour dans sa poitrine. Elle se glissa sous l'auvent d'une tente et contourna le bord le plus éloigné du marché, près de l'endroit où un groupe d'enfants jouait, leurs rires innocents rebondissant sur les devantures des magasins, un contraste saisissant avec la terreur qui étreignait son cœur.

Ses poursuivants, inexperts dans les sentiers secrets de la ville ou son dédale cryptique d'étals, la perdirent de vue dans le labyrinthe serré des étals et les rues latérales étroites et tortueuses. Nyssa commença enfin à ressentir un premier scintillement d'espoir, sa foi en sa connaissance des recoins et des réseaux de la ville portait ses fruits.

Ses muscles tremblaient et frissonnaient de fatigue croissante. Regardant autour d'elle, essayant frénétiquement de comprendre où aller ensuite. Elle avait besoin d'un endroit temporaire pour se cacher. Elle devrait faire demi-tour pour retourner à la grille sud, et elle craignait d'être découverte. De son abri entre deux tentes, Nyssa aperçut la boutique du cordonnier. Elle sut alors exactement quoi faire. Retirant sa cape, elle l'enroula autour de sa taille, espérant que les pies-grièches et les prêtres la rechercheraient pensant qu'elle portait encore sa cape. Se glissant et se faufilant entre la foule, Nyssa se dirigea vers la ruelle à côté de la boutique de Marun Timurid.

Rassemblant les derniers vestiges de sa force, Nyssa posa un pied sur le treillis de bois qui s'accrochait au côté de la vieille boutique du cordonnier. Le treillis vieilli grinça de façon inquiétante sous son poids mais tint bon. Elle grimpa aussi rapidement qu'elle le put, ses mains trouvant prise dans les vignes enroulées qui s'enroulaient autour des lattes de bois. Tandis que Nyssa grimpait, elle pouvait entendre la voix de Vallen résonner dans sa mémoire. « C'est pas grand-chose, » avait-il dit avec un sourire, « mais c'est bien caché. Si tu as jamais besoin de te cacher, cet endroit est en or. »

Finalement, elle atteignit le sommet du treillis, contorsionnant son corps pour se glisser à travers le recoin étroit et poussiéreux entre le toit de la boutique et l'auvent. S'installant dans la crevasse, Nyssa s'allongea sur le ventre et fixa la place de la ville. Sa poitrine se soulevait tandis qu'elle essayait désespérément de reprendre son souffle. Les larmes emplirent ses yeux et coulèrent sur ses joues tandis qu'elle tentait de repérer les hommes qui la poursuivaient. Elle ferma les yeux et essaya de prendre des respirations calmantes dans la sécurité relative de son refuge élevé. Dans la fraîcheur sombre de son alcôve, l'humidité des vêtements de Nyssa s'accrochait à sa peau et la faisait frissonner maintenant qu'elle avait cessé de courir. Elle ne s'était jamais sentie si seule de toutes ses années dans la rue, pas depuis la perte de ses parents. Elle souhaitait que Vallen soit là pour la réconforter et lui donner des conseils. Mais il l'avait laissée derrière pour chercher une vie meilleure. Nyssa ne pouvait même pas lui en vouloir – elle aurait fait pareil si elle en avait eu la chance.

Malgré sa peur, un petit sourire tira ses lèvres tandis qu'elle se souvenait de la lueur rusée qui dansait dans les yeux de Vallen quand il lui avait révélé cette cachette pour la première fois. Au moins, il y avait du bon à tirer de ces jours passés à survivre dans les rues dangereuses. Elle était en sécurité, pour l'instant.

Les bruits tumultueux du marché commencèrent à la calmer. Juste au moment où elle commençait à se détendre, des voix d'hommes, qui criaient et s'interpellaient, commencèrent à se faire plus fortes. Une pointe de peur la transperça, l'écho de la poursuite précédente refaisant surface. Son cœur battait dans sa poitrine comme s'il voulait briser sa cage thoracique.

Les voix devinrent plus claires maintenant. Ils cherchaient définitivement quelqu'un. Ses pensées tourbillonnèrent dans un vortex d'anxiété croissante. Elle se pressa davantage dans les ombres tandis que plusieurs hommes se rassemblaient à la base de la boutique du cordonnier, leurs silhouettes découpées par la lumière du soleil.

Plissant les yeux, Nyssa scruta les hommes en bas quand une silhouette fit bondir son cœur. La posture ferme et droite d'un profil lui sembla étrangement familière. Elle le regarda avec un regard alerte et concentré, la reconnaissance soudaine l'inondant.

Vallen.

Il se tenait silencieusement tandis que les autres se disputaient sur la direction qu'ils pensaient que leur proie avait prise pour s'échapper.

Vallen était drapé dans la livrée du pie-grièche, ayant l'air du guerrier qu'il avait toujours rêvé de devenir dans les rues sales de leur enfance partagée. Son visage était sérieux maintenant, mais elle pouvait presque entendre son rire tonitruant qui filtrait dans sa mémoire. Elle n'avait pas vu son sourire depuis si longtemps qu'elle ne pouvait plus se rappeler la dernière fois qu'elle l'avait vu.

Le souffle de Nyssa se coinça tandis que le regard de Vallen commençait à se déplacer, presque comme s'il sentait qu'elle l'observait. Leurs regards se croisèrent, et malgré la distance, Nyssa put voir ses yeux s'écarquiller. Pendant une fraction de moment, leur passé les connecta dans une compréhension sans mots. La reconnaissance s'éveilla dans ses yeux, mais instantanément il la voila, rompant le contact visuel avant que quiconque d'autre ne remarque où il avait regardé.

Le regard de Vallen se tourna résolument vers ses camarades, affichant une nonchalance totale. Nyssa, cependant, ne manqua pas la façon dont ses mains se serrèrent en poings avant d'être forcément détendues. Son cœur se serra aussi. Il suffirait d'un mot de Vallen, et elle serait attrapée. Il n'y avait nulle part ailleurs où fuir, elle était piégée.

« Attendez ! Je viens de l'apercevoir ! » cria soudain Vallen. « Là ! Elle vient de se glisser dans la ruelle entre la boutique du potier et celle du chandelier. Le Grand Enumerox a dit qu'elle se dirigeait probablement vers la grille nord de la rivière. Venez ! Avant qu'elle s'échappe. »

Sans un autre mot, il s'élança, fonçant à travers le centre du marché. Reprenant le cri de Vallen, le reste des hommes le suivit de près.

Nyssa regarda les hommes disparaître derrière Vallen. Elle attendit longtemps, s'assurant que la voie était libre avant de redescendre le long du côté de la boutique du cordonnier. Une fois ses pieds touchant le sol, elle jeta un dernier regard autour d'elle pour s'assurer que personne d'autre ne la suivait avant de s'enfuir, retournant vers la grille sud.

Nyssa n'avait jamais couru si vite, volant dans les rues pavées de retour vers la rivière Assur. Une fois arrivée au bord de la rivière, elle chercha frénétiquement l'endroit où elle avait trouvé la trompette. C'était difficile à trouver car la marée avait commencé à monter.

Regardant de part et d'autre, arpentant désespérément le bord de la rivière, avec une panique croissante tentant de l'engloutir entièrement, Nyssa essaya de se calmer. Elle avait besoin d'une tête claire si elle allait comprendre où elle avait trouvé le cor. Son avenir dépendait de trouver autre chose maintenant que le grand prêtre avait volé son prix sous son nez. Finalement, elle aperçut la grande entaille qui avait été causée par sa chute dans la boue et la découverte subséquente de l'instrument.

Nyssa fut reconnaissante de ne pas être rentrée chez elle avant de se rendre au musée car cela signifiait qu'elle avait encore son filet attaché à sa ceinture. Elle enfonça l'extrémité émoussée de son manche encore et encore dans le lit de la rivière autour du creux créé par sa chute, espérant sentir quelque chose de solide sous la boue. Cependant, il n'y avait rien, son bâton s'enfonçant dans la boue épaisse et profonde sans heurter quoi que ce soit. Des sanglots paniqués s'étouffèrent dans sa gorge tandis que ses mouvements devenaient plus frénétiques.

Tombant à genoux, ses mains fouillèrent dans la boue épaisse et collante tandis qu'elle fouillait la zone. Son cœur battait contre ses côtes, et le battement désespéré de son cœur résonnait dans ses oreilles. À chaque moment qui passait, l'eau commençait à monter davantage tandis que la marée changeait. La rivière était indifférente à son sort, l'eau montante poursuivait son avancée implacable.

D'une main, elle tenait son panier de roseau en l'air, prenant soin de ne pas le laisser s'accrocher dans le bourbier. L'autre main atteignait plus profondément dans la crasse, ratissant à travers les couches de boue avec une urgence frôlant la panique. Il y avait un sens du rythme dans ses mouvements – creuser, saisir, secouer l'excès de boue, tâter pour quoi que ce soit d'inhabituel, ne rien trouver, puis creuser à nouveau.

Chaque fois que les doigts de Nyssa se refermaient autour d'un objet émoussé ou d'une pierre enterrée, une étincelle d'anticipation jaillissait en elle, seulement pour s'éteindre dans la déception. Un enchevêtrement de roseaux. Une pierre de rivière lisse. Un morceau de tissu en décomposition qui se désintégra sous sa pression désespérée. Mais aucun trésor. Rien qui correspondait à la directive non spécifiée de la conservatrice. Elle était poussée par l'urgence et la promesse de récompense.

Derrière elle, la ville antique se dressait tandis qu'elle se dirigeait plus près de l'endroit où la rivière entrait dans les murs de la forteresse. Nyssa plissa les yeux, dirigeant ses yeux vers le fond de la rivière tandis qu'elle rampait directement dans l'ombre épaisse projetée par les remparts formidables. La lumière diminuée rendait la vue difficile, troublant sa vision alors qu'elle tentait de distinguer parmi les débris ordinaires du lit de la rivière et les objets de valeur.

Inconsciente de son environnement et perdue dans sa recherche désespérée, Nyssa ne remarqua pas la grille de bois noircie jusqu'à ce qu'elle la touche presque. Elle faillit tomber en arrière, sursauta en sentant son bras effleurer la grille. N'avoir jamais été si proche de la barrière qui séparait le royaume des terres sauvages extérieures lui fit ressentir de l'effroi. Les larges espaces dans l'épaisse grille semblaient étonnamment insuffisants pour protéger la ville. Logiquement, elle savait que la taille du hyva était prise en compte quand la grille fut créée, mais elle réalisa qu'une des créatures pourrait la tirer à travers un des espaces si elle s'emparait d'elle.

Nyssa commença à reporter son attention vers la boue sous ses genoux quand une éclaboussure brillante de bleu vibrant au milieu des teintes dures et sombres des Terres Mourantes attira son attention. La couleur était si inattendue et surprenante que Nyssa fixa un moment, ne comprenant pas ce qu'elle voyait. C'était du tissu, réalisa-t-elle finalement, sa couleur défiant la lumière de l'après-midi et la ternissure du bord de l'eau boueux. Il était coincé dans le creux d'une racine d'arbre tordue, à demi submergé par l'eau. Les branches de l'arbre s'arquaient au-dessus de l'eau de la rivière, cachant presque entièrement le tissu de la vue. Si Nyssa n'avait pas été à genoux dans l'eau, elle ne l'aurait jamais vu. Il aurait été entièrement obscurci par l'épais feuillage sombre de l'arbre.

Le tissu ondulait légèrement dans les courants aquatiques. Il était attaché à quelque chose de sombre et de massif, mais elle ne pouvait distinguer de quoi il s'agissait. L'ombre jetée par l'arbre rendait impossible de discerner. Malgré sa trepidation, Nyssa rampa jusqu'à la grille, scrutant dans la pénombre jetée par l'arbre. Malgré sa vaste expérience avec le perdu ou l'abandonné en tant qu'Alouette de la Vase, elle n'avait jamais vu de tissu de cette couleur ; le pigment du tissu était une teinte qu'elle n'avait jamais aperçue auparavant. Cela lui rappelait un ciel au crépuscule après un orage rafraîchissant, sombre tout en restant vibrant. Les teinturiers de la ville, avec leurs cuves troubles et malodorantes, ne pouvaient que rêver de créer un bleu si riche et à couper le souffle.

L'inquiétude saisit Nyssa tandis qu'elle se pressait entièrement contre la barrière. Elle était vivement consciente de combien il était interdit d'interagir avec quoi que ce soit au-delà des confins fortifiés de la ville. Les histoires des dangers qui se cachaient dans les Terres Mourantes étaient plus communes que les cailloux dans le lit de la rivière. Rien ne revenait jamais de la terre impie des Terres Mourantes. Mais quelque chose de plus fort que la peur l'enracina sur place — le grand arbre noir se balançant au-dessus de l'eau, le bourdonnement bas des feuilles bruissantes, la forêt sauvage et indomptée au-delà de la grille, l'orchestre perçant des grillons, et, plus important encore, l'appel silencieux du tissu bleu flottant à contre-courant de la marée montante.

Ses yeux prirent alors ce qui gisait sous le tissu frappant. La forme ressemblait à une sorte de corps emmêlé dans les racines et les branches basses de l'arbre. Qu'il soit humain ou animal, Nyssa ne pouvait le discerner. La vue glaçante lui fit déglutir avec difficulté. Mais l'appel du tissu et le désir des crevans offerts par Athura était plus fort que sa peur et sa répulsion. Elle sut instinctivement que la trompette et le corps pris dans les racines de l'arbre devaient être connectés.

Nyssa examina rapidement ses environs, son regard effleurant les contours faibles de l'horizon de la ville contre le soleil. Au loin, elle pensait pouvoir apercevoir quelques-uns des prêtres des Enumerii, quelques-uns sur le pont et quelques-uns le long du bord de la rivière – leurs corps blancs presque luisant contre l'eau sombre de la rivière Assur. À leurs côtés se trouvaient quelques pies-grièches, leurs uniformes rouges un flou rougeâtre faible. Ils étaient assez loin pour qu'il soit impossible pour eux de la repérer dans l'ombre lugubre du mur.

Elle regarda de nouveau le tissu bleu et prit une décision imprudente. Son avenir valait le risque. Elle serait rapide et reviendrait avant que les monstres des Terres Mourantes ne la trouvent ou que les prêtres ne remarquent son exploit.

Au fond d'elle, la peur la rongeait devant ce qu'elle s'apprêtait à faire. Osant à peine respirer, elle posa une main sur la barrière menaçante, son cœur battant à tout rompre contre sa cage thoracique. Toutes les histoires de morts atroces qui l'attendaient dans les Terres Mourantes résonnèrent dans son esprit tandis qu'elle saisissait les lattes de bois brutes du mur protecteur de la ville.

Son pouls battait de façon erratique tandis que ses doigts tremblants suivaient le contour du large espace de la grille. Fermant les yeux, elle écouta. Tout ce qu'elle pouvait détecter était une brise à travers les buissons et les arbres sauvages et le gargouillis lent et doux de la rivière. Le hochet révélateur du hyva était notamment absent, mais cela ne signifiait pas que les créatures sauvages et mortelles n'attendaient pas qu'une personne imprudente se mette en danger.

Rassemblant un courage qu'elle ne savait pas posséder, Nyssa posa une main tremblante sur une poutre transversale de la grille de bois, ses doigts à un cheveu de la terre étrangère et interdite des Terres Mourantes. Lentement et avec précaution, elle hissa son corps vers le haut et à travers la grille. Elle se glissa de justesse à travers l'espace, les poutres de bois rugueuses raclant contre ses épaules et ses hanches. La séparation entre la ville et les Terres Mourantes était alarmante de minceur. Elle se faufila à travers l'ouverture et atterrit dans l'eau de l'autre côté de la barrière avant que son esprit ne puisse rattraper sa folie. Se redressant de l'eau, Nyssa fit une pause, son dos pressé contre la sécurité de la barrière de bois. Personne ne donna l'alerte suite à son évasion, ni aucun cri d'une bête sauvage ayant aperçu son dîner.

Avec un coup d'œil hâtif vers la ville qu'elle avait toujours connue, Nyssa força son cœur craintif à se calmer. Elle attendit encore un instant avant de se pencher et de vérifier rapidement s'il y avait des gardes patrouillant au sommet du mur sud à ce moment-là. Ne voyant personne au sommet des remparts, Nyssa s'avança rapidement et discrètement dans l'eau jusqu'à ce qu'elle soit sous les branches luxuriantes de l'arbre, qui la cacheraient d'en haut. Comme si elle se déplaçait dans un rêve, Nyssa se dirigea vers sa destination, se penchant et manœuvrant à travers les branches tordues qui plongeaient et se balançaient le long de la surface de l'eau, prenant soin d'éviter les épines méchantes qui ornaient les branches carbonisées de l'arbre.

C'était comme si les Terres Mourantes l'avait entièrement engloutie tandis qu'elle laissait derrière elle le confort d'Erishum, s'aventurant seule, attirée par un espoir insensé.

Nyssa s'approchait lentement de la masse vêtue de bleu quand elle fut frappée par une odeur nauséabonde et écrasante. Elle eut plusieurs haut-le-cœur, son estomac se tordant tandis qu'elle essayait de prendre de lentes petites respirations pour atténuer l'odeur putride. Même en bourrant un morceau de sa cape et en la pressant contre sa bouche et son nez, cela n'atténuait en rien l'odeur écrasante de pourriture. Cela déclenchait une répulsion primale au plus profond de son âme. C'était contrairement à tout ce qu'elle avait jamais rencontré, même dans les endroits délabrés d'Erishum ou coincée entre les rochers de la rivière lors de ses chasses au trésor. L'odeur rance était une concoction de mousse de marais humide laissée sous un soleil d'été, superposée avec l'âcreté du sang ferrugineux mêlée à celle de fruits trop mûrs bien au-delà de leur apogée ; un cocktail nauséabond de vie pourrie. C'était l'odeur indubitable de la mort.

Roulant ses épaules, Nyssa se força à continuer d'approcher la masse sombre emmêlée dans les racines de l'arbre. Elle plissa les yeux en se rapprochant – quelle qu'ait été cette créature morte, ce n'était pas humain. Sa forme à fourrure sombre révélait une créature à quatre pattes et d'une taille bien trop grande pour être une personne. La forme ressemblait quelque peu à un chien, bien qu'un d'une échelle énorme. Il était trop svelte, et sa fourrure trop courte pour être apparenté au bétail qui était gardé pour la viande, le cuir et la laine. Peut-être était-ce un cerf malformé et surdimensionné.

Si c'était un cerf, c'était un béhémoth avec des pattes si longues que Nyssa imaginait que s'il était debout, il serait plus grand qu'elle. Malgré la pourriture, elle pouvait voir la force du muscle sous sa fourrure. Quel genre de bête redoutable était-ce ? Le seul monstre qu'elle connaissait dans les Terres Mourantes était le hyva ; toutes les autres créatures étaient petites et rapides afin d'échapper aux dents et griffes rapides du hyva.

Avec de petits pas mesurés, Nyssa se rapprocha de l'animal gonflé et mort. Elle pouvait maintenant discerner son cou long et épais qui s'arquait gracieusement de ses épaules à l'air puissant.

Le cou se terminait par une tête allongée, pas si différente de celle d'un cerf, mais sans les bois typiques. Malgré les traînées de boue et de crasse, le pelage de l'animal scintillait d'un châtain foncé sous la lumière du soleil tachetée, peignant de fortes teintes d'auburn et d'ombre. De longs poils soyeux traînaient de la tête et du cou de la créature qui ressemblaient plus à des cheveux humains qu'à de la fourrure, et elle avait une queue composée de mèches similaires qui flottait dans l'eau comme des mèches de la soie noire la plus douce.

Nyssa contourna la créature, veillant à rester du côté amont de la carcasse qui souillait l'eau. Les mouches grouillaient sur la créature, leur bourdonnement emplissait l'air. Elle fixa son grand œil laiteux visible un moment, son autre œil caché sous l'eau. Elle pleura une si magnifique bête. Nyssa aurait aimé pouvoir la voir vivante. Tenant son filet comme une arme, elle donna à la créature un léger coup avec l'extrémité émoussée de son outil. La carcasse émit un gargouillement écœurant mais ne réagit pas autrement, prouvant qu'elle était bien morte. Les mouches s'élevèrent de la créature en essaim, bourdonnant autour de la tête de Nyssa avant de se poser rapidement de nouveau sur leur festin. Nyssa eut plusieurs haut-le-cœur mais serra les dents et s'approcha de la carcasse emmêlée à moitié dans et à moitié hors de l'eau.

L'animal semblait avoir le matériau bleu drapé sur la masse de son corps, le portant comme une robe. Nyssa fut déçue de voir que le matériau avait été irréparablement endommagé ; déchiré, troué et taché de crasse. Elle pleura la perte du tissu épais et finement tissé. Il y avait un symbole noir et argenté cousu sur le tissu, mais le matériau était trop tordu et ruiné pour que Nyssa puisse en distinguer le motif. Sur le dos de l'animal était sanglé un morceau de cuir ouvragé qui semblait épouser la forme du dos d'une grande bête. Nyssa se demanda si c'était une sorte de bouclier de cuir pour la protection. Quoi que ce soit, cela avait évidemment été mis là par des mains humaines. Quelle que soit cette créature, elle était domestiquée, contrairement au reste des occupants des Terres Mourantes. Et elle ne venait certainement pas de l'intérieur du royaume d'Erishum – elle l'aurait vue bien avant maintenant. Toute sa vie, on lui avait dit que tout le reste du monde avait été englouti par les Terres Mourantes, effacé de l'existence. Que seul Erishum avait été sauvé de la colère d'Enum. Ce qui rendait cet animal impossible, mais il était là, indéniable.

Lors d'un examen plus approfondi, Nyssa remarqua un bouton attaché à l'avant du bouclier près de la base de la nuque de l'animal. Elle était incapable d'en comprendre l'utilité.

Une série de sangles de cuir pendaient des côtés du bouclier, ramollies et rendues visqueuses au toucher par l'exposition prolongée à l'eau. Certaines des sangles se terminaient par des morceaux de métal rouillé. Près de l'épaule volumineuse de l'animal, Nyssa trouva une poche pendant du bouclier. Elle aperçut un manche finement sculpté qui dépassait d'une pochette. Saisissant l'objet et le tirant soigneusement, Nyssa haleta. C'était un poignard gainé. Il ressemblait, par sa forme et sa fonction, à ceux qu'utilisaient les pies-grièches, mais en plus petit. Il avait un manche orné sculpté qui était si beau qu'il coupa le souffle de Nyssa. C'était un trésor contrairement à tout ce qu'elle avait jamais vu auparavant, presque aussi beau que la trompette.

Nyssa remarqua qu'une sacoche était attachée sur le dos de la bête, juste derrière le large bouclier de cuir. Avec des doigts tremblants, elle essaya d'enlever le sac mais réalisa qu'il était attaché au bouclier. Réprimant sa nausée croissante, Nyssa trouva les liens de cuir tenant le sac au bouclier de la créature. Essayant de toucher la chair ramollie et gonflée de l'animal aussi peu que possible, Nyssa défit les liens avec des doigts tremblants. Tirant le sac, Nyssa réalisa que c'était une paire de sacoches attachées l'une à l'autre par une longue sangle de cuir. Il était conçu pour que chacune repose d'un côté de l'animal, reposant contre ses hanches. Un blason familier, une image de quelque chose qui ressemblait quelque peu à un chat félin stylisé, était brûlé sur le devant de chaque sac. C'était le même motif que celui que la Conservatrice Athura lui avait montré sur la trompette. L'excitation bouillonna dans la poitrine de Nyssa. Vérifiant les sacs, elle réalisa qu'ils étaient scellés, protégeant ce qui était à l'intérieur du temps et de l'eau. Son cœur se remplit d'espoir que quelque chose de précieux était sauvé à l'intérieur. Peut-être que ses rêves n'avaient pas été brisés quand le grand prêtre avait volé son prix.

Jetant un regard nerveux vers la grille, Nyssa vit les prêtres et les pies-grièches se rapprocher, leurs silhouettes inquiétantes de simples silhouettes contre la lumière se réfléchissant sur la rivière. Une pointe de peur vibra dans sa poitrine. Elle jeta son regard vers la bête morte, ses yeux balayant sa forme dans une recherche désespérée de quoi que ce soit d'autre de valeur. Elle estima le bouclier de cuir et se rendit compte qu'il serait trop volumineux et lourd à porter, encore moins à faire passer par la grille.

Nyssa donnait un dernier examen approfondi à l'animal quand le craquement d'une branche et le bruissement des feuilles décidèrent pour elle. La terreur l'emplit que le hyva l'avait trouvée.

Résignée à sa perte, elle s'autorisa un dernier contact avec le bouclier de cuir. Avec une déception mal dissimulée assombrissant ses traits, elle se rassembla, le poignard et les précieuses sacoches et pataugea rapidement loin de la crique créée par l'arbre. Jetant un coup d'œil au sommet des murs fortifiés, elle ne vit aucun garde regardant dans sa direction. Pataugeant à travers l'eau froide de la rivière, elle se dirigea vers la grille sud avec une hâte alimentée par l'approche inquiétante des prêtres.

CHAPITRE 8

Le souffle de Nyssa était court et paniqué alors qu'elle tentait de se faufiler silencieusement à travers l'eau qui lui montait à la taille pour regagner la herse. L'ouverture arrondie de l'entrée de la rivière se dressait, massive et intimidante, les espaces dans la grille de la barrière semblant s'être rétrécis depuis son passage initial. L'hésitation s'insinua dans son esprit, mais elle la repoussa vite. Après tout, elle avait déjà réussi à se faufiler une fois, non ? Mais c'était sans l'encombrement supplémentaire des sacs et du couteau.

Inspirant profondément, elle laissa tomber le couteau dans son sac de collecte, détacha le sac de tissu usé de sa taille et le posa de façon précaire sur le bois détrempé. Puis elle accrocha le sac de cuir qu'elle venait de trouver sur l'épais renfort en bois de la grille, juste à côté. Tentant de rester basse, près de la surface de l'eau et hors de vue des hommes qui approchaient, Nyssa lança d'abord son filet, puis commença à grimper dans l'ouverture. L'eau semblait s'accrocher à sa peau, rendant chaque mouvement vers la ville plus difficile. À mi-chemin dans la grille, sa cape se prit dans une écharde et stoppa son élan. Elle se tortilla comme un appât au bout d'un hameçon durant de longues secondes angoissantes.

Dans un élan de désespoir, elle se poussa à travers les étroits interstices de la grille, le bruit du tissu qui se déchirait résonnant fort à ses oreilles. D'une poussée rapide et un gémissement étouffé, elle parvint à se glisser, des éraflures lui griffant les bras et les jambes. Être maigre avait ses avantages. Quand elle toucha l'eau peu profonde et tourbillonnante de l'autre côté, elle se retourna immédiatement pour récupérer ses nouveaux trésors.

Un cri soudain et grave perça l'air, envoyant un frisson le long de sa colonne vertébrale. Instinctivement, elle se baissa, le souffle coupé, apercevant deux hommes encadrés par la lumière de l'après-midi – un prêtre et une pie-grièche debout au sommet du pont, pointant dans sa direction et appelant à l'aide. Un éclair de peur emplit Nyssa d'une terreur sauvage.

D'un geste rapide, elle releva la capuche usée de sa cape, masquant son visage et dissimulant son identité. Le cœur battant, elle serra ses trouvailles récupérées sous sa cape. Alors que son cœur battait à tout rompre dans ses oreilles, elle tourna le dos au tumulte et se lança dans une course folle vers la berge la plus proche. Elle abandonna la prudence pour la vitesse, fonçant à travers l'eau. En jetant un coup d'œil derrière elle, elle vit les hommes courir sur le pont, lui emboîtant le pas.

La boue s'écrasait sous ses pieds, la masse épaisse menaçant de l'entraîner sous l'eau au pire moment. Trébuchant, glissant et dérapant dans le limon visqueux, Nyssa lutta pour garder l'équilibre. Son souffle s'échappait en rafales courtes et hachées, la peur grondait dans ses veines, et elle fonça en avant, trouvant à peine son équilibre sur l'aspiration de la boue.

Elle était terrifiée. Si elle se faisait attraper, elle savait qu'on la jetterait au cachot. Ou pire, qu'on l'emmènerait au Sanctum pour y être purifiée. Elle n'avait connu qu'une seule personne qui avait été purifiée par les Enumerii. Sargon n'était plus jamais le même après. Cet homme autrefois bruyant et extraverti était devenu silencieux et craintif, parlait rarement et sursautait au moindre bruit. Nyssa avait un jour entendu quelqu'un demander à Sargon ce qu'impliquait la purification ; il avait tremblé comme une feuille dans un vent fort et refusé de répondre.

Nyssa atteignit enfin la berge herbeuse et gravit la pente pour arriver sur la voie pavée qui longeait la rivière. Sans plan réfléchi, elle se mit à courir vers le musée. Elle n'était pas loin du quartier des vêtements, et si elle était assez rapide, peut-être pourrait-elle semer ses poursuivants là-bas. Elle pouvait entendre plus de voix qui appelaient, criaient et coordonnaient leur poursuite. Nyssa risqua un regard en arrière et vit une demi-douzaine d'hommes à ses trousses.

Courant à toute allure, Nyssa aperçut plus de gardes et de prêtres devant elle, anéantissant ses espoirs de regagner le refuge du dédale du quartier textile.

Elle prit un virage serré à droite, juste après l'entrepôt des pêcheurs, où l'on traitait les prises quotidiennes avant de les vendre au marché. Un sentiment de fatalité inéluctable monta en elle tandis qu'elle filait à travers les ruelles étroites du barrio de l'ombre d'Erishum, le ventre de la ville. La population était clairsemée en cette fin d'après-midi, la plupart des habitants étant occupés à leur travail, mais ceux qui étaient dans la rue s'écartaient largement. Leurs visages aux joues creuses reflétaient la même peur qu'ils voyaient dans les yeux de Nyssa, et elle comprit qu'eux aussi connaissaient les conséquences d'être poursuivi par les Enumerii.

Nyssa serpenta à travers le bidonville sinueux, tentant de franchir les tas d'ordures et les tonneaux, prenant des virages improbables vers des recoins calmes et enfumés. Elle traversa en courant la King's Road qui divisait Erishum en deux, à portée de bras de la porte principale menant vers les Terres Mourantes. Une fois la route principale franchie, Nyssa replongea dans l'obscurité trouble du quartier de l'ombre. Sautant par-dessus un tas de détritus, elle trébucha, atterrissant en un tas disgracieux dans la terre. Toute trace de vase ou de crasse sur ses vêtements déjà boueux était sans importance, rien ne comptait plus que la fuite.

Arrivée au bout du couloir du barrio, elle jeta un coup d'œil par-dessus son épaule et, un instant, s'accorda un léger soupir de soulagement. Ses poursuivants n'avaient pas rattrapé leur retard, mais elle pouvait encore entendre leurs cris résonner dans les rues. Sans perdre un instant, elle se glissa à travers une étroite ouverture dans une clôture qui entourait des champs de baies familiers.

Les gros buissons, leurs branches lourdement chargées de grappes de baies mûres, offraient à Nyssa à la fois une couverture et un environnement labyrinthique. Leur parfum sucré emplit momentanément ses narines d'une fraîcheur miellée et piquante. Son cœur tambourinait tandis qu'elle progressait entre les buissons, s'accroupissant pour avancer sans être vue au-dessus des cimes des plantes, le bruit sourd des baies écrasées sous ses pieds étouffé par la clameur croissante de ses poursuivants.

Obliquant à droite, elle s'approcha d'une clôture de bois usée marquant la limite lointaine de la ferme et, au-delà, un pâturage familier grouillant de bétail laineux. Avec une agilité affinée sur les berges, elle se hissa agilement par-dessus la clôture. Elle atterrit dans le champ, parmi les bêlements et meuglements des animaux, réveillés en sursaut de leur sieste d'après-midi. Les bottes boueuses de Nyssa laissaient des empreintes dans l'herbe couverte de rosée, mais elle n'avait pas d'autre choix que de les ignorer et d'avancer.

Commandant à ses membres tremblants de tenir encore un tout petit peu, elle traversa en courant l'étendue herbeuse jusqu'à une grange affaissée. Sa peinture s'écaillait, et du vieux foin débordait de la gueule béante de son grenier. Croyant que le grenier à foin était son meilleur refuge, elle grimpa à une échelle couverte de mousse, manquant de glisser sur le bois usé. Hors d'haleine et au bord de l'épuisement, elle se hissa dans le grenier.

Lorsque les hivers devenaient trop froids et dangereux dans

sa maison délabrée, Nyssa se glissait souvent dans cette grange et laissait la chaleur des animaux rassemblés en bas l'empêcher de mourir de froid lorsque le temps devenait dangereux.

Au creux des tas de vieux foin sec, Nyssa trouva un endroit où se pelotonner. Son cœur battait si fort dans sa poitrine qu'il noyait les sons du bétail en bas. Des décennies de foin récolté recouvraient toute trace de pas menant à son refuge. Elle serra ses précieuses trouvailles contre elle, espérant que son cœur se calme. Heureusement, le tumulte de la ville semblait lointain.

Nyssa resta cachée dans son havre du grenier à foin, son souffle se coupant à chaque mouvement à l'extérieur de la grange, son esprit bourdonnant d'un mélange improbable d'exaltation et de terreur. Tandis que la lumière du soleil filtrait dans le grenier et sur ses vêtements incrustés de terre, elle écouta, attentive, le moindre bruit de poursuite à ses trousses.

CHAPITRE 9

Assise sur le sol poussiéreux du grenier, Nyssa s'adossa à une botte de foin. La chaleur du jour accablait le toit de la grange, rendant l'air étouffant et sec, mais Nyssa était heureuse d'être en sécurité. Après avoir évalué sa situation, elle décida d'attendre la veillée aux chandelles du soir. Celle-ci était organisée pour honorer le Roi Jerwan et les cinq personnes qui allaient être sacrifiées aux Terres Mourantes. Tous les habitants du royaume se rassembleraient dans les rues pour chanter des hymnes de louange et de remerciement.

Le cœur de Nyssa se remit à battre plus vite alors que la lumière de l'après-midi commençait à faiblir. Le ciel se parait des riches teintes du crépuscule et les étoiles émergèrent pour recouvrir les cieux d'un manteau scintillant. C'était la deuxième nuit du Festival de Jerwan, lorsque les rues se rempliraient de foules recueillies et dévotes, et la joyeuse célébration d'hier serait remplacée par une nuit de réflexion pieuse et d'hymnes religieux. Le royaume serait baigné dans un flot de lueurs vacillantes de chandelles. Avec sa situation précaire, le festival lui offrait l'occasion parfaite de se glisser à nouveau dans les rues de la ville sans être détectée.

Un faible tintement d'une cloche lointaine résonna dans la tranquillité du crépuscule. Un nœud serré d'anxiété se forma dans l'estomac de Nyssa lorsqu'elle reconnut ce son comme le début du festival. Écartant des monticules de foin, Nyssa émergea de sa cachette tel un fantôme. Son cœur battait d'un martèlement qui commençait à lui devenir familier. L'anticipation la submergeait, et la peur rôdait dans ses entrailles.

En brossant les brins de foin épars, elle baissa les yeux vers ses vêtements couverts de boue, trop sales pour être récupérés, et soupira. Elle était couverte de crasse, une participante inattendue à un festival religieux vénéré. Mais sous le couvert de l'obscurité, éclairée seulement par la lueur vacillante des chandelles, Nyssa pensait pouvoir se fondre dans la foule. Cette pensée apaisa le tumulte intérieur, lui procurant un réconfort bienvenu. Les citoyens d'Erishum avaient aussi tendance à fermer les yeux sur les membres défavorisés de leur communauté, préférant faire comme si la pauvreté n'existait pas au sein du royaume plutôt que d'affronter l'idée inconfortable de la famine et de la maladie si proches de leurs foyers.

En sortant de la grange, un chœur lointain d'hymnes s'intensifia au loin. Les chandelles vacillantes devinrent des lueurs dansantes qui défilaient le long des rues obscures. C'était comme si le monde s'unissait pour la guider, pour lui montrer le chemin du retour vers la ville et son musée. Elle inspira profondément, emplissant ses poumons de l'air frais de la nuit.

Rassurée, Nyssa se glissa à travers les champs, l'herbe humide de rosée bruissant sous ses bottes. Lorsqu'elle atteignit la clôture séparant les champs de baies du reste de la ville, elle s'arrêta et écouta pendant plusieurs longues minutes, attendant d'entendre si quelqu'un la cherchait encore. Alors qu'elle attendait et écoutait, une seconde cloche résonna dans l'air silencieux, réaffirmant sa résolution.

Ainsi, sous le couvert de l'obscurité, seulement troublée par les chandelles vacillantes et les étoiles émergentes au-dessus,

Nyssa se glissa par une ouverture dans la clôture et se fondit dans la foule des adorateurs, une silhouette solitaire sans chandelle au milieu de la foule en fête. Elle se laissa porter par la foule, enveloppée par leurs chants, portant un secret dissimulé sous ses vêtements.

Nyssa resta au milieu d'un groupe de choristes, suivant tout le monde alors qu'ils se dirigeaient vers la Route du Roi. Leurs voix mélodieuses s'élevèrent dans la nuit. Juste avant qu'ils n'atteignent la cour principale devant le château, Nyssa s'éclipsa silencieusement, déviant du chemin principal pour se diriger vers une ruelle étroite et sombre. Le bruit de milliers de voix chantant en harmonie s'estompa, remplacé par les sons étouffés de la ville, en marge des festivités. Par contraste, la ruelle était silencieuse, familièrement silencieuse, imprégnée de l'arôme distinct de terre et de fumée de bois provenant d'une cheminée proche. Quelque part au loin, un chat lançait sa plainte dans la nuit.

Le cœur battant la chamade contre sa poitrine, Nyssa suivit le sentier pavé à travers la ruelle sinueuse jusqu'à ce que la silhouette familière du musée prenne forme devant elle. Le bâtiment était illuminé dans l'obscurité par la lueur des chandelles se reflétant sur ses fenêtres majestueuses. Pendant un moment, elle s'arrêta, regardant autour d'elle pour s'assurer que personne n'attendait son retour.

Après avoir observé le bâtiment pendant près d'un quart d'heure, Nyssa se glissa hors de l'alcôve obscure où elle s'était cachée et se faufila sur le sentier derrière le musée. Debout à la porte arrière des quartiers de la Conservatrice Athura, Nyssa frappa rapidement à la porte. Ses jointures résonnèrent d'un bruit sec et creux contre la surface en bois de la porte. Mais il n'y eut que le silence, à l'exception des hymnes lointains de la procession sur la Route du Roi. Elle retint son souffle, attendant les pas familiers ou la voix de la Conservatrice. Mais rien ne vint.

Ravalant sa peur résiduelle, elle saisit doucement la poignée de la porte et la tourna, pensant qu'elle serait verrouillée, mais la porte s'ouvrit à sa grande surprise. Cette découverte troublante la remplit d'un léger malaise, mais elle ressentit surtout du soulagement d'être à l'intérieur, loin des rues où elle aurait pu être repérée. Être dehors à découvert avait donné l'impression d'être une chandelle solitaire dans l'obscurité totale, vulnérable et visible de tous.

Avec un dernier regard vers la rue au loin et quelques personnes qui passaient, portant encore leurs chandelles vers le festival, Nyssa ouvrit la porte et se glissa à l'intérieur, disparaissant comme un écho dans les quartiers de la Conservatrice, laissant la ruelle étoilée dans un silence pesant une fois de plus.

CHAPITRE 10

Dans les quartiers de la conservatrice, Nyssa se retrouva de nouveau dans le couloir bordé d'étagères. Un miroir ancien, qu'elle n'avait pas remarqué jusqu'alors, était appuyé contre un mur. Nyssa avait rarement vu son propre reflet en dehors de l'image vacillante occasionnelle à la surface de la rivière. Elle s'observa dans la pénombre. Devant elle se trouvait une femme usée au-delà de ses années, le visage fatigué et les vêtements maculés de boue et déchirés. Ses cheveux noirs étaient emmêlés et son visage étroit portait des cernes sombres sous ses yeux bruns. Ne voulant pas s'examiner davantage, Nyssa se détourna. Son attention fut rapidement attirée par une porte en bois qu'elle ne connaissait pas, située au bout du couloir. Elle appela doucement la conservatrice, mais seul le silence lui répondit. Elle savait qu'elle ne devait pas laisser libre cours à sa curiosité, mais la porte l'attirait irrésistiblement. Marchant sur la pointe des pieds vers la porte, sa main trembla légèrement lorsqu'elle la posa sur la poignée. La déception la submergea lorsque le loquet refusa de tourner sous sa main.

Se laissant tomber à genoux, Nyssa jeta un coup d'œil dans le trou de la serrure, découvrant un aperçu fugace d'une pièce à l'allure magique.

Nyssa pensa que cela pourrait être une étrange pièce de rangement encombrée ou peut-être un autre atelier. La pièce était charmante et douillette, ornée d'une myriade d'artefacts, de parchemins et de textes anciens. Des objets brillants et étranges pendaient du plafond comme des constellations de trésors d'un autre monde. Chaque centimètre des murs était décoré de peintures et de tapisseries aux couleurs fanées. D'énormes piles de livres, semblables à des tours branlantes, remplissaient la pièce. C'était un petit musée à l'intérieur du musée, pensa Nyssa, mais il avait un certain charme qui lui donnait davantage l'air d'un sanctuaire personnel que d'une exposition. Dans un petit recoin se trouvait une cheminée avec un fauteuil usé qui lui faisait face. La fatigue transperça soudain Nyssa, lui rappelant avec force la journée éprouvante qu'elle avait vécue – toutes ces grimpées, ces cachettes et ces courses l'avaient épuisée. Elle aurait adoré se blottir dans ce fauteuil, peut-être avec une tasse de thé chaud.

Cependant, ce qui attira vraiment l'attention de Nyssa fut une énorme carte occupant presque tout le mur en face de la porte où elle se trouvait. Elle reconnut immédiatement le royaume d'Erishum avec la rivière Assur qui le traversait sur un côté. La carte était bien plus grande que toutes celles qu'elle avait vues auparavant, montrant des terres anciennes qui existaient autrefois au-delà des frontières des Terres Mourantes. Plissant les yeux, souhaitant pouvoir la voir de plus près, elle aurait juré voir d'autres royaumes représentés sur la carte. Nyssa se demanda s'il s'agissait des royaumes maléfiques et sans nom dont le Roi Jerwan avait jadis sauvé son peuple. Peut-être l'un d'eux était-il le royaume de Puzur, qu'Athura avait mentionné plus tôt dans la journée – le royaume d'où venait la mystérieuse trompette d'Athura.

Nyssa s'éloigna de la porte verrouillée et s'installa dans un coin sombre du couloir. Elle appuya sa tête douloureuse contre le mur frais et ferma les yeux. Elle avait juste besoin de quelques instants pour reposer ses yeux fatigués et calmer son cœur qui battait encore la chamade. Soupirant profondément, se sentant enfin en sécurité, Nyssa laissa les doux sons d'un chant lointain la bercer jusqu'à s'endormir.

CHAPITRE 11

Quelque part entre l'éveil et l'appel séduisant du sommeil, les craquements étouffés du plancher de bois et le tintement lointain d'une cloche parvinrent aux oreilles de Nyssa. Se réveillant, Nyssa tira son cerveau embrumé de sa somnolence persistante, s'assit et écouta attentivement. Les pas se firent plus forts et plus distincts, et avec eux vint le son grave de quelqu'un qui marmonnait entre ses dents.

Quand Nyssa fut certaine qu'il n'y avait qu'une seule présence qui se déplaçait, elle se donna quelques minutes pour rassembler son courage avant d'appeler doucement : « Conservatrice Athura ? »

Le marmonnement s'arrêta immédiatement, et pendant un moment, tout fut étrangement silencieux. Puis la voix familière d'Athura retentit, son ton mélange d'incrédulité et de soulagement : « Nyssa ? »

La silhouette de la conservatrice apparut dans la lueur tamisée. La femme avait toujours été mince, mais maintenant elle semblait presque spectrale dans la lumière vacillante. Elle s'approcha rapidement de Nyssa et tendit une main comme pour s'assurer qu'elle était solide et réelle. Son visage enregistra le choc

– que ce soit à l'apparition inattendue de Nyssa ou à son retour sain et sauf, Nyssa n'en était pas sûre – mais par-dessus tout dominait un soulagement.

« Je n'aurais jamais dû te renvoyer là-bas. Je suis désolée. Je n'avais aucune idée que le grand prêtre ferait appel aux pies-grièches. Je suis juste heureuse que tu sois en sécurité », finit-elle par souffler, offrant une étreinte accueillante. « J'ai du mal à imaginer ce que tu as traversé... »

« Les excuses sont inutiles, Conservatrice », déclina rapidement Nyssa. Elle sortit les sacs de cuir encore humides de sous sa chemise. Elle avait passé la sangle du sac par-dessus son épaule, et les présenta à la conservatrice. Elle regarda la conservatrice ouvrir la bouche, suffoquant de stupeur. Athura regarda du sac aux yeux de Nyssa comme si elle cherchait la confirmation qu'elle n'imaginait pas le trésor de Nyssa. « Conservatrice Athura... J'ai trouvé quelque chose. »

Dans la lumière tamisée, les yeux d'Athura brillèrent d'une excitation débridée. Elle leva son bras délicat, révélant une main délicate ornée d'une seule bague dorée à son doigt, rappel de son statut royal. La main prit délicatement les sacs offerts tandis qu'Athura fit un signe vers la pièce verrouillée. « Viens, examinons cela de plus près à l'intérieur. Mes quartiers privés seront à l'abri de toute intrusion. »

Nyssa hocha rapidement la tête, espérant avoir la chance de regarder la carte, et suivit la conservatrice.

Le cliquetis des clés contre la lourde serrure résonna dans tout le couloir. La porte grinça en s'ouvrant, révélant la pièce confortable enveloppée par l'ombre de la nuit. Des parchemins éparpillés, des artefacts et la carte imposante les accueillirent. Malgré la pénombre, la pièce semblait accueillante, un sanctuaire abritant des connaissances oubliées et des objets d'histoire.

Après avoir fait entrer Nyssa, Conservatrice Athura verrouilla soigneusement, mais hâtivement, la porte derrière elles.

D'un petit hochement de tête, Athura se dirigea vers une

table nichée près de l'âtre du coin, allumant une vieille lanterne poussiéreuse avec la flamme d'une allumette. La pièce fut progressivement baignée de lumière chaude, les ombres dansant autour d'elles. Parchemin, plumes et un étrange engin contorsionné couvert de plusieurs petits boutons dont Nyssa ne pouvait commencer à imaginer l'usage étaient disposés soigneusement sur la table encombrée, prêts à être utilisés. Silencieusement, Nyssa se tint près de la table, anxieuse mais pleine d'espoir quant aux révélations que les sacs de cuir pourraient dévoiler.

Les doigts fins de Conservatrice Athura débouclèrent le sac de cuir avec une révérence réfléchie. Elle pointa l'écusson estampé sur le devant du sac. « C'est l'écusson du royaume de Puzur. »

« Le même que sur la trompette », murmura Nyssa. La conservatrice hocha la tête distraitement, ne commentant pas davantage – son attention était entièrement sur les sacs. Tant de questions se bousculaient dans la tête de Nyssa, mais elle ne voulait pas attirer l'attention sur elle et être renvoyée avant d'avoir pu voir ce qu'il y avait dans les pochettes.

Athura émit un son d'appréciation en révélant l'ingénieuse conception roulée du sac, astucieusement façonné pour garder son contenu parfaitement sec. Avec des mouvements prudents et lents, la conservatrice déroula délicatement le sac.

Il y avait une certaine solennité dans la façon dont Athura commença à explorer le contenu du sac, ses doigts agiles caressant chaque objet, ses yeux brillant dans la lueur de la lanterne. Le premier objet qu'elle récupéra était un paquet de rations de voyage enveloppées dans de la toile cirée. Ceci fut suivi d'une grande pile de documents d'apparence officielle. Des lettres et des papiers que Nyssa était incapable d'interpréter. Elle caressa du bout des doigts le papier fin et épais d'un des manuscrits. Certaines étaient des enveloppes fermées avec des sceaux de cire arborant des écussons inconnus. Il y avait aussi quelques pièces étrangères, un silex et une collection de petits outils qui aideraient au voyage.

Athura tenait chacun avec un mélange de respect et de nostalgie, les posant délicatement de côté pour les examiner plus tard avec plus de temps et de solitude.

Parmi les trésors tirés des sacs, Athura semblait plus excitée par une carte qu'elle déplia et examina méticuleusement. Sa vue lui arracha un sifflement grave, ses yeux brillant presque de fascination. Quand elle finit de la déplier, un dessin détaillé fut révélé. Nyssa regarda la conservatrice tracer des terrains familiers et inconnus sur le parchemin.

Nyssa hésita, se mordant la lèvre inférieure avant que les mots ne s'échappent : « Je n'ai pas exactement... trouvé les sacs dans la boue de la rivière. Quand je fouillais la zone où j'ai trouvé la trompette, j'ai aperçu quelque chose juste à l'extérieur de la grille couvrant la rivière. Emmêlé dans un arbre se trouvait un... une créature. C'était un animal mort qui ressemblait un peu à un énorme cerf ou à un immense chien déformé. Il avait ces sacs attachés à lui. » Elle étudia la conservatrice, cherchant des signes d'alarme, de peur ou même de dégoût.

Les sourcils d'Athura se froncèrent étroitement, la curiosité illuminant son comportement précédemment calme avant que ses traits ne descendent dans l'inquiétude. « Tu es sortie des murs ? » répéta la conservatrice, son visage masque de choc et d'inquiétude.

« Oui... » répondit doucement Nyssa. « Juste à peine à l'extérieur de la grille de la ville. L'animal était énorme, plus grand que toute créature que j'aie jamais vue à Erishum. Il portait une robe bleu profond, contrairement à toute couleur que j'aie jamais vue auparavant. Et il... il était mort. »

Un regard de profond regret voila le visage d'Athura. « Oh, Nyssa », chuchota-t-elle, les mots à peine audibles. « Tu n'auriez pas dû aller dans les Terres Mourantes. Tu aurais pu mourir. La pensée de toi à l'extérieur des murs de la ville... c'est trop affreux à comprendre. Je suis désolée de t'avoir envoyée dans cette course. »

Nyssa secouait la tête avant que la conservatrice n'ait fini de parler. « C'était bien. J'ai été très prudente. Et regardez ce que j'ai trouvé. Ça en valait la peine. »

Athura ouvrit la bouche comme pour dire plus mais souffla à la place et secoua la tête. « Parlez-moi plus de l'animal », dit-elle au lieu de ce qu'elle était sur le point de dire.

Avant que Nyssa ne puisse commencer à décrire l'animal, la conservatrice se dirigea rapidement vers une bibliothèque débordante que Nyssa n'avait pas remarquée auparavant, arrêtant ses mots. Les yeux d'Athura parcoururent les rangées de livres et de parchemins jusqu'à finalement se poser sur un vieux volume décoloré. Elle revint vers Nyssa, serrant le livre comme un bouclier.

Tandis qu'elle feuilletait les pages, Nyssa aperçut de vives illustrations de créatures qu'elle n'avait jamais vues ou même entendues. « Peux-tu décrire la bête ? » demanda Athura tandis que les images sur le parchemin vacillaient sous la lumière de la lampe.

Nyssa réfléchit un moment avant de répondre. « Elle était grande... quatre pattes, un long museau et une queue. Et elle avait ces... longs cheveux noirs qui poussaient le long de son cou. Elle avait un large bouclier de cuir attaché à son dos, et plusieurs sangles de cuir étaient attachées au bouclier, y compris ces pochettes. » Nyssa savait que c'était le moment de mentionner le couteau, mais elle s'en abstint. « Et la créature était couverte de poils courts bruns, une teinte terne comme du bois mouillé. Elle ressemblait à... »

Brusquement, Athura arrêta de feuilleter, les pages bruissant dans un silence soudain. Elle tourna le livre et pointa une représentation colorée. « Celle-ci ? » demanda-t-elle.

Nyssa hocha lentement la tête tandis que ses yeux s'élargirent de reconnaissance. « Oui, c'est ça. »

Athura donna un seul hochement de tête confirmatif, ses yeux mélange de tristesse et d'émerveillement. « Ça, Nyssa, c'était un cheval. D'autres royaumes utilisent ces animaux comme bêtes de somme – ils montent ces créatures magnifiques sur de vastes distances. Ce n'était pas un bouclier sur son dos, c'était un siège. Tu as trouvé quelque chose d'extraordinaire. »

Nyssa regarda la conservatrice, l'émerveillement remplaçant son appréhension antérieure. Tandis que l'image du magnifique animal dans la peinture se juxtaposait avec la carcasse immobile et sans vie qu'elle avait vue, un sentiment d'émerveillement la submergea. Elle ne pouvait imaginer comment quelqu'un pourrait s'asseoir au sommet d'une si grande créature.

Dans la lumière tamisée, Conservatrice Athura prit soigneusement la nouvelle carte. Elle la leva et se tourna vers la grande carte accrochée à son mur. Ses traits étaient partagés entre fascination et détermination, son regard allant de l'une à l'autre carte. Nyssa planait à son coude, souhaitant pouvoir lire tous les mots griffonnés en texte minuscule sur l'une ou l'autre image.

Se détournant de son examen des cartes, Conservatrice Athura regarda Nyssa dans la lumière tamisée de la lampe, son regard troublé. Elle prit une profonde inspiration, ses doigts se crispant très légèrement contre une broche ornée fixée à son col, signe notable de tourment intérieur.

« Nyssa », commença-t-elle gravement. « J'ai besoin de ton aide pour quelque chose d'extrêmement important et également dangereux. Un secret qui, s'il est découvert, nous mettra toutes les deux en grave péril. Tu dois me jurer de garder ce que je vais te dire secret. Peux-tu faire cela ? » Son regard ne laissait aucune place au refus.

Nyssa, prise au dépourvu, fixa les yeux sombres et inquiets de la conservatrice. Ses yeux étaient remplis de malaise, mais en dessous se trouvait une détermination inébranlable. Elle hocha la tête. « Je le jure, Conservatrice Athura. Je n'en parlerai à âme qui vive. »

Satisfaite, Athura hocha la tête, un sourire satisfait tirant les coins de ses lèvres. Elle jeta un dernier coup d'œil à la plus petite carte avant de la mettre de côté et de reporter son attention sur Nyssa, une intensité inhabituelle dans son regard. « Nyssa, la vérité est que le Roi Jorek nous a tous menti. »

De toutes les choses que Nyssa avait pu s'attendre à entendre la conservatrice dire, elle n'aurait jamais deviné qu'elle prononcerait des mots de trahison. Un frisson froid parcourut Nyssa. Le Roi Jorek, le dirigeant d'Erishum qui était aimé de tous, un homme oint par Enum lui-même pour régner sur leur peuple, serait-il un menteur ?

« Les Terres Mourantes », continua Athura, son comportement habituellement calme remplacé par une résolution ferme, « n'a pas anéanti nos anciens ennemis. Ces royaumes, Nyssa, ils ont survécu et prospéré au-delà des frontières des Terres Mourantes. »

Nyssa se contenta de fixer la conservatrice, incapable de formuler une réponse.

« Regarde ceci, mon enfant », commanda Athura, pointant la carte posée sur son bureau orné. « La carte au mur datait d'avant la création des Terres Mourantes. C'est à quoi ressemblait le monde avant que le Roi Jerwan ne fasse appel à Enum pour créer les Terres Mourantes et les hyva. »

Nyssa fixa le dessin, ses yeux traçant les lignes détaillées de l'ancien terrain. Il était rempli d'esquisses artistiques de montagnes, rivières et villes.

« Le vois-tu, Nyssa ? » La voix de la conservatrice était basse.

Nyssa regarda d'une carte à l'autre. L'ancienne carte avait un grand rendu soigneusement dessiné d'Erishum. Bien qu'il y ait eu quelques changements, les rues de la ville et la Rivière Assur lui étaient immédiatement familières. À l'extérieur des murs, la ville était entourée d'une abondance de verdure emmêlée, les corps sinueux des hyva serpentant à travers les ronces dessinées. Sur la nouvelle carte, Erishum manquait – seule l'image d'une forêt sombre où le royaume aurait dû apparaître.

« Erishum... Elle n'est pas sur la nouvelle carte », réalisa Nyssa, sa voix un simple murmure dans le silence envahissant.

« Exactement », confirma Athura. Quelque chose dans ses yeux vacilla, et Nyssa vit un mélange hanté de chagrin et de défi. « Les royaumes extérieurs ne savent même pas que nous sommes ici, battant encore fort au cœur des Terres Mourantes. Cela rend notre histoire, chaque bibelot que tu trouves dans la boue, d'autant plus précieux parce que j'espérais une preuve que les autres royaumes existent encore à l'extérieur des Terres Mourantes. Cette carte le prouve, et elle prouve aussi que personne ne sait que nous sommes encore ici. »

Conservatrice Athura poussa un profond soupir avant d'ouvrir une petite boîte sur son bureau et d'en sortir une seule clé. Faisant signe à Nyssa de la suivre, elle marcha vers une vieille armoire noueuse. Déverrouillant le meuble, la conservatrice ouvrit les portes révélant des étagères bourrées de toutes sortes d'objets. À l'intérieur se trouvaient des piles de livres et de papiers. Il y avait aussi des tessons de poterie, des armes, des bibelots et des fragments de gadgets.

« Trésors des alouettes de vase », murmura Athura, ses doigts effleurant légèrement les objets apparemment insignifiants. « Preuve de royaumes au-delà du nôtre. J'ai payé les alouettes de vase pendant des années, cherchant une preuve que nous ne sommes pas seuls dans ce monde. J'avais besoin d'une preuve que le Roi Jorek nous mentait. Lui, et ses prédécesseurs, veulent juste nous garder isolés. Nous ne pouvons pas partir, et nous ne pouvons pas protester contre la façon dont nous sommes traités parce que nous n'avons nulle part où aller. »

Nyssa inspira brusquement, la révélation s'abattant sur elle comme des vagues turbulentes. Combien du monde leur était-il caché ? On lui avait dit toute sa vie qu'Enum n'avait épargné que le royaume d'Erishum de sa colère contre la méchanceté du monde extérieur. Tous les autres royaumes à l'extérieur d'Erishum étaient des barbares qui avaient tourné le dos à la vérité d'Enum et avaient été justement punis. Mais s'ils existaient encore, qu'est-ce que cela signifiait ? Avaient-ils été épargnés par Enum ? La force d'Enum était si grande que s'il voulait détruire un royaume, il pouvait le faire en un clin d'œil. Cela signifiait-il qu'Enum n'avait aucune querelle avec ces autres royaumes ? Si la conservatrice disait vrai, alors cela signifiait que le roi savait tout cela. Son cœur battait fort dans ses oreilles, mais elle resta silencieuse, chancelant dans la vérité saisissante, la serrant fermement comme une bouée de sauvetage dans les secrets et mensonges qu'Athura venait d'exposer.

Les yeux d'Athura exprimaient une profonde détresse tandis qu'elle continuait. « Nyssa », commença-t-elle, sa voix à peine plus qu'un murmure. « Le Roi Jorek... son règne n'a apporté que misère à notre peuple. Tandis que nous périssons, mourons de faim et vivons dans la misère, il se prélasse dans le luxe, amassant des richesses pour lui-même. Il pourrait utiliser sa magie pour guérir les malades mais refuse de l'utiliser pour aider son peuple. Il se moque bien de la souffrance de son peuple. »

Un silence amer et froid enveloppa la pièce suivant sa déclaration, les mots s'enfonçant dans la conscience de Nyssa, contraste saisissant avec la lumière chaude de la vieille lampe à huile qui vacillait dans la pièce.

« Sa démonstration d'inquiétude pour le royaume, ses grands discours, les parades... ce ne sont que des charades », la voix d'Athura résonna à travers le silence rempli de ferveur, chaque mot rempli du dégoût qu'il méritait ; chaque syllabe renforçant une terrible vérité. « Sa véritable préoccupation ne réside pas dans l'histoire d'Erishum, son peuple ou son avenir. Jorek ne se soucie que de son propre ventre et de l'or qu'il peut fourrer dans ses coffres. »

Nyssa cligna des yeux, son esprit tourbillon de pensées et d'émotions qu'elle luttait pour interpréter. Tout ce qu'elle avait connu, tout ce qu'elle avait tenu pour vrai, semblait s'effriter en poussière à ses pieds. Elle avait su dans une partie cachée de son âme que les choses n'allaient pas bien à Erishum. Il y avait tant d'orphelins dont les parents avaient péri ou étaient incapables de nourrir leurs enfants les avaient jetés dans la rue. Les paroles des hommes qu'elle avait entendus au festival résonnaient dans sa tête. Elle se sentait trompée ; dupée par un homme qu'on lui avait appris à révérer. Le goût de la trahison était amer sur sa langue.

« Athura... est-ce la vérité, tout ce que vous venez de dire ? Le roi ne mentirait vraiment pas, n'est-ce pas ? » demanda Nyssa, sa voix à peine un murmure. Elle devait reconnaître le malaise qu'elle ressentait. Les paroles de la conservatrice résonnèrent contre les murs de son cœur et libérèrent un flot d'incrédulité, de colère et de ressentiment.

Athura ne fit que hocher la tête, sa main traçant distraitement le bord d'une broche représentant un ancien symbole d'Erishum, ses yeux ternes sous la douce lueur de la lampe. « Oui, Nyssa. C'est la vérité. Je le jure. »

« Pourquoi me dire cela ? Il n'y a rien que je puisse faire pour le changer. »

« Ce n'est pas vrai. Il y a quelque chose que tu peux faire. J'ai besoin de ton aide. Tout le royaume est sur un chemin vers la ruine, et nous avons besoin d'aide. Je crois que tu es la personne qui peut faire quelque chose à ce sujet. »

« Mais je ne suis qu'une alouette de vase », protesta Nyssa, ses yeux se remplissant de larmes impuissantes, le poids de tous les secrets et mensonges pesant sur sa poitrine. « Une moins que rien aux yeux du royaume. Je ne peux rien changer. Comment puis-je lutter contre un roi ? »

Conservatrice Athura soutint le regard de Nyssa pendant un long moment comme si elle cherchait quelque chose. Nyssa ne savait pas ce que la conservatrice voyait, mais avec un hochement de tête qui semblait être plus pour elle-même que pour Nyssa, elle se tourna et ouvrit un petit tiroir en bois à l'intérieur de l'armoire antique.

Des ombres du tiroir, Athura récupéra soigneusement un objet enveloppé dans un tissu blanc, le dévoilant avec précaution. Le souffle de Nyssa se bloqua dans sa gorge à cette vue. Scintillant sous la lampe à huile vacillante se trouvait une amulette, le talisman sacré porté seulement par le roi et les prêtres d'Enum. Suspendu à une chaîne se trouvait un pendentif fait d'une pierre rose envoûtante connue pour être imprégnée des pouvoirs divins de leur dieu.

La vue de l'emblème saint fit reculer Nyssa instinctivement. Elle avait entendu les contes chuchotés parmi ses compagnons alouettes de vase, comment la pierre sacrée ne devait pas être touchée par des mains impures. Enfreindre cette loi signifiait la ruine – la main coupable se dessécherait et tomberait, ou ainsi l'avertissait la légende.

« Tu peux la toucher », l'assura Athura. Nyssa secoua automatiquement la tête en signe de déni. La conservatrice lui lança un regard bienveillant. « Regarde. Je touche l'amulette, et je vais bien. Je l'ai touchée plusieurs fois auparavant. Ceci n'est qu'une preuve supplémentaire des mensonges du Roi Jorek. » La vérité des paroles d'Athura ramena Nyssa de sa spirale de peur et d'incrédulité.

Nyssa fixa l'amulette ; la teinte douce de la pierre rose semblait presque surnaturelle sous la lumière chaude et vacillante de la lampe. Elle tourna ensuite son regard vers Athura, prise dans le tourbillon confus de terreur, d'honneur, d'intrigue et d'une montée rampante d'excitation.

« Que puis-je faire avec l'amulette pour aider ? » Nyssa ne comprenait pas quel était l'intérêt de lui montrer le talisman.

Athura saisit la carte qu'elles avaient trouvée dans les sacs de cuir du cheval. Elle l'étala à nouveau sur la table, fixant intensément le dessin détaillé. La carte était encombrée de noms, de chemins et de symboles qui n'avaient pas de sens pour Nyssa.

Athura pointa la ville au centre des Terres Mourantes puis traça un chemin le long de la Rivière Assur jusqu'à ce qu'il mène à ce qui semblait être une route.

« Les Terres Mourantes n'est pas seulement les murs physiques d'Erishum, Nyssa », déclara Athura, son ton grave l'obligeant à porter une attention particulière. « C'est un tampon, une barrière magique en quelque sorte qui tient à distance les dangers. Elle est plus spécifiquement conçue pour tenir à distance les autres royaumes. Seules les créatures hyva peuvent survivre dans le Sauvage. »

Elle s'arrêta, regardant Nyssa. Sa main se resserra sur le pendentif rose. « Cette amulette, Nyssa... ce n'est pas seulement un signe de pouvoir et de foi, c'est un talisman de protection contre les hyva. Les monstres des Terres Mourantes la craignent. Si tu la portes sur toi, tu devrais pouvoir traverser les Terres Mourantes sans dommage. Les hyva te tiendront à l'écart si tu la possèdes. »

Nyssa regarda la carte, puis l'amulette, son esprit oscillant entre croyance et incrédulité. Elle avala difficilement : « Et où dois-je aller ? »

La conservatrice traça un doigt le long de la Rivière Assur tandis qu'elle s'éloignait d'Erishum, serpentant à travers les Terres Mourantes jusqu'à ce qu'elle émerge de la forêt dangereuse et rencontre une route. La route menait à deux royaumes. « Voici Hassuna. » Athura pointa un royaume sur le côté droit de la carte qui semblait être niché dans une vallée entourée de montagnes. « Et voici Puzur. » Athura pointa le royaume sur le côté supérieur gauche de la carte qui semblait être au bord d'une grande étendue d'eau. « Ici... c'est là où tu dois aller », commanda Athura, « Tu dois chercher leur dirigeant et implorer de l'aide, leur faire savoir que nous existons encore dans ce monde ; nous ne sommes pas juste un royaume perdu. Et nous avons besoin de leur aide pour être libres du règne du Roi Jorek. Notre survie et notre liberté pourraient bien résider au-delà des Terres Mourantes. »

Nyssa secoua la tête dans la confusion. « Comment ces gens peuvent-ils nous aider ? Ils devraient passer à travers les Terres Mourantes pour nous atteindre. Les hyva tueront quiconque entre dans la forêt. »

Les yeux d'Athura prirent un regard sauvage et plein d'espoir. « Ces royaumes ont eu des centaines d'années pour progresser tandis que nous avons stagné, restant les mêmes. Tu devrais voir certaines des merveilles que les gens ont tirées de l'eau de la rivière. » La conservatrice fit un geste vers l'armoire ouverte et ses piles d'objets.

Au regard confus de Nyssa, Athura expliqua. « C'est pourquoi je paie si généreusement pour tout ce que la rivière apporte. J'ai recherché ces autres royaumes en attendant une opportunité de les contacter. Tu devrais voir certains des engins que leurs peuples ont créés. Certaines des armes sont merveilleuses, et je crois qu'ils peuvent vaincre les hyva. »

Nyssa fixa le royaume de Puzur, son esprit tournoyant, perdue dans ses pensées.

Athura posa une main sur l'épaule de Nyssa, lui donnant une pression amicale. « Si tu pars immédiatement, tu peux y arriver avant que le pire du temps hivernal n'arrive. Je rassemblerai les provisions dont tu auras besoin pour ton voyage. »

Nyssa regarda le visage plein d'espoir de la conservatrice et prit une profonde inspiration avant de donner sa réponse.

« Non. »

CHAPITRE 12

L'incrédulité dans les yeux de la Conservatrice Athura était saisissante et glaçante. « Quoi ? » Elle retira lentement sa main de la carte, les yeux fixés sur Nyssa. « Que veux-tu dire par non ? »

Nyssa grimaça et baissa les yeux, ses mains tripotant nerveusement le bord de sa tunique maculée de terre. Elle ressentit soudain l'envie de gratter la boue sous ses ongles, n'importe quoi pour se distraire de l'inconfort du moment. Elle détestait décevoir la conservatrice, mais c'était inévitable, d'une manière ou d'une autre.

« Mais... tu dois le faire, Nyssa. Il le faut. Le royaume... ton peuple... ils ont besoin de toi. » Les mots se bousculaient hors de la conservatrice, chacun teinté d'une supplication désespérée.

Sa réponse marmonnée s'éleva à peine au-dessus d'un murmure. « Non... Ils n'ont pas besoin de moi. Ils ont besoin d'un guerrier ou... de quelqu'un de courageux. De quelqu'un de fort. »

« Mais tu es courageuse, Nyssa », répliqua Athura avec intensité. « Tu affrontes les marées de la rivière chaque jour, ta détermination ne vacille jamais. C'est cela, le courage. Et la force ? La force n'est pas toujours une démonstration de puissance physique ; c'est bien au-delà de cela », elle se pencha en avant, pressant Nyssa de croiser son regard.

Nyssa secoua la tête. « Vous me demandez d'aller dans les Terres Mourantes. Seule. Je ne suis pas une guerrière, Conservatrice Athura. Je ne veux pas combattre des monstres ou parcourir les terres sauvages... Je ne sais même pas lire », admit-elle, la voix lourde d'émotion et la poitrine douloureuse. Elle prit une inspiration tremblante et porta sa main sale à sa poitrine, la pressant contre le battement familier de son cœur. « Je veux être boulangère... Une simple boulangère. Je veux faire du pain et nourrir les gens, rien de plus. »

Le silence enveloppa de nouveau la pièce. Ses mots flottèrent, résonnant parmi les coins ombragés et les reliques anciennes. Athura observa Nyssa, son expression indéchiffrable. « Tu tournes le dos à l'aide de ton royaume, tu refuses une aventure, une quête pour sauver notre peuple, pour un tablier et un four. »

Incapable de regarder la conservatrice dans les yeux, Nyssa fixa le sol en hochant la tête.

La pièce sombra dans une impasse silencieuse, la gravité de la déception d'Athura pesant lourdement dans l'air. Nyssa était effrayée mais animée d'une étrange résolution. Elle savait qu'elle était la mauvaise personne pour aider. Si Athura plaçait le poids du salut de tout le royaume sur ses épaules, Nyssa ne ferait que décevoir tout le monde.

Elle devait faire comprendre à la conservatrice. « Je ne veux pas vous décevoir, mais vous devez comprendre que je ne suis pas la bonne personne pour vous aider. Tout ce que je veux, c'est être boulangère. Je ne peux pas être votre héroïne. »

« Une boulangère », répondit Athura d'un ton plat.

« C'est tout ce que j'ai jamais voulu. Je rêve d'être boulangère depuis aussi longtemps que je me souvienne. »

« Tes rêves sont si petits. » Ces mots méprisants choquèrent Nyssa, qui leva les yeux vers le visage désapprobateur de la conservatrice.

Fixant la Conservatrice Athura, un feu grandit dans le ventre de Nyssa. « Mes rêves sont petits ? Je suis un 'rat des rues', vous vous souvenez ? Les rats des rues ne peuvent pas se permettre de grands rêves. Nous ne sommes pas tous de la royauté. La plupart d'entre nous dorment sous les ponts et dans les ruelles, et vous osez dénigrer mes espoirs. Mes petits rêves sont tout ce que j'ai eu pour me tenir chaud pendant que vous dormez ici. » Nyssa agita sa main autour de la pièce confortable. « J'ai risqué ma vie aujourd'hui juste pour quelques pièces. Si j'avais été prise en train de rapporter ces sacs pour vous, j'aurais eu de la chance si je n'avais été que purifiée par les Enumerii. Le plus probable, c'est qu'ils m'auraient fait marcher dans les Terres Mourantes dans une semaine pour être dévorée vivante par des hyva. Alors, oui. Je garderai mes petits rêves. Vous pouvez vous permettre vos grands rêves. Je suis désolée, mais je ne peux pas vous aider. J'espère que vous trouverez le héros courageux que vous cherchez. »

Les poumons de Nyssa haletaient comme les soufflets d'un forgeron quand elle eut terminé. Choquée par sa propre audace, elle referma sa bouche si rapidement que ses dents claquèrent ensemble. Inquiète d'être jetée dehors sur les fesses sans son paiement, elle commença à bredouiller des excuses, mais la conservatrice l'arrêta d'une paume levée et silencieuse.

Athura fixa Nyssa un long moment avant de pousser finalement un souffle dur. « Bien. Je suppose que c'est tout. Je crois que je vous dois quelques crevans », dit la conservatrice, une nouvelle froideur dans sa voix que Nyssa n'avait jamais entendue auparavant.

Athura tourna le dos à Nyssa et sortit de la pièce à grands pas, les épaules raides et ses pas résonnant sèchement sur le sol.

Des pièces tintèrent alors que la Conservatrice Athura revenait dans la pièce, tenant une petite bourse de cuir. Rapidement, elle versa son contenu dans sa paume, les surfaces des pièces scintillant dans la faible lumière des chandelles. Nyssa regarda Athura qui, avec un sous-ton de ressentiment et de résignation, commença à compter l'argent, ses doigts habiles et experts dans cette tâche.

« Une... deux... dix... vingt... » marmonna-t-elle, sa voix un murmure durci.

Nyssa fixa la montagne de pièces, la bouche entrouverte. C'était plus de richesse qu'elle n'en avait jamais vu d'un coup. Les crevans couvriraient facilement les frais de son apprentissage de boulangerie. Il lui en resterait même après.

« Tu peux partir maintenant, Nyssa. Ceci devrait suffire pour ton... rêve de devenir boulangère », dit Athura d'une voix tranchante, son regard d'acier et ses lèvres une fine ligne de déception.

« Désolée, Conservatrice Athura », bégaya Nyssa en s'excusant, sa vue se brouillant tandis qu'elle se dépêchait de laisser tomber les crevans dans sa propre bourse, bien usée. « Je ne suis pas... c'est juste que... je suis... »

Athura ne répondit pas. Elle se contenta de regarder Nyssa remplir sa bourse, les bras croisés et sa posture aussi immobile qu'une montagne. Après ce qui sembla une éternité, Nyssa rangea finalement la dernière pièce, sa bourse lourde de promesses. Elle se leva, épousseta son pantalon, et marmonna une autre excuse — une qui résonna creux parmi les reliques de l'histoire qui les entouraient.

D'un geste brusque de congédiement, la Conservatrice poussa Nyssa vers la porte arrière. Elle ne souhaita pas bonne nuit à Nyssa comme d'habitude mais la fixa seulement avec une expression stoïque, sa déception palpable dans la distance qu'elle maintenait soigneusement.

Nyssa sortit en traînant les pieds, et la porte se referma doucement derrière elle, la laissant seule dans la ruelle sombre qui séparait les quartiers de la Conservatrice Athura du reste d'Erishum. Les briques ternes qui entouraient Nyssa sur le chemin pavé faiblement éclairé, comparées à la grandeur des quartiers de la conservatrice, semblaient d'une sobriété frappante. Elle serra un peu plus fort sa bourse remplie de pièces, la surface dure des crevans se déplaçant sous sa prise serrée.

Nyssa pinça les lèvres, refoulant les pincements de culpabilité qui grignotaient les bords de sa joie. Elle avait tout l'argent nécessaire pour acheter son apprentissage. Elle n'avait jamais vu autant de pièces en un seul endroit, leur promesse scintillante semblait maintenant être un héritage teinté de peur.

C'était un monde sinistre qui accueillit Nyssa au-delà de la sécurité relative de la maison de la conservatrice. Les rues autrefois familières révélaient un côté menaçant dans la mince lumière de la lune, ombreuses et inquiétantes. Les bâtiments de pierre d'Erishum apparaissaient maintenant comme des monolithes imposants qui cachaient le danger dans leurs ombres lugubres, leurs fenêtres comme des orbites assombries la regardant d'en haut avec des yeux voraces.

Veillant à empêcher les pièces de tinter et de révéler leur existence, Nyssa sécurisa soigneusement la bourse à l'intérieur de sa chemise. Elle pressa une main ferme sur la bourse usée contre sa poitrine, s'assurant de garder les crevans silencieux alors qu'elle se faufilait de derrière le musée.

Ses yeux dardèrent alentour avec alarme, les ombres ondulant et se déplaçant dans sa vision. Le tumulte habituel du marché de jour était remplacé par un silence caverneux, brisé seulement par les murmures inquiétants de la brise nocturne. Nyssa sentait des dangers tapir à chaque coin, vibrant sur ses nerfs comme les cordes d'une harpe.

Les rues tortueuses d'Erishum n'étaient plus seulement des passages mais des labyrinthes menaçants abritant des dangers invisibles. Ses pas résonnaient sinistrement contre les ruelles pavées tandis qu'elle avançait sur la pointe des pieds, chaque écho intensifiant son anxiété. Se pressant dans l'alcôve de la porte d'une boutique, Nyssa ferma les yeux et prit une inspiration tremblante pour tenter de dissiper son effroi grandissant. Quiconque dehors à cette heure de la nuit prendrait volontiers les pièces à Nyssa, par la force si nécessaire, sans hésiter une seconde.

Elle avait l'impression que chaque pavé l'observait, chaque ruelle sombre une bouche béante prête à l'avaler toute entière.

Le poids de la bourse devenait plus lourd à chaque seconde. Son cœur tambourinait dans sa poitrine, battant fort dans le silence glacial. La peur lui rongeait les entrailles, peignant des scénarios dans son esprit d'être attaquée, volée ou assassinée.

L'espace d'un instant, elle ressentit un puissant désir de retourner à son travail boueux au bord de la rivière, retrouver le confort et la sécurité du familier. Pourtant, poussée par son rêve inébranlable, Nyssa continua, sa silhouette se faufilant à travers l'obscurité désolée des rues d'Erishum.

Finalement, la maison de Nyssa se matérialisa devant elle comme une oasis, baignée dans la faible lumière de la lune. Son pouls s'apaisa à chaque pas vers la demeure délabrée. Elle se précipita en avant, impatiente de quitter les rues et d'atteindre la sécurité de la maison. Alors qu'elle approchait de l'entrée secrète de sa maison, une silhouette imposante sortit de derrière le bâtiment.

Un halètement de terreur s'échappa de ses lèvres. Comme son cœur tentait de bondir hors de sa poitrine, Nyssa recula, luttant contre l'envie de fuir. Cependant, alors que la silhouette s'avançait davantage dans la faible lumière de la lune, elle reconnut la forme familière et imposante. Ce n'était pas une menace, mais plutôt une présence inattendue : c'était Vallen.

« Vallen ? » souffla Nyssa, sa voix à peine un murmure. « Que fais-tu ici ? »

Dans la lueur étouffée de la lune, Nyssa pouvait distinguer la tension gravée sur son visage. Son regard fixe tenait une méfiance sévère qui le faisait paraître plus âgé, durci par les responsabilités qu'il avait choisi de porter.

« J'm'inquiète pour toi, Nyssa », déclara-t-il d'une voix grave dans la ruelle étroite. « Les Enumerii... ils te chassent. Ils cherchent une Alouette de la Vase qui s'serait faufilée hors des murs, à c'qu'ils disent. Tu es en danger. »

L'annonce sinistre déferla sur Nyssa, glaçant sa moelle. Toute trace de soulagement qu'elle avait ressentie quelques instants plus tôt fut remplacée par un sentiment insidieux d'effroi. Le silence hanté de la nuit était ponctué par le doux bruissement de leurs respirations partagées.

« T'as vraiment osé passer les murs dans les Terres Mourantes ? » demanda Vallen, sa voix incrédule. Quand Nyssa refusa de répondre, ses yeux s'élargirent de choc. « T'as fait ça ? T'es folle ? Tu t'rends compte à quel point c'était dangereux ? »

Son indignation moralisatrice secoua finalement Nyssa de sa stupeur. « Tu n'as pas à venir ici me faire la morale. Tu es parti ! Tu es parti et tu as à peine dit au revoir. Je suis seule depuis. J'ai été complètement seule. Tu ne reconnais même plus mon existence quand je te vois. Je n'ai pas besoin de quelqu'un dans ma vie qui a honte de moi. Tu peux faire semblant autant que tu veux d'être au-dessus de moi, mais nous sommes nés tous les deux dans la boue. Qu'est-ce qui te fait croire que tu peux me dire quoi faire, Vallen ? Tu m'as abandonnée pour devenir un pie-grièche ! » Le murmure de Nyssa portait le piquant d'un cri, sa voix tremblant de ressentiment et de peur.

Le regard las de Vallen plongea dans celui, défiant, de Nyssa alors qu'il faisait un pas en avant. Son regard n'avait que de la sincérité alors qu'il tendait la main vers elle. « Nyssa, je suis désolé. Je suis désolé que tu aies cru que je t'avais abandonnée. J'voulais pas te laisser derrière, mais j'pouvais plus être une Alouette de la Vase — j'étais trop grand et trop lent. J'ai rejoint les pies-grièches pour nous deux. J'ai économisé mes pièces pour pouvoir t'aider aussi. Si j'étais resté, j's'rais devenu un fardeau. J'aurais crevé de faim ou fini dans le quartier de la lavande. Même les métallurgistes ou les contremaîtres des quais voulaient pas d'moi. »

Il soupira lourdement, ses épaules s'affaissant sous le poids de fardeaux inexprimés. Nyssa ricana à son numéro de pauvre-de-moi.

Il tendit une main vers Nyssa, mais elle recula avant qu'il ne puisse la toucher. Les épaules de Vallen s'affaissèrent comme si elle avait blessé ses sentiments. Prenant une respiration, il continua à expliquer, « Rejoindre les pies-grièches... c'était pas seulement pour me sortir de la boue. C'était pour construire une échelle afin de pouvoir t'en sortir avec moi », avoua Vallen, sa voix rauque d'émotion brute, ses doigts tremblant légèrement dans la pâle lueur de la lune. « J'te jure, j'voulais pas te laisser derrière. Les pies-grièches étaient ma seule issue. J'allais r'venir te chercher. »

Une étincelle de surprise passa dans les yeux de Nyssa. L'intensité de ses mots la secoua, mais elle soutint son regard, ses murailles obstinées commençant à s'effriter. « Pourquoi tu ne m'as rien dit de tout cela !? Pourquoi je ne l'apprends que maintenant après tout ce temps ? »

« Parce que j'étais pas sûr d'y arriver, et je voulais pas te donner de faux espoirs au cas où j'échouerais. Nyssa... les autres pies-grièches, ils me détestent. Ils surveillent toujours, attendent que je glisse, que je prouve que je vaux pas ma place », continua Vallen, détournant le regard, la colère et la honte dans la voix. « Un faux pas, un mot de travers, et ce serait fini pour moi. Et pire encore, je peux pas te reconnaître en leur présence parce qu'ils pourraient te remarquer. S'ils découvraient que je tiens à toi... »

Les yeux de Nyssa s'élargirent, son cœur se serrant d'un élancement de peur qui lui tordit l'estomac. Elle resta silencieuse, ses révélations résonnant dans l'air lourd. La culpabilité la traversa alors que l'ampleur de son sacrifice devenait claire. C'était presque aussi grand que sa colère.

« Pourquoi tu ne m'as rien dit plus tôt ? »

« J'pouvais pas. Je pensais rejoindre les pies-grièches, et nous pourrions laisser le quartier des ombres derrière nous. Mais j'ai pas réussi à économiser aussi vite que je l'espérais. Et les autres pies-grièches ont rendu impossible l'obtention de promotions. C'est pour ça que j'ai pas été dans l'coin. C'est pour ça que j'ai pris mes distances », continua Vallen, son regard revenant au sien, espérant qu'elle comprenne les mots non dits sur son visage. « Si je continue simplement à baisser la tête et à travailler, un jour j'pourrai faire en sorte qu'on ait plus jamais à voir de boue. J'économise chaque crevan que je gagne. Il ne devrait me falloir que quelques mois de plus avant de pouvoir payer un endroit loin des casernes. »

L'aveu resta suspendu dans l'air entre eux. Les mots bruts de Vallen résonnèrent sous le ciel nocturne argenté, un plaidoyer pour qu'elle voie la vérité enterrée sous les couches de leurs vies divisées.

« Tu aurais dû me le dire. Tu m'as laissée penser que tu m'avais abandonnée sans une seconde pensée. »

Une soudaine vague de désarroi, semblable à une ruée d'eau glacée, saisit le cœur de Nyssa ; la pensée murmurée que si seulement Vallen avait partagé ses intentions, cela lui aurait épargné tant de nuits d'incertitude douloureuse. Des larmes emplirent ses yeux au souvenir de son chagrin, mais elle refusa de les laisser tomber.

« Je déteste t'avoir fait du mal. Je suis désolé, Nyssa. J'aurais dû te dire mon plan », dit Vallen.

« Oui, tu aurais dû », acquiesça Nyssa. Elle hésita avant de lever les yeux vers Vallen, les siens pétillant d'excitation. Rassemblant son courage, elle lança : « J'ai eu l'argent, Val. Assez pour payer les frais d'apprentissage chez le boulanger. Je peux enfin devenir apprentie. »

Les sourcils de Vallen se haussèrent de surprise, et il resta un instant sans voix, absorbant ses mots. Puis, un sourire soulagé illumina son visage, le faisant paraître plus jeune, plus comme le garçon qu'il était autrefois. « Nyssa, c'est... c'est une sacrée nouvelle ! Chuis fier de toi », s'exclama-t-il, son argot des rues perçant dans sa joie. Il tendit la main et serra son épaule avec encouragement.

Nyssa rayonna à ses louanges, sa joie débordant avant que son expression ne devienne taquine, « On dirait que ta précieuse échelle n'est plus utile, après tout. »

« Comment t'as eu assez d'argent ? » demanda Vallen. « C'est pour ça que t'es sortie d'la protection des murs ? »

Nyssa hocha la tête. « J'ai trouvé cet étrange instrument de musique, mais il a été confisqué par le Grand Enumerox. La Conservatrice Athura m'a renvoyée et a promis de doubler la récompense si je pouvais rapporter quelque chose qui aurait pu arriver avec le courant. J'ai trouvé quelque chose que tu ne croirais pas... »

Avant qu'il ne puisse répondre, Vallen se rembrunit un peu, son bonheur tempéré par la prudence. « C'est formidable, Nyssa. Vraiment », dit-il, « J'aimerais bien tout entendre, mais rappelle-toi, les Enumerii rôdent encore dehors, cherchant une Alouette de la Vase femelle parce qu'ils t'ont vue te faufiler hors des portes. Tu devrais te planquer ce soir, t'assurer que personne d'autre te voie. Faut être prudente jusqu'à c'que tu sortes de cette vie. »

Le sourire de Nyssa s'élargit, une étincelle sauvage de défi dansant dans ses yeux. « Eh bien alors, bonne nouvelle : demain, je ne serai plus une Alouette de la Vase », dit-elle.

Soudain, un bruit de frottement résonna dans le calme de la nuit, les sortant brusquement de leur moment. Leurs yeux parcoururent la rue ; têtes légèrement inclinées alors qu'ils tendaient l'oreille pour d'autres bruits. Mais à part le coassement occasionnel d'une grenouille lointaine ou le bruissement des feuilles dans le vent, ils ne trouvèrent aucune trace de la source. Toute trace d'excitation et de bonheur fut rapidement remplacée par la vigilance, la menace persistante des Enumerii pesant sur eux.

Voyant qu'il n'y avait pas de danger immédiat, Vallen lui lança un regard insistant. « T'devrais rentrer et sortir de l'obscurité. »

« Je le ferai », promit Nyssa, balayant son inquiétude puisqu'elle n'était qu'à quelques pas de chez elle. « La prochaine fois que tu me verras, je porterai un tablier jaune de boulangère », dit-elle fièrement.

« J'ai hâte de voir ça », promit Vallen.

Avec un dernier regard persistant, elle s'élança, laissant Vallen seul sous la lumière de la lune, prenant un chemin détourné vers la maison, par précaution supplémentaire.

CHAPITRE 13

Se réveillant avant l'aube, Nyssa quitta le confort de sa paillasse et passa devant les hardes usées de sa vie antérieure éparpillées dans sa chambre. Nyssa peigna et tressa soigneusement ses cheveux après s'être vêtue de ses vêtements les plus propres. Elle inspecta chaque centimètre de sa tenue pour s'assurer qu'aucune tache de boue séchée ne soit visible sur elle.

Une fois satisfaite, Nyssa regarda autour du taudis qui avait été sa demeure ces dernières années. Ouvrant son sac de collecte, elle y fourra tout ce qu'elle possédait, y compris ses précieux bibelots sans valeur. Il n'y avait pas grand-chose — les biens de toute sa vie tenaient dans un seul sac avec encore de la place. Si les choses se déroulaient comme elle l'espérait, ce serait la dernière fois qu'elle mettrait les pieds dans cette demeure. Elle jeta un dernier regard affectueux à ce petit espace. Cela avait été un sanctuaire contre les rues impitoyables, et elle serait à jamais reconnaissante à Vallen de l'avoir trouvé pour elle.

Alors que les premiers filaments de lumière commençaient à filtrer à travers les lourds nuages au-dessus d'Erishum, elle s'approcha de la rivière une dernière fois.

Le brouillard matinal lui rafraîchit agréablement la peau

tandis qu'elle prenait un moment silencieux pour observer la rivière ; sa compagne constante, sa pourvoyeuse. Les pêcheurs étaient déjà sortis, leurs esquifs à fond large flottant paresseusement sur l'eau. Ils la remarquèrent à peine, préoccupés par leurs filets et leurs appâts. Elle leur fit un adieu silencieux ainsi qu'à la rivière ; aux difficultés qu'elle avait affrontées et aux joies qu'elle lui avait apportées de manière inattendue.

L'excitation la poussa, comme un vent taquin, tandis qu'elle tourna sur ses talons et laissa ses pieds la guider à travers le labyrinthe de bâtiments et de maisons faites de briques de terre cuite, passant devant les marchands qui commençaient à arranger leurs marchandises pour la journée, les mères grondant des enfants espiègles déjà levés, et les vieillards courbés sur leurs cannes.

Son cœur palpitait dans sa poitrine, le son aussi fort et régulier que le rythme d'un grand tambour. Un nouveau chapitre de sa vie commençait, loin de la rivière froide et de ses berges boueuses, plus proche de la chaleur du four et du parfum doux du pain frais.

Tournant le coin vers une rue pavée familière, elle se retrouva face à face avec la porte de Mara Kayseri. Son cœur battait la chamade, pareil à un oiseau prisonnier de sa cage tandis qu'elle s'approchait, le poing levé, prêt à frapper. Juste au moment où ses jointures effleurèrent le bois, la porte grinça en s'ouvrant, révélant la silhouette trapue de la maîtresse boulangère.

« De bonne heure, je vois », grommela Mara Kayseri d'une voix taquine, son visage sévère s'adoucissant à la vue de Nyssa debout sur son seuil. Nyssa hocha la tête avec empressement, un large sourire illuminait son visage, ses yeux étincelant de détermination.

Nyssa prit une profonde inspiration pour se donner du courage. « Mara Kayseri », commença-t-elle, son visage rayonnant d'une joie contagieuse. « J'ai réuni la somme nécessaire pour les frais d'apprentissage. » Elle sortit soigneusement la bourse, remplie du montant exact de jetons pour payer ses frais. Les quelques pièces qu'il lui restait étaient cachées dans sa botte. Le tintement était une pure musique à ses oreilles tandis qu'elle déposait la bourse dans les mains de la boulangère. Tous les jours épuisants de fouille de vase semblaient valoir la peine à ce moment précis.

La boulangère regarda la bourse un instant avant de l'ouvrir lentement. Ses yeux endurcis s'élargirent un moment, puis se plissèrent aux coins tandis qu'un sourire sincère se répandait sur son visage. « En effet, tu l'as », concéda-t-elle, une chaleur inhabituelle dans sa voix. Son attitude sévère céda la place à quelque chose qui ressemblait à de la fierté. « Bienvenue à la boulangerie, Nyssa », ajouta-t-elle, une chaleur rare dans sa voix. Le sourire de Kayseri se mua de nouveau en son expression sévère habituelle. Elle s'assura que Nyssa la regardait dans les yeux avant de l'avertir : « Je suis heureuse que tu aies pu réunir les frais d'entrée. Cependant, je dois t'avertir que je n'accorde aucun favoritisme une fois à l'intérieur de ces portes. Il faudra que tu fasses tes preuves et travailles dur chaque jour pour garder ta place ici. Tu as bien compris ? »

« Oui, Mara Kayseri. Je ne te décevrai pas. »

Saisissant l'épaule de la jeune femme, Mara Kayseri poussa Nyssa à l'intérieur et la conduisit au-delà de la cuisine déjà animée, l'arôme des friandises fraîchement cuites les enveloppant comme un doux cocon. Nyssa aperçut les équipes de boulangers, leurs cheveux couverts de bonnets flasques jaune canari, absorbés dans leur art, inconscients de sa présence. Un sentiment d'émerveillement l'envahit tandis qu'elle absorbait le rythme effréné de la pièce. La chaleur de la cuisine chassa le froid de dehors, malgré les fenêtres grandes ouvertes pour laisser sortir la chaleur et libérer les délicieuses odeurs qui attiraient les clients vers la boutique.

Elles montèrent un escalier de bois qui grinçait sous le poids des années jusqu'au deuxième étage. L'air y était plus frais mais légèrement vicié. Mara Kayseri ouvrit une porte menant à une chambre de taille moyenne, révélant un dortoir rempli de vrais lits sur de vrais cadres qui soulevaient les paillasses du sol. Chacun était accompagné d'un petit coffre en bois. « Ici », Mara Kayseri désigna un lit vide, « c'est là que tu dormiras. Tu as de la chance, nous n'avons qu'un lit disponible. C'est le dortoir des filles. Celui des garçons est de l'autre côté du couloir. »

Le cœur de Nyssa battait dans sa poitrine tandis qu'elle fixait le lit. Il était près d'une fenêtre qui laissait voir un pan du château du roi s'élevant au loin, dominant les bâtiments voisins. Nyssa promena ses yeux autour de la pièce, s'imprégnant de chaque détail. Les planchers de bois propres et balayés, les rangées de lits faits, chacun avec un vrai oreiller, les malles usées, la poussière tourbillonnant dans les rayons de soleil matinal filtrant à travers les petites fenêtres — le monde sembla soudainement surnaturel. Son chemin ne se trouvait plus dans les méandres sales de la rivière ou l'obscurité épaisse sous l'ombre des murs du royaume, mais ici, avec la pâte et les outils de boulangerie et cette chambre accueillante. Peut-être pourrait-elle même se faire des amis parmi les autres apprentis. Elle pouvait déjà imaginer les matins remplis de cuisson et de vente, les déjeuners servis à la longue table de tréteaux sur le côté dans la cuisine principale, et les soirées tranquilles laissées libres pour explorer la ville ou faire les courses. Nyssa pouvait déjà imaginer sa vie — comment chaque nuit elle se glisserait dans son nouveau lit, non plus seule, et chuchoterait et discuterait dans l'obscurité avec ses compagnons boulangers.

Tout cela était désormais son monde, sa vie. Son rêve de devenir apprentie boulangère n'était plus un simple rêve mais une réalité tangible, l'emplissant d'une excitation naissante comme elle n'en avait jamais éprouvé.

Mara Kayseri invita Nyssa à ranger tous ses effets personnels dans le coffre et à la suivre. Nyssa vida rapidement son sac, fixant sa jolie pierre grise et quelques autres bibelots sauvés des griffes de la rivière Assur pendant un bref moment. Elle s'assura que le poignard qu'elle avait caché à la vue de la Conservatrice Athura était bien dissimulé, fourré dans une vieille paire de bottes usées.

Mara Kayseri fit demi-tour et sortit du dortoir, et attendit patiemment que Nyssa ferme son coffre. Nyssa suivit les pas claquants de la femme jusqu'au rez-de-chaussée et jusqu'à une porte en bois gravée d'années de marques d'éraflures. Elle la poussa pour révéler une pièce vivement éclairée. Plusieurs bacs de lavage étaient empilés dans un coin, et à côté des bacs se trouvaient des séchoirs couverts de vêtements humides. En face de la porte d'entrée se trouvaient des étagères du sol au plafond remplies de rangées de tabliers jaunes soigneusement pliés. Sur un mur voisin se trouvaient des râteliers de chapeaux de boulanger jaune canari, certains déformés par l'usure mais propres néanmoins.

« Choisis tes vêtements de travail », ordonna Mara Kayseri en désignant les murs. Les yeux grands ouverts, Nyssa s'approcha des vêtements, effleurant du bout des doigts le tissu amidonné d'un tablier. Elle en choisit un qui semblait à sa mesure et prit un chapeau plus ovale que rond. Son précédent propriétaire l'avait manifestement beaucoup aimé. Avec des gestes nerveux, Nyssa enfila le tablier et coiffa le bonnet, veillant à bien rentrer tous ses cheveux à l'intérieur. Nyssa jura qu'aucune mèche de ses cheveux ne se retrouverait jamais dans aucune de ses préparations.

Mara Kayseri hocha la tête d'approbation, sa voix bourrue résonnant dans la petite pièce. « Maintenant, tu ne vas pas plonger directement dans la cuisson », commença-t-elle. Nyssa hocha la tête en silence, fixant avec des yeux de hibou le visage sévère mais juste de sa nouvelle mentore. « Tu vas suivre Khinnis pendant les prochains jours. Elle t'apprendra comment les choses fonctionnent ici. »

Suivant la boulangère âgée jusqu'au centre de l'agitation de la cuisine, Nyssa joua nerveusement avec les cordons de son tablier tout neuf. Repérant sa cible au milieu du chaos, Mara Kayseri dirigea Nyssa vers une jeune femme seulement quelques années plus âgée qu'elle. C'était une jeune femme dégingandée, pas beaucoup plus grande que Nyssa, avec des boucles noires indisciplinées s'échappant de son bonnet de boulangère ; une mèche têtue s'était détachée, effleurant une joue basanée à chaque mouvement.

« Khinnis », appela Mara Kayseri, sa voix couvrant le vacarme de la cuisine, « voici ta protégée. » La jeune femme, Khinnis, se retourna avec un large sourire accueillant qui apaisa le cœur anxieux de Nyssa. « Nyssa, voici Khinnis, l'une de nos meilleures jeunes boulangères. Elle va te montrer les ficelles du métier. »

Tripotant le cordon de son tablier pour se rassurer, Nyssa observa sa nouvelle mentore avant de lui tendre la main, tentant d'imiter les adultes confiants qu'elle avait observés. La poignée de main de Khinnis était ferme, témoignage de son métier, et affirma à Nyssa qu'elle avait choisi la bonne voie.

D'un mouvement de son bras mince mais musclé, Khinnis guida Nyssa à travers la cuisine de la boulangerie qui bourdonnait d'activité. Elle la présenta d'abord à un groupe d'apprentis rassemblés autour de l'établi à pâtisserie, leurs doigts recouverts d'une fine poussière de farine tandis qu'ils façonnaient délicatement des torsades aux noix caramélisées.

« Ici, voici quelques-uns des autres apprentis avec qui tu travailleras en étroite collaboration », dit Khinnis, une lueur de fierté dans ses yeux noisette. À part le plus âgé du lot, un homme aux taches de rousseur nommé Hannoc avec des doigts rapides et agiles, aucun n'était plus âgé que Nyssa. Elle savait qu'elle commençait son apprentissage plus tard que la plupart, mais elle savait aussi que la majorité n'avait pas eu à rassembler les frais d'entrée par eux-mêmes — ils avaient des familles pour les parrainer.

Bien que la plupart des apprentis commencent leur apprentissage dès le plus jeune âge, Nyssa, ayant dû économiser péniblement pour payer les frais, entrait dans le monde de la boulangerie un peu plus tard que la plupart de ses camarades.

Les autres apprentis abandonnèrent momentanément leurs tâches, saluant Nyssa d'un sourire accueillant, leurs joues saupoudrées de farine.

Puis, elles se dirigèrent vers le foyer, où de gigantesques fours de pierre étaient chauffés par des braises rougeoyantes. « Quand tu auras assez d'expérience, tu auras ton tour aux fours. C'est un travail chaud et dangereux », expliqua Khinnis, présentant un groupe de silhouettes plus âgées et robustes qui maniaient la chaleur monumentale avec aisance. Les trois jeunes hommes aux fours taquinèrent Khinnis, riant et fléchissant leurs bras nus et musclés en faisant semblant de se vanter tandis que la sueur perlait sur leurs fronts. Malgré leur carrure impressionnante, une douceur transparaissait dans leurs salutations. Khinnis les taquina en retour, les appelant les « frères du four » — Pollux, Cael et Solon. Khinnis gloussa quand Nyssa s'étonna que les trois frères puissent travailler ensemble.

« Ils ne sont pas de vrais frères. On les appelle juste comme ça. »

Nyssa se sentit idiote. Bien sûr, ils n'étaient pas vraiment frères, ils ne se ressemblaient pas du tout.

Enfin, elles arrivèrent dans un coin plus calme, où Khinnis présenta un petit groupe de jeunes femmes pas beaucoup plus âgées que Nyssa, qui façonnaient des boules de pâte en miches avec une précision qu'elle rêvait d'acquérir. Parmi elles se trouvait Aldith, une fille solide avec des tresses brun-cuivré tombant jusqu'à sa taille et un sourire facile qui réchauffa immédiatement Nyssa, et Seraphine, une fille élégante aux yeux sombres et hésitants qui avait un talent naturel pour créer des pâtisseries décorées.

Tout au long de la visite, les rires ponctuaient l'animation de la boulangerie. Des plaisanteries fusaient par-dessus les comptoirs, quelques rires espiègles à l'anecdote d'un boulanger sur un pain mal formé ou une tarte accidentellement brûlée. Le cœur de Nyssa se réchauffa dans cette atmosphère conviviale, et ses inquiétudes commencèrent à s'estomper. Il était facile de se sentir partie de cette harmonie florissante, et tandis qu'elle regardait autour de la pièce, Nyssa ne voyait plus des étrangers mais des amis potentiels, chacun rayonnant, prêt à lui montrer son propre chemin dans ce monde radieux de pain et d'amitié.

CHAPITRE 14

Malgré un bon nettoyage, une fine pellicule de farine saupoudrait la surface usée du plan de travail, tandis que Nyssa, perchée sur un tabouret sur le côté, observait attentivement Khinnis manipuler les fruits frais à la peau fendue, fruits de leur labeur. Le mélange capiteux de baies écrasées de fin d'été et de sucre, mijoté jusqu'à obtenir une texture veloutée, formait une compote d'un écarlate profond et somptueux. Khinnis, d'une main sûre et stable, versait la confiture de fruits dans chaque petit fond de tartelette avec une précision impressionnante. Fascinée par cette vue alléchante, Nyssa pouvait presque imaginer le goût de cette garniture de pâtisserie sur sa langue, l'acidité et la douceur de la compote se complétant parfaitement.

Chacun des mouvements de Khinnis — qui maniait la casserole à long manche avec la même finesse qu'une cheffe d'orchestre expérimentée — captivait Nyssa. Il n'y avait ni excès, ni débordement. Seulement une danse rythmée et parfaitement maîtrisée de compétence, quelque chose que Nyssa aspirait à acquérir. Le mouvement méthodique de son poignet, le versement minutieux dans chaque fond de tartelette, remplissant chaque moule avec exactement la même quantité de confiture.

Alors que Khinnis remplissait délicatement le dernier fond de tarte, le cœur de Nyssa battit avec une douce pointe d'envie. La jalousie pointa le bout de son nez, non pas née de la malveillance mais de l'admiration et du désir ardent. Cela lui donna un regain de détermination. Elle voulait la magie que Khinnis déployait, cette compétence assurée, ce palais qui comprenait les saveurs d'une façon qui semblait intuitive, mais que Nyssa savait acquise. Elle adorait cela, et elle jura de ne pas gaspiller une seconde de cette opportunité que Mara Kayseri lui avait offerte. Elle deviendrait la meilleure boulangère de tout Erishum. Comme si elle avait perçu la promesse silencieuse de Nyssa, Khinnis lui adressa un sourire encourageant.

Demandant à Nyssa de prendre un plateau, sa nouvelle mentore prit l'autre. Ensemble, elles traversèrent la pièce saturée de chaleur, progressant entre les tables de travail vers les frères du four. Sous des vagues de chaleur s'échappant des fourneaux, les portes gigantesques furent ouvertes, et, sous les regards attentifs des frères du four, les plateaux de tartelettes aux baies disparurent dans les cavernes ardentes.

L'un des frères du four — Nyssa pensa qu'il s'agissait peut-être de Cael — lui adressa un sourire à la fois amical et plein d'espoir. « Alors, Nyssa, es-tu prise ? »

Alors qu'elle plongeait dans les yeux sombres et bienveillants de Cael, les pensées de Nyssa s'égarèrent vers Vallen. Lorsqu'elle était petite, elle croyait qu'elle l'épouserait un jour. Il l'avait prise sous son aile et lui avait appris à survivre. Il la protégeait, parfois même avec ses poings. Cependant, en grandissant, elle avait réalisé que ses sentiments confondaient l'admiration pour un héros avec l'amour romantique.

Pendant la majeure partie de leur enfance, ils n'avaient eu que l'un l'autre. Dans des moments volés et silencieux, alors que le royaume dormait, ils s'étaient retrouvés les pieds dans la boue de la rivière, où ils s'étaient rapprochés. Ils parlaient de leurs rêves et espoirs, mais ces rêveries n'incluaient ni la romance ni le mariage. Dans son esprit, elle pouvait encore voir son sourire, entendre sa voix, revoir ses yeux toujours pleins d'une détermination farouche.

Nyssa ne pouvait pas imaginer un avenir incluant le mariage — ni avec Vallen, ni, certainement, avec Cael. Son unique objectif était de devenir une boulangère talentueuse et recherchée. Tout le reste n'était qu'une distraction dont elle ne voulait ni n'avait besoin. Nyssa ne voulait ni romance ni mariage, elle voulait faire de la pâtisserie.

Nyssa hésita, tiraillée entre l'honnêteté et le besoin de décourager Cael de toute tentative à son égard.

« Il y a quelqu'un », mentit-elle. « Nous mettons de l'argent de côté. »

Cael hocha la tête, un air compréhensif dans les yeux. « N'est-ce pas le cas de nous tous ? » Malgré sa plaisanterie, Nyssa ne put s'empêcher de remarquer une légère pointe de déception dans son regard, bien dissimulée cependant.

Les autres rirent, et la tension qui s'était accumulée dans le ventre de Nyssa sans qu'elle s'en rende compte se dissipa. La dernière chose qu'elle voulait était d'avoir des problèmes avec les autres apprentis, surtout de recevoir une attention indésirable.

« Nous ne l'avons encore dit à personne », avoua-t-elle. Elle espérait que Cael penserait que ses joues rouges étaient dues à la chaleur ou à la gêne, et non à son malaise de mentir. « Nous attendons d'avoir économisé assez pour nous marier. »

« Ah, l'amour avec trois fois rien. » Le rire de Cael résonna contre les murs de la boulangerie, empli d'une chaleur authentique. Les dernières inquiétudes de Nyssa fondirent, remplacées par un bonheur partagé devant son tempérament jovial, « C'est une belle histoire, Nyssa. L'amour n'est pas fait de grands gestes. Il s'agit de ces petits moments, n'est-ce pas ? Se sourire discrètement dans la foule, partager des rêves au crépuscule. Vous êtes plus riches que bien d'autres, à mon sens. »

Nyssa rendit timidement son sourire, une douce lueur de bonheur faisant battre son cœur en harmonie avec le doux bruissement de la boulangerie. Même avec la gentillesse évidente de Cael, Nyssa savait qu'il n'était pas celui qu'il lui fallait. Elle était particulièrement reconnaissante qu'il ait accepté son rejet avec délicatesse.

Alors que le travail de la journée s'achevait lentement, Khinnis annonça enfin : « C'est tout pour aujourd'hui, Nyssa. » Nyssa était épuisée par cette rude journée et heureuse d'avoir un moment de répit, mais elle était aussi emplie d'excitation pour le lendemain. Elle désirait désespérément son lit, mais attendait avec impatience le matin suivant, quand la boulangerie reprendrait vie et lui offrirait une nouvelle journée de leçons à assimiler. Alors que ces derniers mots résonnaient dans la cuisine qui se vidait, Nyssa comprit que chaque jour la rapprocherait un peu plus de son rêve et de l'apprentissage pour devenir aussi habile que Khinnis.

Alors que le dernier rayon du soleil disparaissait sous les tours et dômes de pierre d'Erishum, la boulangerie commença à se vider. Un à un, les frères du four sortirent en traînant les pieds, leur rire résonnant à travers les couloirs aux murs de pierre ; leurs adieux éveillant une symphonie familière de camaraderie chère à Nyssa. Les autres apprentis décidèrent aussi d'arrêter pour la journée, rassemblant leurs membres fatigués et leurs esprits joviaux, prêts à profiter de la vie nocturne vibrante d'Erishum, une invitation qu'ils adressèrent à Nyssa avec sincérité.

Mais ce soir-là, Nyssa avait d'autres projets. Elle s'excusa, enroulant sa cape sur son nouvel uniforme de boulangère, un petit secret qu'elle avait hâte de partager. « Une autre fois peut-être, Khinnis », promit-elle. Celle-ci accepta avec un sourire déçu mais compréhensif.

Alors que Nyssa allait suivre Khinnis hors de la cuisine, Mara

Kayseri appela son nom. La femme robuste et maternelle — une tignasse de boucles grises soigneusement attachée au sommet de sa tête — s'approcha de Nyssa avec un sourire chaleureux sur son visage marqué par la vie. « Comment s'est passée ta première journée, Nyssa ? »

Nyssa se redressa pour croiser le regard souriant de la maîtresse boulangère, rayonnante de chaleur. « C'était... » Nyssa marqua une pause, cherchant les mots justes, « merveilleux. Tellement instructif. J'ai tant appris, Mara Kayseri... » Ses mots jaillirent comme un ruisseau vif, ses yeux brillant de ferveur. Elle était impatiente de raconter les moindres détails de sa journée, les pains divins qu'elle avait cuits, la sensation de pétrir la pâte, et l'excitation de sa première fournée de petits pains réussie.

« C'est adorable. Je suis ravie que tu aies pu réunir les frais d'apprentissage. » Mara Kayseri posa une main maternelle sur l'épaule de Nyssa. « Ta première journée est terminée. Va t'amuser un peu. Tu l'as bien mérité. »

Nyssa monta précipitamment les escaliers vers le dortoir, son cœur battant au rythme rapide de ses pas. Elle ouvrit rapidement le coffre en bois usé et simple au pied de sa couchette. Cachée à l'intérieur, elle sortit prestement la dague de sa cachette. Jetant un coup d'œil rapide autour d'elle pour s'assurer qu'elle était seule, Nyssa la glissa furtivement dans la poche profonde de son tablier de boulangère. Elle comptait offrir la dague à Vallen pour qu'il puisse la vendre et se rapprocher encore un peu plus de son rêve d'avoir une maison.

Tandis que le bavardage et les rires des apprentis s'éloignaient en échos faibles, Nyssa se dirigea seule à travers la ville vers une zone proche des casernes des Pies-grièches.

Elle s'assura une dernière fois que tout était en ordre, tira sur un pli de son uniforme de boulangère, espérant impressionner Vallen avec sa nouvelle position. Le coton jaune épais était le symbole de ses progrès ; l'emblème de la boulangerie, brodé avec soin sur le tissu, lui arrachait toujours un sourire. Aussi ridicule que cela puisse paraître aux autres, elle le chérissait comme le plus grand des trésors.

Se tenant à un coin reculé des casernes, Nyssa scruta les hommes qui entraient et sortaient de l'entrée principale du bâtiment que les gardes appelaient leur maison, cherchant un visage familier. Son cœur bouillonnait d'un mélange étrange d'optimisme et de nervosité. Vallen était-il là, se demanda-t-elle, attendant comme elle ? D'après les mots échangés la veille, elle n'osait pas interroger les autres pies-grièches à son sujet. Elle aurait détesté que sa présence fasse de lui une cible, ou qu'elle-même ne devienne une cible.

Elle attendit longtemps, espérant qu'il viendrait la voir, non comme une simple Alouette de la Vase, mais comme une boulangère — comme quelqu'un qui avait de la valeur.

Alors que le voile de l'obscurité gagnait les casernes, Nyssa resta seule à sa veille. Frissonnant dans le froid qui s'intensifiait, elle se frotta les mains, tentant d'apaiser la fatigue d'une journée passée à pétrir le pain, aggravée par le froid croissant.

La lune apparaissait et disparaissait entre les nuages, projetant des rayons argentés comme des fils sur elle alors qu'elle attendait à la périphérie des casernes. Elle fixa un moment le grand orbe lumineux. Dans quelques jours, la seconde lune, plus petite et jaunâtre, se lèverait, et ce serait le jour où le royaume enverrait ses Tributs d'Enum dans les Terres Mourantes. Elle frissonna à cette pensée.

Nyssa laissa échapper un soupir de résignation, ses yeux s'attardant une dernière fois sur l'entrée des casernes avant de se détourner. La lune enveloppait Erishum d'un manteau tissé d'ombre et de lumière alors que Nyssa commençait son trajet de retour vers le dortoir de la boulangerie. Ses pensées, ses rêves, ses angoisses sur l'avenir et ses incertitudes concernant Vallen tourbillonnaient dans son esprit. Ce n'était que sa première journée d'apprentissage, et elle avait adoré cela. Nyssa se demandait seulement si elle serait à la hauteur des exigences du métier et espérait recevoir quelques encouragements de son plus vieil ami et confident. Personne à la boulangerie ne savait qu'elle ne savait pas lire, et elle n'avait aucune intention de le laisser découvrir. Heureusement, elle était douée pour mémoriser les choses.

Nyssa se faufila dans les ruelles étroites du labyrinthe de pierre et d'ombre, écoutant les murmures silencieux d'une ville endormie.

En passant devant la massive structure du musée, elle ressentit un vif pincement au cœur à la pensée de la Conservatrice Athura, penchée sur ses cartes anciennes et ses artefacts poussiéreux à la lumière des bougies, s'investissant passionnément dans ses recherches secrètes, encore pleine d'espoir de trouver une aide pour sa quête — une croisade que Nyssa avait dû abandonner pour poursuivre ses propres rêves.

Laissant traîner un dernier regard sur la façade de pierre stoïque du musée, Nyssa adressa un ultime regard plein de regret au bâtiment avant de décider de le chasser de son esprit.

En entrant par la porte latérale de la boulangerie, Nyssa prit une profonde inspiration du parfum du pain qui refroidissait. Cette odeur était un rappel du monde qui faisait désormais partie de son avenir, et dans lequel elle aspirait à s'immerger entièrement. La fatigue s'accrochait à elle comme un châle indésirable, l'alourdissant après une journée éreintante. Elle se glissa silencieusement dans son lit. Les bruits de la nuit l'enveloppèrent comme une berceuse, murmurant de douces promesses à ses inquiétudes et l'encourageant au repos, un repos dont elle savait avoir désespérément besoin.

Elle se recroquevilla sur son matelas, tapota son oreiller pour lui donner la forme idéale. Oublier les pièces et les bijoux — la vraie richesse, c'était de dormir sur un vrai matelas et un vrai oreiller.

CHAPITRE 15

Les doigts de Nyssa commencèrent à lui faire mal tandis qu'elle façonnait une nouvelle boule de pâte dans le silence d'avant l'aube de la cuisine du boulanger. Khinnis avait promis de se lever tôt avec Nyssa pour préparer ses petits pains sucrés préférés avant que tout le monde ne se lève et que la cuisine ne s'agite. Elle avait promis à Khinnis qu'elle prendrait son service à la buanderie en retour.

La sensation de la farine sur le bout de ses doigts, la chaleur du four caressant son visage, la montée de la pâte, puis le fait de la rabattre – tout cela se transformait en une danse rythmée que Nyssa adorait. Chaque pain qu'elle cuisait, chaque petit pain qu'elle façonnait, même lorsqu'elle devait balayer les sols et récurer les casseroles, Nyssa ne pouvait s'empêcher de sentir que ses rêves se réalisaient enfin. Être apprentie boulangère était un travail difficile, qui durait toute la journée et commençait avant le lever du soleil, mais c'était tout ce qu'elle avait toujours espéré.

Les jours où elle filait à travers les ruelles labyrinthiques ou fouillait dans la vase de la rivière semblaient enfin derrière elle. Ce sont des jours qu'elle chérirait toujours, mais elle était désormais tournée vers l'avenir. Nyssa se demandait si Vallen avait ressenti la même chose lorsqu'il avait rejoint les pies-grièches.

Alors que les autres apprentis arrivaient lentement, Nyssa remarqua que ses compagnons boulangers n'étaient pas aussi joviaux que d'habitude. C'était toujours ainsi dans les quelques jours précédant et suivant le sacrifice requis aux Terres Mourantes. Bien que le sacrifice à venir fût dans tous les esprits, personne n'en parlait. C'était l'un de ces sujets tabous non dits. Le prix de la protection du royaume pesait lourdement sur les épaules de tous, mais tout le monde gardait le silence. Ce poids semblait particulièrement oppressant pour Nyssa, qui nourrissait pour la première fois de sa vie des doutes sur la nécessité des Tributs d'Enum à cause des paroles de la conservatrice.

Le jour du sacrifice approchait. Chaque jour qui passait ne faisait qu'assombrir ses inquiétudes et accroître ses doutes.

Une autre inquiétude qui rongeait le bonheur de Nyssa était Vallen. À chaque expédition nocturne aux casernes, Nyssa n'avait pas une seule fois aperçu sa silhouette familière. Elle voulait désespérément lui donner le poignard. Elle était nerveuse d'avoir un objet si précieux en sa possession. Et si quelqu'un le volait ? Elle voulait juste le donner à Vallen, et chaque jour où elle ne pouvait pas le trouver faisait grandir son anxiété. Cette idée la harcelait sans relâche. Où était-il ? Peut-être que Vallen avait été affecté à la patrouille de nuit.

Nyssa savait que les jours précédant le sacrifice des cinq criminels aux Terres Mourantes étaient toujours chargés d'agitation, et en conséquence, les patrouilles du royaume doublaient. Cela pourrait aussi expliquer pourquoi elle n'avait pas encore vu Vallen. Il était l'un des nouveaux pies-grièches, et tout comme Nyssa se retrouvait assignée aux tâches les plus difficiles et les plus ingrates, elle imaginait que Vallen subissait un sort similaire. Il avait aussi dit que les autres gardes ne l'aimaient pas. Les pies-grièches étaient réputés pour être des hommes rudes et redoutables. Il n'était pas difficile pour Nyssa de croire qu'ils en voulaient à quelqu'un d'aussi humble et bon que Vallen. Elle imaginait que son passé d'Alouette de la Vase n'améliorait pas sa réputation – les gens traitaient la plupart des Alouettes de la Vase comme de la vermine. C'est pourquoi Nyssa avait été très prudente de cacher ses origines aux autres apprentis.

C'était le mystère de l'absence de Vallen qui jetait la plus grande ombre sur ses jours autrement lumineux. Elle avait trouvé une affinité immédiate dans la boulangerie aux murs de pierre, appris à aimer l'odeur du pain frais plus qu'elle n'aurait jamais pu le penser, et chaque jour qui passait, elle tombait un peu plus amoureuse de la vie simple mais honorable qu'elle menait. Mais chaque parcelle de joie était assombrie par l'inquiétude qu'elle éprouvait pour les autres Alouettes de la Vase qu'elle avait laissées derrière elle.

« Nyssa ! Tu travailles trop la pâte », la voix stridente de Khinnis tira Nyssa de ses pensées.

Relevant la tête, Nyssa vit que Khinnis lui lançait un regard exaspéré. Son regard passa du visage de Nyssa au bol de pâte qu'elle était en train de remuer. « Si les muffins sont durs, Mara Kayseri te le fera payer. Fais attention à ce que tu fais », gronda Khinnis, désignant le bol de pâte trop mélangée. Son ton n'était pas dur, mais portait le poids de l'expérience.

Les joues de Nyssa s'empourprèrent, sa main serrant la cuillère si fort qu'elle s'étonna qu'elle ne se brise pas. Cette réprimande silencieuse de la part de son mentor habituellement joyeux la remplit de chagrin. Elle marmonna des excuses, son regard dérivant à nouveau vers la petite fenêtre qui laissait entrevoir un coin du palais. Khinnis suivit son regard, son expression s'adoucit, puis elle leva les yeux au ciel d'un air entendu en direction de Nyssa.

« Tu rêves de ton amoureux ? » la voix amusée d'Aldith résonna à travers les bavardages croissants de la boulangerie. Sa remarque fit éclater de rire les autres apprentis. Aldith était la plus curieuse de la vie amoureuse de Nyssa et lui avait posé bien des questions auxquelles elle avait réussi à échapper jusqu'à présent. Aldith était une apprentie chevronnée – l'une des boulangères les plus âgées qui espérait un jour trouver une place dans les cuisines du roi. Nyssa observa Aldith, ses cheveux de feu tressés en deux nattes, qui pétrissait la pâte devant elle avec expertise. Elle pouvait discuter, plaisanter, raconter des blagues tout en travaillant sa pâte sans même surveiller son bol. Nyssa ne se donna pas la peine de corriger Aldith sur l'objet de ses rêveries.

« Eh bien Aldith, je trouve ça mignon. Mais ne laisse pas Mara Kayseri te surprendre à rêvasser. Elle te tapera sur les jointures avec sa cuillère en bois. Ça fait un mal de chien », intervint Cael avec un clin d'œil. Ses grandes mains calleuses tenaient une longue pelle pour enfourner et sortir les moules du four brûlant.

« N'importe quoi », répliqua Nyssa, un sourire naissant aux lèvres. « J'essaie juste de bien faire », ajouta-t-elle, reportant son attention sur la pâte.

Une symphonie de plaisanteries résonna dans toute la boulangerie, rebondissant sur les murs de pierre. Tentant de cacher un sourire derrière un air sévère, Mara Kayseri parcourait la pièce, surveillant ses protégés et secouant la tête devant les rires de ses apprentis.

Après une nouvelle longue journée, les fours furent enfin éteints pour la soirée.

Nyssa retira son tablier et sa coiffe, les déposant dans la buanderie avec les autres. Elle suivit les autres apprentis qui vivaient encore au dortoir, montant les escaliers en file. Assise sur son matelas, Nyssa regardait par la fenêtre, observant le soleil qui commençait à se coucher derrière les flèches du château, peignant le ciel de teintes rouges et orangées. Nyssa se rapprocha de la fenêtre pour contempler Erishum. La beauté du royaume était givrée et dorée par les derniers rayons du soleil. Nyssa admirait la façon dont la lumière dorée faisait ressembler les rues pavées usées par le temps, bordées de boutiques rustiques et de maisons aux toits de chaume, à une scène sortie d'un livre de la

Conservatrice Athura. Alors que Nyssa commençait à se préparer pour sortir à la recherche de Vallen une fois de plus, Aldith s'approcha d'elle avec un sourire plein d'espoir.

« Tu veux venir au pub avec nous ce soir ? Quelques-unes d'entre nous vont prendre un verre et peut-être un bol de ragoût », suggéra Aldith, le visage vibrant d'enthousiasme. « Tu l'as bien mérité – pour fêter ta première semaine d'apprentissage. »

Se mordant la lèvre inférieure, Nyssa finit par hocher la tête, décidant qu'elle pouvait bien profiter de la soirée avec ses amis apprentis et chercher Vallen plus tard ; après tout, la nuit ne faisait que commencer.

Après avoir rapidement dompté ses cheveux et refait ses tresses, Nyssa suivit Aldith et quelques autres filles hors du dortoir. Nyssa sourit en voyant Cael et les autres frères du four qui les attendaient devant la boulangerie. Même Hannoc, habituellement réservé, était là et fit un signe de tête à Nyssa. Nyssa hésita puis se laissa entraîner par leur accueil chaleureux.

La soirée les mena dans un pub local, particulièrement accueillant. La Cloche Quotidienne rappelait une époque révolue, avec ses meubles en chêne massif gorgés d'histoires séculaires. L'air était traversé de mélodies de luth envoûtantes, se mêlant au brouhaha de la foule et à la chaleur de l'odeur unique du pub – un parfum de rôti, de fumée de bois, et une note de levure pas très différente de la boulangerie, mais avec l'acidité de la bière. Le feu bas dans la cheminée baignait l'intérieur rustique d'une lueur ambrée apaisante.

L'aveu de Nyssa qu'elle n'avait jamais bu dans un pub – elle avait dû mentir en prétextant des parents stricts – provoqua tout un émoi et de nombreux débats parmi ses amis, qui se disputèrent pour savoir si la bière convenait comme première boisson alcoolisée. Une fois le débat tranché, on tendit à Nyssa sa première pinte d'un certain cidre de fruits. Le liquide doré scintillait sous la lumière vacillante du feu. Elle hésita, regarda Aldith, qui leva sa propre pinte pour un toast. « Aux meilleurs apprentis qu'une boulangerie puisse avoir », sourit-elle, faisant gémir et rire tout le monde.

Les autres reprirent le toast en chœur, et Cael ajouta : « Et aux premières fois. »

L'approbation du groupe raviva le courage de Nyssa. D'une main ferme, elle prit une gorgée prudente du cidre frais et acidulé. Il était doux, croquant, et relevé d'une pointe de cannelle et de fruits à noyau qui éveilla son palais. Mais il avait un arrière-goût qui s'accrochait à la langue de Nyssa, comme si la boisson avait tourné. Nyssa n'était pas sûre d'apprécier, mais elle avait payé pour ce verre et il n'était pas si mauvais qu'elle n'irait pas au bout. Elle refusait de gaspiller son argent.

Ce fut une soirée remplie de rires, d'histoires et de camaraderie, et même Nyssa, l'ancienne Alouette de la Vase timide, se sentit à sa place. Ce sentiment d'appartenance lui apporta une joie nouvelle, confirmant qu'elle était sur la bonne voie.

L'air résonna de rires tandis que Cael racontait une histoire sur la fois où il avait accidentellement mis le feu à son pantalon. Nyssa rit avec les autres, le goût du cidre sur les lèvres. Quand il termina son histoire, Khinnis, la plus terre-à-terre du groupe, se leva et, d'un ton sérieux, déclara : « On devrait rentrer. Une longue journée nous attend demain à la boulangerie. »

Quelques murmures d'accord se firent entendre, teintés d'une légère réticence. Les rires s'estompèrent, remplacés par des adieux chaleureux et la promesse de refaire de telles soirées. Tous suivirent la sagesse de Khinnis et, à contrecœur, quittèrent la chaleur de la cheminée et la compagnie de leurs amis.

Alors que Nyssa attendait que Seraphine se dégage de la banquette, elle sentit la fatigue de la journée la rattraper. Elle aurait aimé poser la tête sur la table et faire une sieste. Ce n'est que lorsque Aldith, son amie aux cheveux de feu, lui donna une légère tape qu'elle se rendit compte qu'elle avait fermé les yeux. D'un hochement de tête, elle se leva pour suivre ses amis.

C'est à ce moment-là, alors qu'elle vacillait sur ses jambes, qu'elle comprit que le cidre de fruits était plus fort qu'elle ne l'avait cru. Une chaleur se répandit dans ses veines, ses doigts picotèrent, ses sens s'embrouillèrent. Ses joues s'empourprèrent alors qu'elle clignait des yeux contre le vertige agréable, cherchant le dossier de sa chaise. Aldith fut prompte à saisir son coude, lui offrant une main stable.

Nyssa s'accorda un instant pour respirer profondément avant de se dégager de la prise d'Aldith et de se redresser avec une assurance vacillante. Alors que sa vue s'éclaircissait, elle laissa échapper un petit rire, chassant un peu de gêne d'avoir un peu trop bu et s'étonnant de la force de cette boisson en apparence inoffensive. Malgré la rougeur de l'embarras, Nyssa admit que cela la faisait se sentir un peu plus intégrée à ce groupe extraordinaire. Si seulement Vallen pouvait la voir maintenant.

En pensant à Vallen, Nyssa oscillait entre le manque et l'agacement. S'il lui avait expliqué son plan au lieu de la laisser croire qu'il l'avait abandonnée, cela lui aurait épargné bien des peines.

Sortant dans la rue pavée, les bâtiments autour d'eux tamisaient les dernières lueurs du soleil, rendant le chemin du retour crépusculaire. Nyssa, Khinnis et leur joyeuse bande de boulangers en herbe se dirigèrent vers les dortoirs. Les lampes au-dessus des enseignes s'allumaient peu à peu, éclairant leur route.

Marchant légèrement à l'écart du groupe, Nyssa fermait la marche, absorbée dans ses pensées. Khinnis fit une pause, attendant que Nyssa arrive à sa hauteur. Elles marchèrent côte à côte, quelques pas derrière leurs amis. Le bras chaud et réconfortant de Khinnis posé sur les épaules de Nyssa l'ancrant dans le moment. Elles chuchotèrent – de leurs rêves, des recettes apprises, du travail du lendemain. C'était une intimité de deux âmes sœurs qui dépassait la simple camaraderie. Leurs murmures furent brusquement interrompus par un silence étrange venu du groupe devant elles.

Immédiatement sur le qui-vive, Nyssa vit ses amis se rapprocher les uns des autres, tomber dans le silence et détourner les yeux d'un coin de rue. Leurs rires s'étaient tus, remplacés par un malaise, alors qu'ils passaient devant un petit groupe d'enfants mendiants en haillons, feignant de ne pas les voir. Les trois enfants, les vêtements rapiécés, le visage sale, se tenaient blottis dans un coin, les mains tendues dans un geste de supplication ; leurs yeux pleins d'espoir alternaient entre les rares passants et leurs mains vides striées de crasse.

La scène lui serra le cœur, ravivant une douleur familière. Nyssa connaissait trop bien la lutte âpre pour la survie que ces enfants menaient. D'un signe silencieux à Khinnis, elle se détacha de son bras réconfortant et s'approcha de ces fantômes de son passé.

S'éloignant du groupe, Nyssa s'avança vers les enfants blottis. Son cœur se serra alors qu'elle fouillait dans sa poche et sortait deux rewps. D'un sourire doux et compréhensif, elle les glissa dans la main sale de l'aîné. Son regard méfiant croisa celui, rassurant, de Nyssa, alors qu'il la fixait, incrédule. Tandis qu'elle s'éloignait des enfants médusés, Nyssa ne put retenir un pincement de tristesse mêlé à une joie douce-amère. Lorsqu'elle rejoignit le groupe, son ami Cael lui lança un regard sévère. « Tu l'as gagné, Nyssa », grogna-t-il, les rides entre ses sourcils se creusant, « Tu ne devrais pas le gaspiller. » Nyssa ne parvenait pas à regretter son geste. Elle ne pouvait pas dire à ses amis qu'elle avait été un de ces enfants. Quelques rewps n'avaient plus grande importance pour elle, mais elle savait ce qu'ils signifiaient pour ces enfants. Tout ce qu'elle fit, ce fut sourire doucement à Cael, ce qui sembla adoucir un peu son froncement de sourcils avant qu'ils reprennent la route.

CHAPITRE 16

Tout au long de la journée suivante, Nyssa ne put chasser de son esprit l'image obsédante des visages striés de saleté des enfants mendiants. Cette vision collait à son esprit comme des morceaux tenaces de pâte humide sous ses ongles. Nyssa était reconnaissante d'avoir été assignée à la buanderie pour la journée, car ses pensées étaient trop distraites pour travailler avec de délicates pâtisseries. Peu importe avec quelle force elle frottait le linge dans la buanderie ou combien elle tentait de s'immerger dans les conversations banales des deux autres apprenties travaillant à ses côtés, les pensées de Nyssa revenaient sans cesse à ces enfants, même après d'innombrables tentatives pour détourner son attention.

En tant qu'apprentie la plus récente, Nyssa était souvent assignée à la buanderie. C'était un travail physique difficile mais une tâche simple et machinale. Elle le supportait avec la même détermination qu'elle mettait dans la préparation du pain. Nyssa baissait la tête et se mettait au travail sans se plaindre. Elle ne voudrait jamais donner à Mara Kayseri une raison de la punir ou de la renvoyer. Les tourbillons de mousse et le clapotis rythmé des planches à laver offraient un certain réconfort en eux-mêmes. Mais aujourd'hui, tremper et frotter étaient moins une corvée et davantage une distraction bienvenue de ses pensées troublées. L'humidité impitoyable de la buanderie, l'odeur du savon à lessive et le goutte-à-goutte constant de l'eau ne suffisaient pas à étouffer l'écho des supplications des enfants qui résonnaient dans son esprit.

C'était un rappel saisissant et vivace de la vie qu'elle s'efforçait de laisser derrière elle, un endroit dont elle avait peiné sans relâche à s'échapper. Mais en même temps, c'était un témoignage de son privilège actuel, une preuve de la distance qu'elle avait parcourue depuis son passé d'Alouette de la Vase, en à peine une semaine. Malheureusement, à côté de cette prise de conscience venait une culpabilité envahissante qui rongeait son cœur. Elle avait laissé les autres derrière elle, tout comme Vallen l'avait autrefois laissée derrière lui. Et contrairement à Vallen, elle n'avait jamais prévu d'aider les autres enfants à sortir des taudis. Que pouvait-elle vraiment faire pour les aider de toute façon ? Elle n'était qu'une simple apprentie boulangère, sans pouvoir, sans position sociale, et sans assez de pièces.

Tandis qu'elle travaillait, les mains de Nyssa bougeaient automatiquement sur le tissu mouillé, le linge blanc absorbant rapidement l'eau savonneuse tout comme son esprit absorbait ses pensées troublantes. Son front se plissait de contemplation tandis qu'elle essorait un drap particulièrement détrempé, l'eau coulant dans le seau en bois en contrebas, faisant écho à sa propre turbulence intérieure. Que pouvait-elle faire pour aider les autres ? Rien. Elle devait d'abord prendre soin d'elle-même avant de pouvoir tenter des objectifs aussi nobles.

Scène par scène, Nyssa rejoua la rencontre de la nuit précédente dans son esprit, le cœur serré dans sa poitrine. Chaque regard, chaque expression était enregistré et retracé avec un détail minutieux. Cela lui fit penser à Mitanni. Et à Tarric. Elle se demandait comment ils allaient, surtout avec l'hiver qui approchait. Mitanni avait une mère et un foyer, mais Tarric s'occupait de son petit frère tout seul au monde. Peut-être pourrait-elle lui montrer le chemin vers son ancien logis. Elle avait prévu de garder cet endroit secret – juste au cas où quelque chose tournerait mal. Mais peut-être pourrait-il être mis à meilleur usage.

Après que le dernier linge fut étendu pour sécher, Nyssa rassembla son courage et partit à la recherche de Mara Kayseri. Elle trouva la femme corpulente en train d'étaler de la pâte et de découper de fines bandes de treillis. Nyssa resta en retrait et observa silencieusement un moment tandis que la femme disposait des motifs complexes de pâte sur le dessus de quelques tartes. La plupart des autres boulangers et apprentis étaient partis pour la journée, mais Nyssa entendit quelqu'un dire que la maître boulangère restait souvent tard, expérimentant de nouvelles recettes. Ses larges épaules bougeaient en mouvements rapides et rythmés, son visage arborant une expression inconsciemment sévère. Rassemblant sa résolution, Nyssa s'approcha de la femme imposante une fois qu'elle sembla avoir terminé le travail de décoration sur les desserts.

« Mara Kayseri », commença-t-elle, sa voix résonnant dans la boulangerie silencieuse, faisant que la femme interrompit son inspection de son travail et leva les yeux, ses yeux sombres et sévères se plissant sur le visage de Nyssa. « Je... les petits pains que nous avons mis de côté plus tôt aujourd'hui – ceux qui ont trop cuit. Pourrais-je... ? »

Un petit pli apparut sur le front de Mara Kayseri. « Tu veux payer pour du pain raté, ma fille ? J'allais le vendre aux éleveurs de porcs », demanda-t-elle, son ton n'étant pas méchant mais contenant une pointe de méfiance.

Nyssa hocha rapidement la tête. « J'aimerais juste en acheter quelques-uns, Mara Kayseri. Je pensais juste – j'ai un ami qui ne va pas bien dernièrement. » Le mensonge vint facilement à ses lèvres, l'image des visages boueux clignotant dans son esprit, remplaçant le mot « ami » par « enfant », et « ne va pas bien » par « affamé ».

Le regard de Mara Kayseri balaya son apprentie, scrutateur, et Nyssa soutint son regard sans fléchir, voulant que la maître boulangère accepte. Le silence s'étira en un long moment avant que la femme plus âgée ne pousse un soupir, le brisant.

« Un ami malade ? Ah, je n'allais de toute façon gagner que quelques rewps. Vas-y alors. Tu peux en prendre quelques-uns, et ne t'inquiète pas pour le coût, juste cette fois », fit-elle d'un geste désinvolte de sa main poudrée de farine, un bref adoucissement de son regard accompagnant ses paroles. « Mais dis bien à cet ami de se rétablir rapidement. S'il va mieux, on pourra commencer à dire aux gens que mes petits pains brûlés sont un remède universel – les vendre au double du prix. » Une lueur de gaieté scintilla dans ses yeux sévères, faisant que les coins des lèvres de Nyssa se retroussèrent vers le haut.

Poussant un soupir de soulagement, Nyssa hocha la tête, remerciant sa patronne. Regardant le lot de petits pains ratés, Nyssa choisit les moins brûlés et partit rapidement, laissant sa maîtresse sévère mais au cœur tendre à sa boulangerie. Ses mains étaient chaudes tandis qu'elles saisissaient les petits pains légèrement carbonisés, mais son cœur se réchauffait à la perspective d'apporter quelques bouchées de réconfort à ses amis.

Nyssa traversa pratiquement en sautillant les rues d'Erishum, l'excitation montant à l'idée de voir certains de ses anciens amis. Et elle savait exactement qui elle visiterait en premier. Berçant le sac de pain emballé comme un précieux nourrisson, Nyssa se retrouva à scruter les nombreuses maisons délabrées qui bordaient les rues étroites d'Erishum tandis qu'elle entrait dans le quartier de l'ombre. Ses doigts effleuraient le tissu de son tablier jaune de boulangère. Le tissu était propre et fraîchement lavé mais dégageait encore une légère odeur de pain frais.

Trouver la bonne maison lui prit plus de temps que prévu, mais elle se dressait là – un humble dédale de pierres dépareillées et de poutres en bois placées au hasard, mais suffisamment fonctionnel pour protéger ses habitants des intempéries. Nyssa put reconnaître la demeure de loin grâce aux volets dépareillés familiers.

Surmontant son hésitation, Nyssa frappa doucement sur le bois patiné de la porte d'entrée de la maison. Quelques instants plus tard, Mara Hatra, la mère mince et à l'air fatigué de Mitanni, ouvrit la porte, un bambin sur la hanche.

La surprise déferla sur le visage de Mara Hatra comme une vague atteignant le rivage tandis qu'elle prenait note du tablier lumineux de Nyssa. Un sourire chaleureux illumina son visage tandis qu'elle commentait : « Eh bien, regarde-toi, Nyssa. Une boulangère. Bien pour toi. » Cela lui donna confiance. Rayonnant de fierté, Nyssa afficha un large sourire au compliment inattendu, se sentant fière.

« En fait, Mara Hatra », commença Nyssa, sa voix douce mais déterminée tandis qu'elle ouvrait le sac qu'elle portait et en sortait une miche de pain. « J'ai apporté ceci pour vous et votre famille. » Le pain épais avait l'air un peu carbonisé et difforme, mais le cœur de Nyssa se gonfla quand Mara Hatra s'exclama avec excitation.

« C'est pour nous, ça ? » Quand Nyssa hocha la tête, la femme posa le bambin sur ses pieds et l'attira dans une étreinte rapide. « Eh bien, c'est vraiment gentil de ta part, Nyssa. Merci pour ta prévenance. » Puis Mara Hatra cria par-dessus son épaule. « Mitanni ! Nyssa est là pour une visite. Viens voir sa nouvelle tenue de boulangère. »

Nyssa souhaita soudain avoir porté son bonnet de boulangère aussi parce qu'elle savait que cela aurait impressionné Mitanni.

Brusquement, Mitanni sortit en trombe du grenier de leur logis de fortune, ses yeux scintillant de plaisir tandis qu'elle se jetait dans les bras de Nyssa avec un abandon joyeux. Nyssa sentit ses inquiétudes s'évaporer dans le babil enthousiaste de la petite fille, ses mots se déversant dans un babillage rapide, commentant les choses les plus ordinaires qu'elle avait vécues ce jour-là et s'exclamant avec un plaisir fasciné sur le tablier jaune de boulangère que portait Nyssa.

La mère de Mitanni interrompit le récit décousu de la petite en lui donnant le pain et lui demanda de le poser sur la table. Une fois que Mitanni se fut éloignée pour accomplir la tâche assignée, Mara Hatra regarda Nyssa d'un air sérieux. « Le roi a interdit la fouille de vase pour le moment. Quelque chose s'est passé à la rivière récemment et depuis, les prêtres écument les rives. Ils posent aussi beaucoup de questions. Ils cherchent quelqu'un, je pense. Tu dois faire attention. Je voulais juste te prévenir qu'ils posent des questions sur les Alouettes de la Vase femelles. »

Rassemblant tout son courage, Nyssa força un sourire faible et dit à Mara Hatra : « Ce n'est sûrement pas moi qu'ils recherchent. Je ne suis plus une Alouette de la Vase. » Tout ce temps, son estomac se retournait de nervosité, un écho sans équivoque de la peur qu'elle cachait désespérément.

Mara Hatra lança un regard sceptique à Nyssa mais hocha ensuite la tête avec emphase. « Tu as raison. Ce ne peut pas être toi qu'ils recherchaient. D'ailleurs, personne dans le quartier de l'ombre ne livrerait l'un des siens. Mais peut-être devrais-tu rester à l'écart pendant un moment, juste pour être en sécurité. »

« Je le ferai. Je dois livrer encore un pain à Tarric, et ensuite je partirai pour un petit moment. Dis à Mitanni que je vais lui manquer. »

Réalisant qu'elle ne voulait pas être dans le quartier de l'ombre après la tombée de la nuit si elle pouvait l'éviter, Nyssa fit ses adieux à Mitanni et à sa mère. Tandis que la porte se fermait, Nyssa sourit en entendant la petite famille s'exclamer de plaisir sur le pain.

Avec un regain d'esprit nouvellement trouvé, Nyssa navigua à travers les rues sinueuses et les ruelles du quartier de l'ombre, le froid croissant dans l'air ne faisant que peu pour atténuer son humeur. Sa destination finale pour la soirée était la demeure particulière du grenier de Tarric et son petit frère, Timi. La maison appartenait à une vieille femme du quartier qui louait des chambres à prix raisonnable. Elle avait accueilli les garçons par pure bonté de cœur et ne leur faisait guère payer grand-chose. Certes, leurs quartiers d'habitation n'étaient guère plus qu'un petit grenier, mais c'était infiniment mieux que dormir dans la rue.

La vieille maison rustique se dressait silencieusement, sa façade délabrée portant le poids du temps. Un sentier de pierre solitaire menait à l'entrée latérale, où la petite porte d'accès à la chambre du grenier était nichée sous le toit de chaume usé. Nyssa stabilisa sa main avant de frapper doucement sur le panneau de chêne sombre.

La porte s'entrouvrit après quelques instants, révélant les cheveux ébouriffés de Tarric, son visage maculé de boue, et un œil scintillant qui paraissait gonflé et rouge. La bonne humeur de Nyssa s'évapora instantanément. Son cœur se tordit à la vue de son expression abattue. S'attendant au rebond habituel dans ses pas et à la légèreté dans sa voix, elle rencontra plutôt une morosité qui écrasa son excitation antérieure.

« Tarric ? » questionna doucement Nyssa. « Quelque chose ne va pas ? Timi va bien ? » Son regard se déplaça vers le pain qu'elle portait, son offrande semblant soudain insignifiante à la lumière de la mélancolie de Tarric. Et pourtant, elle le tendit vers lui, le levant comme un phare d'espoir au milieu de la tempête invisible qui se préparait. « Je... j'ai apporté ceci pour toi. » Sa voix vacilla, mais elle réussit à maintenir sa contenance, ne serait-ce que pour le bien de Tarric.

Les yeux de Tarric se dirigèrent vers le pain, un faible sourire tirant les coins de sa bouche. Ce n'était qu'une ombre de son sourire joyeux habituel, mais Nyssa ressentit un frisson de soulagement à cette vue. La situation présente était inconnue, mais le pain et sa présence, espérait-elle, serviraient de réconfort.

« Vallen », croassa Tarric, sa voix craquant comme du bois cassant, « il a été arrêté par les pies-grièches. »

Son cœur se contracta violemment et elle sentit son estomac se soulever de nausée. « Tu dois te tromper », dit-elle, les mots se bousculant de surprise. « J'étais juste avec lui il y a quelques jours. Il ne ferait jamais rien... »

Tarric eut un rire vide, ses lèvres se courbant avec une ironie dénuée d'humour. « J'ai du mal à le croire moi-même. C'est la personne la plus honorable que je connaisse. Mais je l'ai vu dans la cellule de prison moi-même – il n'y avait pas d'erreur sur ce qui s'était passé », dit-il. Sa main libre remonta pour ébouriffer ses cheveux en désordre, tirant sur les mèches.

« Mais pourquoi ? Pourquoi l'arrêteraient-ils ? » pressa Nyssa, jetant un regard anxieux derrière elle, ne voulant pas que quiconque entende leur conversation.

« Personne ne sait avec certitude, Nyssa », concéda Tarric, son visage reflétant son inquiétude. « Le mot est qu'ils l'accusent de trahison, d'avoir manqué à son serment de soldat, quelque chose à propos de trahison contre le roi lui-même. » Son ton était lourd d'incrédulité, sa jovialité habituelle absente.

Nyssa pouvait difficilement imaginer une telle chose ; il était toujours attentif à ses devoirs, portant toujours l'emblème du pie-grièche sur sa poitrine comme un insigne d'honneur. Ce n'est pas possible. Ce n'est tout simplement pas possible. Un sentiment troublant s'enroula autour de la gorge de Nyssa. « Quand Vallen a-t-il été arrêté ? »

« J'ai entendu dire qu'il avait été arrêté mardi soir. »

Un nœud glacé d'angoisse se logea dans la poitrine de Nyssa, répandant des frissons le long de sa colonne vertébrale. La nuit où Vallen fut arrêté... c'était la même nuit où les pies-grièches et les prêtres étaient sur sa piste, la chassant à travers les ruelles sombres. L'air même dans ses poumons sembla s'évaporer tandis qu'elle essayait de prendre une respiration tremblante, le souvenir affluant. Le bruit de lutte qu'elle avait entendu quand elle et Vallen parlaient devant chez elle. Tout s'éclaircissait. Vallen l'avait trouvée en premier, mais dans un rare moment de refus envers son devoir, il l'avait laissée partir. Cette pensée remua un puits profond de culpabilité et d'inquiétude en elle ; elle avait inconsciemment risqué non seulement sa propre sécurité mais avait involontairement impliqué Vallen aussi, causant sa situation actuelle. Cette vérité était insupportable, et Nyssa s'affaissa contre le chambranle de la porte, saisie par la peur et le poids écrasant de sa trahison involontaire.

« Le pire, c'est que j'ai entendu dire qu'ils ont décidé de faire de Vallen un exemple et qu'il va être l'un des cinq sacr... »

Si Tarric dit autre chose, Nyssa ne put l'entendre à travers le rugissement dans ses oreilles.

Nyssa ne put se rappeler s'être éloignée de Tarric. Elle n'était même pas sûre d'avoir dit au revoir. Quand elle prit conscience de son environnement, à travers des yeux remplis de larmes, elle réalisa qu'elle n'était pas loin de la boulangerie. Elle trouva un tonneau vide et s'assit dessus. Ses pensées étaient perdues dans une mer turbulente dans laquelle elle craignait de se noyer. C'était sa faute. Tout ce que Vallen avait jamais voulu était d'être un pie-grièche et de vivre une vie d'honneur, et elle avait détruit cela à elle seule. Il allait mourir, et elle était à blâmer.

Elle percevait à peine les échos de conversations lointaines, l'aboiement solitaire d'un chien, ou l'arôme de nourriture préparée pour la célébration de demain. Les Enumerii, accompagnés des Pies-grièches, paraderaient les cinq Tributs d'Enum à travers la ville avant de les faire marcher par la seule porte menant aux Terres Mourantes. Les sacrifices seraient emmenés au monticule sacrificiel, attachés à des pieux, et abandonnés à leur sort, probablement mangés par les hyva. La pensée que cela arrive à Vallen fit que Nyssa commença à avoir des haut-le-cœur et à paniquer. Pas son Vallen – cela ne pouvait pas être ainsi que cela se terminait pour lui. Cela ne pouvait tout simplement pas. Tout semblait distant et creux, un contraste frappant avec le maelström faisant rage en elle. Elle n'avait jamais haï auparavant, pas vraiment, mais à ce moment-là, elle haïssait le Roi Jorek et son ancêtre Jerwan qui avait créé les Terres Mourantes et les hyva. Mais elle se haïssait elle-même le plus.

Avec son cœur battant comme un marteau contre sa poitrine, Nyssa rassembla son courage et prit une profonde respiration, sa résolution se raffermissant. Elle doit le voir de ses propres yeux. C'était la seule façon d'apaiser les pensées monstrueuses tourbillonnant dans son esprit, menaçant d'anéantir toute réalité. Sur des jambes tremblantes, elle se dirigea vers le seul endroit auquel elle pouvait penser qui pourrait lui donner accès à une quelconque vérification. Se frayant un chemin à l'intérieur de la boulangerie, Nyssa se dirigea vers les quartiers privés de Mara Kayseri. Elle posa une main tremblante sur la porte de la boulangère, fit une pause puis frappa fort sur le bois vieilli. Le son résonna à travers le calme de la nuit, un appel clair de sa détermination. « Mara Kayseri ! » appela-t-elle, sa timidité habituelle brisée par l'urgence de la situation. « Madame, j'ai besoin de votre aide ! »

La porte s'ouvrit, et Mara Kayseri se tenait là dans ses vêtements de nuit : une chemise de nuit blanche confortable et une robe de chambre, avec ses cheveux serrés dans un foulard. Elle plissa les yeux ensommeillés sur Nyssa, son visage s'adoucissant tandis que la compréhension pointait dans ses yeux noisette, chaleureux.

« Oh, mon enfant », soupira-t-elle, s'écartant et ouvrant la porte plus largement, son front se plissant d'inquiétude. « Ton ami ne va pas bien ? »

Nyssa ne put que la regarder silencieusement en retour, son regard brisé une contradiction douloureuse aux suppositions de Mara Kayseri. Elle ne pouvait pas dire à la maître boulangère à propos de Vallen. La supposition de Mara Kayseri était un témoignage de la bonté de la femme plus âgée. Maintenant, sous son examen silencieux, Nyssa souhaitait désespérément pouvoir dire à Mara Kayseri à propos de Vallen et demander son aide sur comment le sauver. Mais elle savait mieux.

« Viens maintenant », encouragea doucement Mara Kayseri, faisant un geste vers le canapé douillet près de la cheminée. « Tu trembles comme une feuille, ma chère. Assieds-toi. Je vais ranimer le feu. J'ai encore du thé qu'on pourrait partager. »

Nyssa cligna des yeux, les mots s'enfonçant lentement. Tremblante, froide – elle ne l'avait même pas remarqué. Ce n'était pas la température physique qui la glaçait mais la terreur glacée s'enroulant autour de son cœur.

« Mara Kayseri », commença-t-elle, se creusant la cervelle, essayant de trouver comment elle pourrait trouver un moyen de voir Vallen. Une idée vint sans être appelée dans sa tête. « Mon amie qui est malade. Il s'avère que toute sa famille est malade. » Elle s'étrangla sur ses mots, sa propre voix sonnant étrangère à ses oreilles. Nyssa détestait mentir, mais Vallen était plus important que de dire quelques mensonges. Elle en dirait une centaine s'il le fallait. Fouillant dans son sac, Nyssa sortit plusieurs crevans. « Si je pouvais acheter quelques petits pains – des frais cette fois – à leur apporter à tous, je pense que cela les aiderait à retrouver leurs forces. »

Mara Kayseri s'immobilisa, fixant les pièces dans la main tendue de Nyssa avant de tourner son attention vers l'étude du visage de Nyssa. Le regret ombrageait son expression tandis qu'elle comprenait. « Oh, Nyssa », dit-elle doucement, l'indulgence dans sa voix, « Bien sûr, tu peux prendre quelques pains. Nous en avons plus qu'assez pour demain. Le jour du sacrifice est toujours une journée calme à la boulangerie – la plupart des gens n'ont pas beaucoup d'appétit. Pourquoi ne rassembles-tu pas quelques pains pour eux et tu peux prendre congé demain ? Comme ça, tu peux être là pour les aider à traverser leurs maladies. »

Nyssa sentit les larmes salées couler sur ses joues tandis qu'elle tendait les pièces à Mara Kayseri. La femme plus âgée les prit et attira Nyssa dans une étreinte chaude et maternelle qui l'enveloppa dans un embrassement réconfortant dont elle avait si désespérément besoin à ce moment-là. « Merci, Mara Kayseri », croassa Nyssa, sa voix n'étant guère plus qu'un murmure, chaque mot portant le poids de sa gratitude. Mara Kayseri lui tapota simplement le dos dans un rythme apaisant, murmurant des réconforts incohérents dans l'oreille de Nyssa. « Allons, mon enfant, ce n'est pas le moment de pleurer », murmura doucement Mara Kayseri, s'écartant de l'étreinte. Ses mains reposèrent sur les joues mouillées de larmes de Nyssa un moment avant de faire un geste hors de ses quartiers vers le comptoir qui contenait les produits de boulangerie prêts pour le lendemain. « Prends-en quelques-uns de plus, nous en avons plein, ma chère. Les petits pains sont sur l'étagère du haut. Fais vite maintenant et retourne vers ton amie. » Nyssa hocha la tête, le cœur lourd tandis qu'elle se tournait vers l'intérieur chaleureux de la boulangerie. Elle regarda Mara Kayseri retourner dans sa chambre et fermer la porte pour lui laisser de l'intimité. Elle sélectionna rapidement cinq gros petits pains croustillants de l'étagère du haut puis attrapa quelques biscuits sucrés, juste au cas où.

Tandis qu'elle sortait dans la nuit fraîche une fois de plus, une lueur déterminée scintilla dans ses yeux. Le chemin vers le château royal s'étendait devant elle, mais Nyssa ne vacilla pas ; ses pas résolus l'entraînaient irrésistiblement vers Vallen.

CHAPITRE 17

Contre un ciel nuageux et sans étoiles, la prison sombre et menaçante où étaient retenus les sacrifiés emplissait Nyssa d'effroi. La lune commençait tout juste à se lever, projetant à peine une lumière sur le ciel nocturne. La seconde lune, qui se lèverait complètement demain, effleurait l'horizon, un croissant de jaune vif sur la toile de fond d'Erishum.

Nyssa s'accorda un regard en arrière. Bien qu'elle ne puisse plus l'apercevoir, elle comparait le château royal splendidement éclairé au contraste frappant de la structure lugubre et délabrée abritant les sacrifiés. Elle avait dû passer devant l'imposant château royal et avait fixé ses fenêtres vivement éclairées, se demandant ce que faisait la famille royale, confortablement installée à l'intérieur.

Nyssa fixa la prison un long moment, terrifiée. Elle avait envie de hurler pour nier que Vallen puisse se trouver entre ses murs. De minces meurtrières, à peine plus larges qu'une main, parsemaient les hauts murs de la prison. Leur vide semblait fixer Nyssa d'un regard troublant, tandis que les murmures étouffés du vent tourbillonnaient autour de la structure inquiétante. Les angles durs de la pierre glacée, marquée par le temps et la négligence, résonnaient des récits de désespoir renfermés dans ses couloirs redoutés. On avait relégué ces pauvres gens aux confins désolés d'Erishum, en plein quartier des ombres, presque collés aux murs d'enceinte. Cela lui tordait l'estomac — un amer témoignage de l'inégalité qui pesait sur le royaume comme une ombre inéluctable. Cela faisait aussi grandir la colère en elle.

Le bâtiment, semblant taillé dans les ombres mêmes qui l'entouraient et seulement éclairé par la pâle lueur de la lune, se dressait devant Nyssa, lui offrant un accueil glacial. Un cri strident et irrégulier d'un hyva montant au-dessus des Terres Mourantes, juste à l'extérieur des murs du royaume, faillit faire rebrousser chemin à Nyssa, mais elle raffermit sa résolution.

De chaque côté de l'entrée se tenaient deux gardes vêtus de lourdes armures, leurs silhouettes projetant de longues ombres déformées sur le pavé, sous la lumière vacillante des torches. Leurs visages, cachés sous leurs heaumes, regardaient la frêle silhouette de Nyssa avec une indifférence teintée d'amusement sinistre. Cela lui fit avaler sa salive avec difficulté. Elle remit en place son tablier avant de s'approcher des gardes.

Rassemblant son courage, Nyssa s'éclaircit la gorge et balbutia son explication apprise par cœur : « J-j'apporte une offrande de la part de la boulangère Mara Kayseri. Elle a d-décidé d'exprimer sa gratitude envers les... sacrifiés. Elle leur a préparé des petits pains. » Nyssa eut du mal à prononcer le mot sacrifiés, le sentant se loger dans sa gorge comme un rappel désagréable de la dure réalité. Fouillant dans son sac, elle sortit les biscuits qu'elle avait pris en plus des miches. Avec un sourire forcé mais doux, elle ajouta : « Et ces... ces biscuits sont pour vous. De la part de la maîtresse boulangère. »

Les gardes échangèrent un regard incertain sous leurs heaumes avant de reporter leur attention sur Nyssa. Le silence qui suivit ses paroles emplit l'air d'une tension insoutenable. Nyssa avala difficilement, serrant de sa main libre ses doigts froids et engourdis sur le tissu de son sac. Son autre main tremblait alors qu'elle tendait les douceurs. La peur et une détermination inébranlable s'ancrèrent en elle. D'une manière ou d'une autre, elle trouverait un moyen d'entrer dans ce bâtiment pour vérifier par elle-même si Vallen s'y trouvait.

Pendant un long moment, les gardes l'observèrent, leur regard impassible et indéchiffrable sous leurs casques. Peu à peu, celui de droite fit un pas en avant et, retirant son gantelet, tendit prudemment la main vers les biscuits. Ses doigts rugueux effleurèrent les siens, provoquant des frissons de soulagement en elle. « Il est un peu tard pour qu'une jeune femme comme vous se promène dans les rues, mais une gourmandise est toujours la bienvenue, » dit-il avec un rire rauque. Le garde se tourna vers son compagnon et lui tendit un des biscuits. « Peut-être que la nuit n'est pas aussi sombre que nous le pensions. » Son camarade grogna pour toute réponse, déjà absorbé par sa friandise. D'un dernier regard scrutateur, il hocha la tête vers l'entrée menaçante. « Allez-y alors. Occupez-vous des sacrifiés, mais attention », sa voix baissa, une note grave envahissant son ton rocailleux. « Faites vite. Nous ne voulons pas d'ennuis cette nuit. Nous avons des ordres, et je ne veux pas avoir affaire aux sacrifiés s'ils s'agitent. » Faisant signe à Nyssa d'entrer dans la prison, ils reprirent leur veille en grignotant leurs friandises.

Elle se raidit, ses nerfs rendant chaque mouvement difficile. Rassemblant son courage, Nyssa avança, prenant soin d'éviter tout contact avec les gardes. L'intérieur de la prison était lugubre, une seule torche projetant à peine sa lumière vacillante jusque dans les cellules obscures.

Une fois à l'intérieur, une dure réalité la submergea. L'odeur oppressante de corps confinés et de désespoir emplissait l'air, s'y attardant lourdement, enveloppant l'atmosphère de sa puanteur âcre. Nyssa dut avaler difficilement pour empêcher son estomac de se rebeller alors qu'elle inspirait à contrecœur l'odeur aigre de sueur humaine et de chagrin.

Devant elle, le couloir froid et austère, fait de briques épaisses empilées et bordé de minuscules cellules, s'ouvrait devant elle. Rassemblant son courage et refoulant sa peur, Nyssa s'engagea dans le couloir sinistre. Avançant à pas feutrés, Nyssa jeta un coup d'œil dans la première cellule. Bien que l'occupant fût caché dans l'ombre, une paire d'yeux sans vie luisait dans l'obscurité, désespérée et vaincue. Chaque pas résonnait sinistrement alors qu'elle s'approchait de la première cellule. Un frisson traversa les veines de Nyssa; jamais elle ne s'était sentie aussi impuissante ni horrifiée. Elle avait toujours repoussé les pensées concernant ce que devaient endurer les sacrifiés. La terreur qu'ils devaient ressentir. La culpabilité l'envahit alors qu'elle se rappelait avoir toujours ignoré ses élans de remords au sujet des Tributs d'Enum, prétendant que, puisque leur dieu exigeait une offrande, il était acceptable que le royaume sacrifie ses citoyens aux hyva. Elle s'était toujours dit qu'ils étaient des criminels — les pires des pires. Mais si Vallen était ici, alors c'était un mensonge. Vallen était le meilleur que comptait Erishum.

Des rais de lune pâle et éthérée illuminaient le visage désolé de l'homme et sa silhouette recroquevillée dans l'étroite cellule. Ouvrant son sac, elle murmura quelques mots de réconfort et tendit un pain croustillant à l'homme, qui le prit avec des mains tremblantes. Ce n'était pas grand-chose, mais Nyssa sentait que c'était la seule gentillesse qu'il avait reçue depuis longtemps.

Son cœur s'alourdissait un peu à chaque cellule devant laquelle elle passait, ses genoux faiblissant sous le poids combiné de leur désespoir et des « merci » chuchotés dans l'air stagnant. Un homme refusa de reconnaître sa présence et se détourna de son offrande. Bien que son esprit vacillât sous l'assaut du désespoir ambiant, Nyssa déposa le pain au sol de la cellule et poursuivit. Même si Vallen n'était pas dans une des cellules, elle était heureuse d'être venue offrir à ces âmes malheureuses quelques instants de réconfort. Nyssa poursuivit jusqu'à la dernière cellule.

Elle hésita avant d'approcher de la dernière cellule, son cœur battant comme les ailes frénétiques d'un oiseau contre sa poitrine. Elle s'approcha de la porte sur la pointe des pieds. Dans les profondeurs de la prison, tout ce qu'elle distinguait était une silhouette recroquevillée. La personne était allongée sur une paillasse, tournée dos à la porte de la cellule. Nyssa fixa la silhouette en plissant les yeux contre la faible lueur de lune filtrant par la meurtrière étroite.

« Monsieur », appela doucement Nyssa. « Je vous ai apporté de quoi manger. »

Le corps sur la paillasse remua légèrement. Le souffle de Nyssa se bloqua alors que la douleur envahissait son âme. Ce n'était ni la prestance d'un garde royal ni la démarche insouciante d'un gamin des rues qu'elle reconnaissait. C'était la façon particulière dont ses épaules se tenaient, la légère courbe de son dos, une immobilité patiente qui était distinctement... Vallen.

Muette de choc, Nyssa recula de quelques pas en titubant, tremblant violemment alors que son monde basculait. L'effroi le plus atroce qu'elle ait jamais connu s'abattit sur elle comme une vague glacée de misère. « Vallen. » Son nom glissa de ses lèvres dans un souffle étranglé. « Non. Non non non. Oh s'il vous plaît, non. »

Sa tête se tourna vers le bruit, et même dans la faible lumière, elle devina la surprise sur ses traits fatigués. Sa voix, rauque à force de silence, brisa le silence pesant : « Nyssa ? »

Un sanglot monta au fond de sa gorge, et elle eut beau avaler, il franchit ses lèvres comme un cri silencieux et déchiré. Laissant tomber son sac, Nyssa tomba à genoux, les yeux brûlants de larmes furieuses. Elle agrippa la pierre froide sous elle, pour se raccrocher face à la terreur qui lui coupait le souffle. Son cœur se tordait de désespoir, un cri farouche face au choc et à l'horreur de voir Vallen prisonnier derrière ces barreaux.

Pendant un instant, elle se permit le luxe du chagrin, le front posé contre le sol rugueux. Mais alors la haine d'elle-même la submergea — comment osait-elle pleurer et se lamenter alors que c'était à cause d'elle que Vallen était enfermé comme une bête ? Il l'avait sauvée, et c'était là sa récompense. Si elle avait pu s'arracher les yeux par punition, elle l'aurait fait, mais l'autoflagellation ne ferait rien pour aider Vallen. Cela ne ferait que l'affaiblir davantage. Ses sanglots s'éteignirent en larmes silencieuses, ses doigts crispés se détendirent, et elle essuya ses yeux, décidée à ne plus laisser Vallen la voir pleurer à nouveau. Elle rampa vers lui, tendant la main vers Vallen, qui l'appelait doucement par son prénom et lui tendait la main à travers les barreaux.

Elle lui tendit la main, se laissa tirer à lui. « Nyssa, qu'est-ce que tu fais ici ? Tu dois partir. C'est trop dangereux. » Malgré ses mots, Vallen la serra contre lui, les barreaux s'enfonçant inconfortablement entre eux.

Ses bras l'entourèrent, ses mains endurcies par l'épreuve et le courage lui frottant doucement le dos. Nyssa appuya son front sur son épaule, ignorant l'inconfort des tiges métalliques contre sa joue.

« Je... » La voix de Nyssa vacilla. « Je suis désolée, Vallen. Je suis tellement désolée. Tout est de ma faute. »

Il secoua la tête, l'autre main passant à travers les barreaux pour lui caresser doucement la joue. La fraîcheur de son toucher paraissait irréelle, contraste saisissant avec la chaleur tendre de son regard.

« Nyssa, dis pas ça. » Sa voix était rauque, éraillée. Il cligna rapidement des yeux, ne la quittant pas du regard. « Rien de tout cela n'est de ta faute. »

Ses larmes coulaient sans relâche, chaque goutte portant le poids de sa culpabilité et de sa tristesse. Son pouce effleura sa joue, ce geste fugace de réconfort rendant la peine plus vive encore dans sa poitrine. Au milieu de cette réalité cruelle, ils pressèrent leurs fronts l'un contre l'autre et murmurèrent des mots de regret et de réconfort, des supplications de pardon et des déclarations d'innocence.

Fouillant un instant dans son sac abandonné, Nyssa en sortit la miche qu'elle avait gardée. Elle la lui tendit à travers les barreaux. Il l'accepta avec un sourire à la fois mélancolique et sincère. « Tu deviendras une si grande boulangère. J'aurais aimé pouvoir être là pour le voir. »

« Tu le seras », promit Nyssa. « Je trouverai une solution. »

Vallen lui lança un regard brisé, comme s'il savait qu'elle avait tort mais n'avait pas le courage de le lui dire. Il ne répondit rien, se contentant de serrer Nyssa dans ses bras pour une longue étreinte. Savoir que Vallen avait renoncé, qu'il acceptait la défaite pour la première fois de sa vie et que c'était de la faute de Nyssa, fit naître quelque chose de grand et brûlant en elle. Une résolution se forma en elle — quelque chose de solide et d'inébranlable. Si c'était la dernière chose qu'elle faisait, elle sauverait Vallen. Même si cela devait lui coûter la vie.

La voix grave d'un homme, venant de l'entrée de la prison, ramena Nyssa et Vallen à la réalité. « C'est terminé. Donnez le pain aux prisonniers et partez ! »

« Bien sûr, je termine ! » cria Nyssa par-dessus son épaule, une jovialité forcée dans la voix alors qu'elle s'efforçait de la rendre plus stable qu'elle ne l'était.

Profitant de l'instant de flottement entre ses mots et les grognements des gardes, Vallen saisit les mains tremblantes de Nyssa dans les siennes. La tirant contre lui jusqu'à ce qu'elle voie son reflet dans son regard brûlant, il murmura d'une voix empreinte de la plus grande tristesse : « Je suis désolé qu'on en soit arrivés là. J'aurais tellement voulu... Je suis... Je suis si fier de toi, Nyssa. » Sa voix se brisa en prononçant son prénom, le mot chargé d'une immense tristesse. Il porta ses mains à ses lèvres et y déposa un baiser doux et prolongé.

Alors que les larmes coulaient sur les joues de Nyssa et qu'elle mémorisait la sensation des lèvres de Vallen sur ses doigts, le garde cria à nouveau. Sa voix, chargée d'une colère croissante, brisa leur court répit. À contrecœur, Nyssa reprit ses mains. Ils se regardèrent, puis Nyssa se pencha de nouveau en avant pour déposer un baiser rapide sur la joue de Vallen.

Se relevant, Nyssa s'éloigna, raide, le cœur brisé, tentant désespérément de contenir ses sanglots.

Juste avant de partir, Nyssa se retourna, croisant encore une fois le regard de Vallen. Ses yeux brillaient dans l'obscurité, ardents et humides. Il semblait la graver dans sa mémoire. Elle fit de même — fixant Vallen et gravant cet instant dans son cœur, mais la scène était désormais accompagnée d'une promesse muette. Elle le ramènerait à la maison. Quel qu'en soit le prix.

CHAPITRE 18

Nyssa parvint à prononcer des mots de remerciement aux gardes, le son étranglé et vide, les syllabes s'échappant maladroitement de ses lèvres tremblantes. Elle garda la tête baissée pour s'assurer qu'ils ne puissent pas voir ses larmes. S'ils la surprenaient en train de pleurer, elle imaginait qu'ils auraient des questions auxquelles elle ne répondrait pas. Les mots polis et maladroits se tordaient douloureusement dans sa gorge, mais elle les laissa échapper, espérant qu'ils masqueraient l'angoisse affichée sur ses traits. Elle serra son sac plus fort contre elle avant de tourner le dos à la prison lugubre et à Vallen, tandis que son cœur se brisait de nouveau.

Rapidement, elle s'éloigna en trottinant, ses pieds glissant sur les pavés froids et usés. Une fois Nyssa en sécurité, au coin de la rue, à l'abri des regards indiscrets, elle laissa ses jambes se dérober sous elle. La surface dure de la ruelle heurta ses genoux sans pitié, mais la douleur physique n'était rien comparée au tourment qui la déchirait intérieurement. Ses mains s'enfoncèrent dans le tissu de son tablier. Elle voulait l'arracher de son corps. Elle ne le méritait pas. Le tablier doré dont elle avait été si fière quelques heures plus tôt n'était désormais qu'un symbole du prix à payer pour son ambition.

Sans retenue, des sanglots secouèrent sa silhouette mince, chacun d'eux une supplique désespérée qu'elle murmurait au sol pierreux. Elle pria Enum de l'aider, de lui donner la force. Sa respiration se bloqua tandis que des larmes brûlantes coulaient sur ses joues sombres.

Un océan de chagrin l'enveloppa. Elle ne savait pas combien de temps elle resta agenouillée là, dans la ruelle déserte, ses larmes s'infiltrant entre les pierres sous ses genoux. Mais elle savait que sa tristesse et ses regrets ne changeraient rien. Le soleil se lèverait encore, demain viendrait encore, et Vallen serait sacrifié aux Terres Mourantes. Lorsque les échos de sa peine s'estompèrent dans le silence, Nyssa se redressa lentement, ses jointures blanchies à force de serrer le tissu rugueux de son sac. Ses yeux sombres, bien que gonflés par les larmes, brillaient d'une nouvelle résolution. Avec un soupir de détermination, elle essuya ses larmes du revers de sa main boueuse et se força à se relever.

Les pensées de Nyssa tourbillonnaient comme les courants rapides d'une rivière, incertaines, changeantes, frénétiques. Elle envisagea toutes les options possibles, chaque maigre chance de succès. Une idée commença à prendre forme dans son esprit. Peut-être pourrait-elle aller chercher le couteau encore caché dans le vieux coffre au pied de son lit. Elle pourrait alors retourner furtivement à la prison et essayer de remettre le couteau à Vallen. Mais comment se débarrasser ou neutraliser les gardes ? Ils étaient bien plus grands qu'elle et entraînés au combat. Nyssa abandonna rapidement ce plan, car même si elle parvenait d'une manière ou d'une autre à faire évader Vallen, il était reconnaissable. Les gens connaissaient son visage. Les pies-grièches le chercheraient sans relâche, elles fouilleraient chaque recoin du royaume jusqu'à ce qu'il soit retrouvé.

Même si le royaume d'Erishum était un véritable labyrinthe, traversé de ruelles serpentines qui s'entrecroisaient tels des fils noués, il n'était pas si grand. Il n'y avait qu'un nombre limité d'endroits où il pouvait se cacher. Elle pourrait le dissimuler chez elle et s'occuper de lui apporter de la nourriture, etc. Mais quelle vie serait-ce là ? Être à jamais enfermé, caché entre quatre murs qui s'effritaient. Même alors, il devrait finir par partir — il ne pouvait pas passer le reste de sa vie dans sa masure. Ils finiraient par être découverts.

C'était un plan absurde — retourner furtivement à la prison et tenter de faire évader Vallen. Il y avait trop de variables, trop de gardes, et un temps limité. Plus important encore, même si elle parvenait à le libérer, il ne serait pas vraiment libre. Il échangerait simplement une prison contre une autre.

Il n'y avait nulle part où aller. Ou bien si ?

Une idée téméraire envahit son esprit. Une lueur d'inspiration jaillit, illuminant son imagination. Avant même d'avoir le temps de douter de sa raison, Nyssa prit une décision sur-le-champ. Si elle avait raison, cela pourrait mener à une évasion non seulement de la prison, mais du royaume lui-même.

Sans hésiter, elle fit demi-tour, sprintant à travers les ruelles étroites, fendant l'air froid de la nuit. Elle courait comme si les ennemis d'Enum étaient à ses trousses. Son cœur battait au rythme de ses pieds frappant les pavés. Des perles de sueur se formaient sur son front tandis qu'une nouvelle détermination prenait racine — Vallen pouvait, et serait, sauvé. La ville se brouilla autour d'elle tandis qu'elle courait, ses structures de pierre imposantes répercutaient sa détermination haletante. Le musée d'Erishum, avec tous ses artefacts vénérés et ses histoires à demi oubliées, l'appelait. Ses salles sacrées étaient désormais un phare illuminant son chemin désespéré.

Nyssa quitta la rue principale et s'engagea dans une ruelle étroite familière. À pas rapides, elle se précipita à l'arrière de l'imposante structure du musée. Elle frappa fort contre la porte de planches vieillies, l'impatience et la peur rendant ses coups forts et précipités.

La porte s'entrouvrit d'un pouce, révélant une paire d'yeux plissés. Surprise, Nyssa recula d'un pas, mais se ressaisit rapidement, redressant les épaules et remontant sur le perron de la conservatrice. Conservatrice Athura lui lança un regard glacial en reconnaissant son identité. Elle souffla d'un air agacé et impatient.

La porte grinça, s'ouvrant juste assez pour permettre à la silhouette d'Athura de se détacher des ombres de sa demeure. Sous la lune montante, son teint habituel prit une teinte troublante.

Le regard d'Athura était glacial tandis qu'elle le posait sur Nyssa.

« Il est tard, et j'allais me coucher. Demain sera une longue journée pour moi, alors j'espère que tu as une bonne raison de tambouriner à ma porte à une heure aussi indécente », déclara Athura, tirant Nyssa de ses pensées. Les sourcils arqués, elle considéra Nyssa avec un regard intense, son comportement dédaigneux nouant l'estomac de Nyssa. Elle n'était pas habituée à voir la conservatrice autrement que bienveillante avec elle. « Qu'est-ce qui t'amène à ma porte à cette heure, jeune fille ? »

« Je le ferai. »

« Quoi ? » La conservatrice sembla à la fois confuse et surprise.

Nyssa leva le menton, essayant d'avoir l'air confiante et assurée. Elle espérait que la faible lumière de la seule bougie derrière la conservatrice ne laissait pas voir à quel point ses yeux devaient être rouges et gonflés. « Je le ferai », répéta-t-elle, un peu plus fort cette fois. « J'accepte d'aller à Puzur. »

Les sourcils d'Athura se froncèrent tandis qu'elle ajustait ses lunettes battues par les intempéries. La curiosité papillonnait à travers son regard sévère, elle se pencha légèrement en avant. « Tu feras quoi exactement ? Es-tu sûre de comprendre toute l'ampleur de la tâche pour laquelle tu te portes volontaire ? »

« J'accepte votre mission », confirma Nyssa, sa voix ferme,

bravant le regard sceptique de la conservatrice. Malgré le frisson qui lui parcourut l'échine, sa résolution resta inébranlable. Son vœu résonna de nouveau dans son esprit — quoi qu'il en coûte pour sauver Vallen. Mentir, tricher, voler, je ferai n'importe quoi. « Je traverserai les Terres Mourantes et trouverai le dirigeant du royaume de Puzur. Une fois cela fait, je lui remettrai les objets que vous souhaitez transmettre et lui prouverai que nous sommes toujours ici, au cœur des Terres Mourantes. »

« Qu'est-ce qui t'a fait changer d'avis ? »

« J'avais peur... Mais j'y ai réfléchi. Je n'ai pas pu arrêter d'y penser. Et j'ai dû livrer du pain aux cinq sacrifices. Même s'ils sont des criminels, ils ne méritent pas de mourir demain. Si nous pouvons obtenir de l'aide extérieure pour vaincre les hyva, alors nous n'aurons plus jamais à sacrifier qui que ce soit. Je suis désolée d'avoir hésité. J'étais juste effrayée. »

Le sourcil argenté de la conservatrice se leva de surprise. Scrutant la détermination de Nyssa, elle mordit sa lèvre inférieure, pesant le poids des mots de la jeune femme. « Et tu t'attends à ce que je te confie mon amulette et la carte ? »

Nyssa acquiesça, essayant de projeter un air de fiabilité. Si elle voulait sauver Vallen, il lui fallait convaincre la conservatrice de sa sincérité. Elle jeta un coup d'œil derrière Athura vers l'intérieur faiblement éclairé du musée, son cœur battant la chamade.

Nyssa soutint le regard d'Athura avec une certitude inébranlable. « Vous avez raison. Le peuple de ce royaume avait besoin d'être sauvé. Je crois en vous, Conservatrice Athura ; je crois en votre mission. Ce n'est plus seulement une question de royaume. C'est une question qui nous concerne tous. »

Athura étudia Nyssa, son regard s'aiguisant devant la résolution de la jeune femme. Il lui fallut un moment de silence pour décider si elle confierait sa mission à Nyssa, mais l'espoir grandissant dans la poitrine de cette dernière lui disait que si la conservatrice avait quelqu'un d'autre à qui passer le flambeau, elle ne l'écouterait même pas en cet instant. Le regard d'Athura se transforma graduellement, passant de la suspicion et du mépris initiaux à quelque chose qui ressemblait à du respect et peut-être — une lueur d'espoir.

Nyssa raffermit ses nerfs, repoussant impitoyablement le pincement de culpabilité qui menaçait sa résolution.

Athura, animée d'une énergie et d'une excitation nouvelles, fit signe à Nyssa de revenir dans ses quartiers éclairés à la bougie. Elle la suivit tandis que la conservatrice la conduisait de nouveau dans la pièce verrouillée. La conservatrice s'agita, marmonnant pour elle-même et tirant des objets d'alcôves et de compartiments dissimulés.

Athura se précipita vers son bureau à peine organisé, fouillant dans des piles de papiers — certains jaunis par le temps, d'autres nets et frais. Elle ouvrit d'abord son armoire, en sortit la carte et l'amulette, et les posa sur son bureau encombré. Puis elle attrapa du parchemin vierge, trempa sa plume, et se mit à écrire avec une concentration singulière. Son écriture, élégante et fluide, dansait sur le papier, traçant une chorégraphie complexe d'encre noire sur parchemin. Conservatrice Athura expliqua, tout en écrivant, qu'elle rédigeait des lettres aux dirigeants de Puzur et Hassuna. Les lettres étaient rédigées en termes diplomatiques et contenaient des offres d'amitié. La main de la conservatrice glissait sans effort sur le parchemin. Nyssa regardait avec envie, imaginant que la conservatrice tissait des récits d'espoir et de renouveau pour Erishum.

Après avoir rapidement terminé ses missives, Athura pressa sa bague à cachet personnel, ornée de l'insigne royal des hyva, dans la cire ramollie pour sceller chaque lettre. Ses mains tremblaient d'un mélange d'anticipation nerveuse et d'excitation tandis qu'elle les rassemblait toutes et les remettait à Nyssa.

« Celles-ci », dit-elle, sa voix tombant presque à un murmure, « sont les objets les plus importants à faire passer à travers les Terres Mourantes, Nyssa. Traite ces lettres comme si l'avenir du peuple d'Erishum reposait en elles, car d'une certaine façon, c'est le cas. Ce sont des contrats d'alliance, des demandes d'aide, et surtout, des offres d'amitié. Fais-les parvenir à Puzur en un seul morceau, et tu auras accompli plus pour ce royaume que la plupart en une vie. »

Prenant un sac accroché au mur, la conservatrice y rangea des rations de voyage, une outre d'eau, des vêtements de rechange, un silex, et d'autres objets précieux pour le voyage de Nyssa. Les coutures du sac semblaient gémir sous le poids des provisions, offrant à Nyssa une vision vaguement rassurante.

Remettant à Nyssa la carte et l'amulette en dernier, Athura rappela « N'oublie pas, Nyssa, garde toujours l'amulette sur toi pour te protéger des hyva, et suis la rivière : elle mène à la route principale qui conduit à Puzur. »

Un silence inquiétant s'installa dans la pièce, alors que les mots d'Athura s'éteignaient. Les rayons vacillants des bougies dessinaient en relief l'expression résolue de la conservatrice. Nyssa avala difficilement, le poids de la culpabilité s'abattant soudain sur elle comme une enclume. Cependant, elle soutint de nouveau le regard d'Athura, une détermination d'acier s'ancrant au plus profond d'elle-même.

Nyssa allait se retourner pour partir, mais une pensée l'arrêta. « Conservatrice Athura... si ces autres royaumes ne sont pas maléfiques comme on nous l'a dit, alors pourquoi le Roi Jerwan a-t-il créé les Terres Mourantes ? Pourquoi créer les hyva et nous forcer à sacrifier des personnes ? »

Athura mordilla sa lèvre un moment avant d'acquiescer pour elle-même. « Je crois que Jerwan a créé les Terres Mourantes parce qu'il craignait que d'autres royaumes ne tentent de s'emparer du puits— »

Les mots d'Athura s'interrompirent brusquement, son visage devenant livide ; l'énergie qui l'avait animée semblait alors totalement l'abandonner. Ses yeux se tournèrent vers la lourde porte en bois de ses quartiers, une peur glacée se reflétant dans ses iris sombres.

Avant que Nyssa n'ait pu prononcer un mot, Athura leva une main pour imposer le silence, son regard toujours fixé sur la porte. Un murmure tendu s'échappa de ses lèvres. « Quelqu'un arrive. »

Nyssa suivit le regard figé de la conservatrice, confuse ; elle n'entendait rien, mais le changement brusque de comportement d'Athura l'alarma plus que n'importe quel signe audible de danger. En tendant l'oreille, Nyssa réalisa qu'elle percevait le tintement doux d'une cloche résonnant dans les couloirs du musée.

Athura, bien que saisie par la peur, bougea avec une agilité surprenante. Elle glissa vers une étagère apparemment banale, parcourant du doigt les dos vieillis des livres. Elle en sortit un vieux grimoire à la couverture craquelée en cuir. Un doux déclic se fit entendre, et toute l'étagère frissonna avant de pivoter vers l'avant, comme une porte.

Jetant un coup d'œil à Nyssa, qui restait bouche bée de surprise, Athura lui fit signe avec urgence. « Vite, par ici », siffla-t-elle. « Reste silencieuse et cache-toi. »

La porte-étagère révéla un passage étroit et sombre, juste assez large pour une personne. Tandis qu'Athura guidait Nyssa à l'intérieur, la jeune femme croisa le regard d'Athura et y vit une peur authentique. La conservatrice lui fourra précipitamment le sac de voyage dans les bras. Nyssa sentit un frisson d'appréhension lui tordre le ventre, n'ayant jamais vu la conservatrice autrement que sûre d'elle et confiante. Avalant sa peur, elle hocha la tête et entra dans le passage caché tandis que la conservatrice refermait doucement la porte derrière elle. Le passage s'enfonça dans une attente sombre et silencieuse.

Nyssa jeta un regard à travers la mince fente de lumière qui filtrait autour du cadre de la porte cachée, la lueur dorée contrastant fortement avec l'obscurité quasi totale du tunnel secret. L'angle d'observation offrait une vue restreinte, mais suffisante, sur les vastes quartiers d'Athura. Le souffle de Nyssa se coupa tandis qu'elle observait la conservatrice réajuster son apparence, ses gestes délibérés mais empreints de tension.

La conservatrice prit place dans la chaise près de l'âtre éteint, s'enfonçant dans le fauteuil comme si elle était parfaitement détendue. Si Nyssa n'avait pas su, elle aurait cru la conservatrice paisible et sereine, la voyant attraper un livre et en feuilleter les pages vieillies. La pièce sombra momentanément dans un calme trompeur, poussant Nyssa à douter de la crédibilité de la panique précédente. N'était-ce qu'un fruit de l'imagination d'Athura, née de sa vigilance constante contre les dangers pesant sur ses trésors et ses secrets ?

Nyssa faillit sursauter et laisser échapper un cri lorsque la porte des quartiers d'Athura s'ouvrit soudainement avec un grincement sinistre. Nyssa retint sa respiration et recula, son cœur battant à tout rompre. Mais la curiosité l'emporta, et elle risqua un autre regard prudent. L'embrasure était occupée par la silhouette imposante du Grand Enumerox Berossus, sa peau d'un blanc éclatant contrastant avec le cadre sombre de la porte. Il se tenait là, arrogant, ses yeux balayant la pièce avec une précision glaciale. Voir plusieurs pies-grièches et prêtres derrière lui fit frissonner Nyssa jusqu'à la moelle.

Elle vit Athura lever calmement les yeux de son livre, son attitude ne trahissant rien de la peur que Nyssa savait tapie sous la surface. Le silence s'installa, une tension lourde flottant dans l'air. À cet instant, Nyssa fut frappée par sa propre impuissance, piégée dans un passage secret, simple spectatrice silencieuse. Elle ne pouvait s'empêcher de craindre pour le sort de la conservatrice, qu'elle admirait et vénérait depuis l'enfance. Un mauvais pressentiment lui serra le cœur, une annonce glacée de la confrontation à venir.

Berossus traversa la pièce, chaque pas portant le poids et l'autorité de sa fonction. Passant devant le bureau encombré, il ricana devant les objets éparpillés. Il s'arrêta devant Athura, la fixant d'un regard de pierre, tandis qu'elle soutenait son regard placidement. Nyssa fixa l'arrière de la tête de Berossus, où l'image rouge du hyva gravée semblait presque lui rendre son regard.

« Croyais-tu vraiment que je ne le découvrirais pas, Athura ? » demanda Berossus, sa voix aussi dure et cassante que la glace hivernale sur une feuille.

Son regard aux yeux jaunes perça Athura, un silence menaçant s'étendant dans la pièce comme une maladie, infectant chaque recoin d'une aura fétide.

« Découvrir quoi ? » répondit Athura, feignant l'ignorance avec un sourire ironique en levant un sourcil. « Que veux-tu dire, Berossus ? »

« L'enfant. Celle qui a osé franchir les murs du royaume et a rencontré une bête impie. Tu pensais que j'ignorerais que tu étais derrière tout ça ? » cracha Berossus, son regard glacial ne quittant jamais Athura.

Le cœur de Nyssa battait la chamade et elle pressa une main sur sa bouche pour étouffer sa respiration. Elle s'imaginait Athura paniquée aussi, mais cette dernière maintint sa façade de calme. « Tu as vu trop d'ombres dans le temple, saint homme », répliqua-t-elle sèchement. « Je n'ai pas la moindre idée de ce dont tu parles. »

« Regarde autour de toi, Athura. Cette pièce est remplie à ras bord de reliques impies. Il y en a assez ici pour t'envoyer en prison jusqu'à la fin de tes jours. »

« Ce ne sont pas des reliques impies ! Ce sont simplement des objets de valeur historique. Rien de plus. »

Berossus ricana, un son dénué de tout amusement. « Arrêtez-la », ordonna-t-il à son entourage silencieux près de la porte. « Ton sang royal est la seule chose qui t'épargne, Athura », ajouta-t-il, ses yeux injectés de sang se plissant, « si c'était ma décision, je te verrais sacrifiée aux Terres Mourantes demain. Considère ta naissance chanceuse comme une bénédiction. »

« Comment oses-tu ! » Athura se leva, dévisageant Berossus comme s'il n'était qu'une limace. « Le roi ne tolérera pas un tel acte de trahison. Dès que j'aurai parlé à Jorek, tu apprendras à regretter ton arrogance et ta paranoïa injustifiée. »

« Qui crois-tu m'a autorisé à t'arrêter ? »

La tension monta d'un cran tandis que les yeux d'Athura laissaient transparaître une lueur de peur sous son orgueil têtu. Dans son passage caché, Nyssa inspira vivement, la réalité sinistre de la situation de sa mentor la glaçant d'effroi. Son esprit chercha désespérément une solution, un miracle pour sauver la courageuse et dévouée conservatrice des griffes de Berossus.

Berossus fit signe à deux pies-grièches d'avancer. Les hommes s'avancèrent, parcourant la pièce du regard, curieux devant ses piles de curiosités et d'appareils fantastiques.

Des larmes tombaient sur les joues de Nyssa tandis qu'elle regardait les pies-grièches escorter la conservatrice hors de la pièce.

Une fois Athura partie, Berossus prit un instant pour examiner certains objets. Il en ramassa un, le fit tourner entre ses doigts. Ses prêtres restaient silencieux dans l'embrasure. Sans plus de commentaire, Berossus laissa tomber l'objet qu'il examinait et commença à quitter la pièce.

« Que vas-tu faire de tout ça ? » demanda un des prêtres, désignant la pièce d'Athura d'un geste.

« Nous purifierons ou détruirons tout ici. Mais cela devra attendre après le sacrifice de demain. Nous avons trop à préparer. Rien ne bougera d'ici là, nous aurons amplement le temps. »

Sur ce, les hommes quittèrent la pièce en silence.

CHAPITRE 19

Nyssa était tapie dans le passage dissimulé, enveloppée dans l'ombre, le cœur battant contre sa cage thoracique. Elle avait le visage collé contre l'arrière de la bibliothèque, fixant la pièce vide de la conservatrice, attendant pour s'assurer que personne ne reviendrait. Le léger crépitement d'une bougie oubliée semblait résonner dans la pénombre, amplifiant sa peur au centuple. Elle sentait une terreur tangible dans sa bouche, âpre et piquante comme du sel sur une plaie. Tous les muscles de son corps lui hurlaient de fuir, mais elle resta, paralysée par un mélange puissant de terreur et d'inquiétude pour la Conservatrice Athura.

Les minutes s'étirèrent en une éternité, sa respiration brève et rapide dans l'air chargé de poussière et d'obscurité. Elle était comme un animal acculé, ses pensées fuyant comme un rat piégé, ses instincts la poussant à s'enfuir tout en étant retenue par le spectre de la loyauté. Le silence béait, et ses pensées tourbillonnaient alors qu'elle restait immobile dans sa cachette, la peur s'accumulant dans son ventre.

Se redressant autant qu'elle le pouvait, Nyssa entrouvrit la porte secrète, le léger raclement du bois contre la pierre lui semblant un hurlement strident. Elle sortit de son abri, avalant sa salive avec difficulté, les yeux scrutant la pièce désormais vide.

Son regard parcourut l'espace, fouillant les coins sombres et se déplaçant à pas feutrés dans la pièce. Des bibelots dorés scintillaient tristement dans la lumière tamisée, des curiosités et singularités anciennes, chacune témoin de l'exploration infatigable d'Athura et de sa curiosité inébranlable, toutes menacées par la destruction impitoyable prévue pour le lendemain.

C'était un lieu d'émerveillement que Berossus projetait de détruire sans remords.

Les mains de Nyssa se crispèrent le long de ses flancs. La joie de la découverte et la richesse des connaissances représentées par ces artefacts se trouvaient désormais au bord du gouffre. Une boule se forma dans sa gorge alors qu'elle luttait pour retenir les larmes qui montaient. Tout avait basculé si vite qu'elle en avait le vertige.

Ses genoux semblaient prêts à céder alors que les épreuves de la journée l'accablaient, une vague de chagrin l'entraînant vers les profondeurs insondables de la souffrance et de l'incertitude.

Elle contempla une dernière fois cette beauté chaotique, suivant du regard les lignes de chaque objet, les coups de pinceau de chaque peinture, les gravures de chaque figurine, tout cela désormais suspendu au bord de l'oubli.

Elle inspira profondément, son souffle tremblant, puis raffermit sa résolution. Les larmes n'avaient pas leur place ici, se rappela-t-elle, pas tant qu'il restait du travail à accomplir, pas tant qu'il y avait des gens à sauver et des artefacts à préserver. Elle chassa les dernières larmes, une détermination nouvelle remplaçant le désespoir qui l'avait habitée.

Le cœur de Nyssa battait comme un lapin, fort et vite dans sa poitrine, alors qu'elle jetait un dernier regard à la pièce de la conservatrice. Les souvenirs forgés entre ces murs, les connaissances qu'ils renfermaient, semblaient vibrer dans l'air. Elle baissa les yeux sur son tablier désormais froissé. Rapidement, elle ôta le tablier, ne gardant que son pantalon et sa tunique, tous deux aussi ternes et insignifiants qu'un plat fade. Cela aiderait Nyssa dans ce qu'elle s'apprêtait à tenter.

Son regard tomba sur un grand sac, oublié et posé dans un coin de la pièce. Il était fait de fibres tressées robustes, capables de porter une lourde charge. Nyssa se mordit la lèvre inférieure, les implications de sa prochaine décision pesant lourdement sur elle. Son cœur se serra, mais elle chassa cette impression.

Elle jeta un regard au bureau, récemment occupé par la conservatrice. Un assortiment d'artefacts y reposait, témoins d'une vaste histoire, un trésor sur le point d'être gâché inutilement. Leur destruction n'était pas seulement l'anéantissement de simples objets, mais un acte d'effacement des histoires et de l'esprit d'aventure qu'ils portaient.

Un élan irrésistible la traversa – était-ce du courage, de la colère ou simplement une audace têtue, Nyssa ne saurait le dire. Mais elle sut qu'à partir de ce moment, il n'y aurait plus de retour en arrière. Inspirant profondément, elle saisit le grand sac.

Elle commença à le remplir avec les objets du bureau de la conservatrice. D'abord, elle tapissa le fond du sac de livres, puis y ajouta quelques figurines sculptées, puis un mécanisme métallique dont elle ignorait la fonction, et enfin, quelques parchemins enroulés posés délicatement au sommet.

Nyssa travaillait vite et méthodiquement. Le temps était son adversaire le plus redoutable à cet instant. Sa concentration ne faiblissait pas, sachant que chaque artefact sauvé représentait une parcelle d'histoire préservée. Pourtant, au fond d'elle, elle ne pouvait chasser la peur de ce qui arriverait si on la surprenait. Mais l'alternative – ne rien faire – était bien plus sinistre encore.

Nyssa jeta un dernier regard autour de la pièce avant de s'engouffrer à nouveau dans le passage secret, veillant à refermer la bibliothèque derrière elle, laissant juste un mince espace pour éviter qu'elle ne se verrouille. L'air frais du tunnel caressa ses joues rouges, rappel glaçant de la tâche à accomplir. Dans un soupir discret, elle pressa résolument vers l'avant.

Alors qu'elle s'enfonçait dans le passage, la lumière déjà déclinante de la pièce disparut, plongeant Nyssa dans l'obscurité totale. Enveloppée dans les ténèbres, elle avança prudemment, ses mains effleurant la pierre rugueuse tandis qu'elle progressait lentement. Les murs étaient aussi froids et humides qu'une crypte, faisant frissonner Nyssa davantage.

Après ce qui sembla des heures, mais ne fut que quelques minutes, une lueur apparut au bout du tunnel. Enfin, les mains de Nyssa heurtèrent la paroi du passage. Elle faillit buter contre le mur du fond, mais aperçut au dernier moment la silhouette d'une simple porte de bois battue par les intempéries.

Nyssa colla son oreille à la porte mais ne perçut que le silence. Passant la tête dehors avec précaution, elle examina les alentours pour s'assurer qu'elle n'était pas observée. C'était calme, et la vue lui était inconnue. Elle ouvrit lentement la porte et se retrouva dans une sorte de remise. Elle comprit qu'elle se trouvait à l'arrière du musée, un endroit tenu à l'écart à cause de son manque d'attrait esthétique.

La petite rue étroite où débouchait la remise était vide de passants mais encombrée de suffisamment d'autres abris de fortune pour que Nyssa soit sûre de ne pas être remarquée en se faufilant dans le désordre. D'un dernier regard, Nyssa sortit de la remise, refermant la porte derrière elle. Chaque pas la conduisait plus loin dans sa mission périlleuse de sauvetage.

Alors qu'elle avançait dans les rues étroites et sinueuses d'Erishum, le cœur de Nyssa battait au rythme des claquements de ses bottes sur les pavés. La lune était haute, projetant de longues ombres dansantes qui enveloppaient la ville d'un voile argenté d'incertitude, mais aidaient aussi à dissimuler sa silhouette. Le pire moment du trajet fut de traverser le Pont Sud. Elle se sentait exposée et vulnérable. C'était la seule portion sans échappatoire facile en cas de problème.

Son ancienne maison était nichée en périphérie, heureusement non loin du pont. Elle connaissait les ruelles par cœur, un savoir précieux à présent qu'elle filait rapidement dans l'obscurité, évitant les artères publiques.

Dans le silence de la nuit, sa petite maison paraissait différente – plus petite, plus délabrée. Dormir chaque nuit dans un dortoir propre et agréable l'avait déjà rendue exigeante. Nyssa se glissa à l'intérieur, inquiète que quelqu'un ait pu découvrir la cachette en son absence ou que des rongeurs s'y soient installés. Mais cette crainte s'évanouit dès qu'elle entra chez elle. Elle promena son regard sur son ancien espace – désormais refuge pour son précieux butin.

Nyssa ne perdit pas de temps. Dans l'obscurité, avec pour seule lumière celle de la lune filtrant à travers quelques lattes manquantes, elle disposa les artefacts sur ses petites étagères.

Une fois le dernier artefact déposé en sécurité, le regard de Nyssa tomba sur le sac que la conservatrice avait préparé pour elle, lourd de lettres pour le royaume de Puzur. Elle l'avait enlevé dès son arrivée, le posant sur le côté. Elle le fixa un instant, ressentant de la culpabilité et de la honte : elle n'avait aucune intention d'apporter ces lettres à Puzur. Elle avait d'autres projets pour leur contenu.

D'un dernier regard à ses trésors soigneusement rangés, Nyssa attrapa le sac désormais vide. Elle fourra rapidement l'autre sac de voyage contenant les lettres dans une cavité cachée à l'intérieur d'un mur à demi effondré, un endroit qu'elle utilisait comme cachette depuis des années.

Le dernier artefact désormais à l'abri, Nyssa enfila sa cape, ses teintes terreuses se fondant parfaitement dans l'étreinte ombragée de la nuit. Se faufilant vers la sortie, Nyssa s'arrêta, écoutant et guettant les passants. Le seul son résonnant contre le silence de la rue déserte était le chant des insectes. Elle prit une grande inspiration. La rafale glaciale de la nuit envahit ses poumons, mais elle l'accueillit, la laissant la revigorer et éveiller tous ses sens.

Le premier obstacle de son opération était franchi. Jetant un coup d'œil depuis l'entrée ombragée et sûre de sa maison, Nyssa fut rassurée par l'obscurité s'étendant jusqu'au musée. C'était son alliée pour la mission. Jetant le sac vide sur son épaule, elle se hâta de nouveau vers l'entrée secrète du musée, prenant soin de rester dans l'ombre et à l'abri des regards.

Nyssa se glissa dans les ruelles et les arrière-cours. Elle s'en tint aux chemins les plus sombres, longeant les murs de pierre et les ruelles étroites qui comblaient les interstices. Ces poches de chemins sombres et solitaires lui étaient familières, même si auparavant, Nyssa veillait toujours à être en sécurité chez elle une fois le soleil couché sur Erishum.

À l'approche du musée, le vent soupirant portait les sons lointains de la patrouille nocturne frappant les pavés de leurs lourdes bottes, leur routine destinée à assurer la sécurité des citoyens d'Erishum. L'écho de leurs voix rudes, de leurs bavardages et de leurs rires rebondissait sur les murs usés par le temps, poussant Nyssa à se glisser silencieusement dans une ruelle obscure, attendant que les hommes passent devant sa cachette. Son sang vibrait d'une angoisse palpitante tandis que le duo défilait puis tournait à l'angle, la laissant seule.

Malgré ses nerfs, elle resta immobile, s'assurant que personne d'autre ne s'approchait. Elle n'était qu'à un souffle du musée.

D'un dernier regard autour d'elle, elle sortit de sa cachette et traversa la rue en courant pour rejoindre la remise du musée. Alors qu'elle appuyait son dos contre la porte, son souffle venait en expirations courtes et brumeuses.

CHAPITRE 20

Au moment où le ciel commença à pâlir et à prendre une teinte rose, Nyssa était retournée au musée au moins une douzaine de fois, dérobant tout ce qu'elle pouvait transporter depuis les quartiers de la conservatrice. Elle ne s'inquiétait pas autant des objets exposés dans les salles principales du musée, car tous ces articles avaient déjà été inspectés et approuvés par les Enumerii. Tout ce que Nyssa avait volé, elle l'avait pris dans la chambre personnelle d'Athura. C'était là que la conservatrice semblait entreposer les objets non approuvés par les prêtres.

Nyssa s'approcha de son ancien foyer pour la dernière fois. Elle aurait voulu pouvoir tout sauver, mais elle avait fait tout son possible. Avec le soleil qui se levait, il était devenu trop dangereux d'essayer de sauver quoi que ce soit d'autre des quartiers de la conservatrice. Trop de gens commençaient déjà à remplir les rues.

Serrant fermement le sac gonflé, Nyssa observa la rue menant à sa maison depuis l'obscurité persistante d'une ruelle. Il ne fallait pas qu'elle relâche son attention maintenant, dans la dernière ligne droite. Après avoir vérifié qu'elle était seule, Nyssa se glissa dans la rue qui menait à sa demeure.

À chaque pas, son corps protestait, ses os réclamant du répit, la douleur remplaçant lentement toutes les pensées cohérentes dans sa tête. Son monde était désormais une boucle sans fin d'inconfort et du besoin de continuer d'avancer. Elle avait couru entre le musée et sa cachette toute la nuit, sans relâche.

Ses jambes lui semblaient de plomb, ses pieds engourdis comme s'ils étaient sculptés dans des blocs de bois, et la plante de ses pieds lui donnait l'impression de brûler. Ses bottes étaient si incrustées de terre qu'elle craignait de ne jamais pouvoir les nettoyer. Le froid mordant lui piquait les joues et rongeait sa peau exposée. Pourtant, Nyssa continua, déterminée dans sa mission. Encore et encore, ses seules pensées avaient été de mettre un pied devant l'autre et de ne pas se faire repérer.

Sa poitrine lui semblait trop étroite pour laisser passer l'air, ses respirations arrivaient par halètements irréguliers. Chaque inspiration sifflait dans sa gorge sèche et douloureuse jusqu'à ses poumons râpeux. Ses épaules et son dos se courbaient sous le poids du sac. Son cœur battait un rythme alarmant dans sa poitrine, et une vague de nausée la submergea alors qu'elle trébuchait en avant, luttant contre l'envie de céder à l'épuisement.

Dans un dernier élan de détermination, elle franchit le seuil de sa maison. Nyssa laissa tomber le sac sans cérémonie sur le sol et s'effondra sur son ancienne paillasse de paille. Chacun de ses muscles criait sa protestation, les douleurs profondes se faisant sentir, puissantes et implacables.

Haletant lourdement, Nyssa était étendue, sa cape étalée autour d'elle. Le sac d'artefacts volés gisait à quelques centimètres, un bout de métal dépassant de l'ouverture, brillant dans la faible lumière du matin qui commençait à filtrer à travers les lattes cassées de sa minuscule demeure. L'épuisement coulait dans les veines de Nyssa, sapant ses forces, tant physiques que mentales. Pourtant, elle réussit à esquisser un faible sourire, son regard balayant les fruits tangibles de son labeur. Malgré l'appel de son épuisement, elle murmura un petit mot de gratitude à

Enum. Elle avait eu le sentiment toute la nuit qu'il avait gardé ses pas sûrs et son chemin dégagé.

Le répit de cette victoire momentanée ne dura pas pour Nyssa ; le besoin implacable de passer à l'étape suivante de son plan l'arracha au confort de son ancienne paillasse. Dans un gémissement, elle força son corps affaibli à se lever, prenant appui sur ses bras contre la froideur du sol. Ses paumes lui semblaient à vif contre le froid. Elle sentit l'acidité de la nausée sur sa langue, née des longues heures de labeur sans assez d'eau, mais l'avala avec une grimace.

Après avoir étiré ses pauvres muscles endoloris, Nyssa se mit à sa tâche suivante. Tirant le sac de voyage de la conservatrice du demi-mur où elle l'avait caché plus tôt, elle en sortit un morceau de parchemin soigneusement plié : une carte. Ses doigts lissèrent le matériau comme s'il s'agissait de la chose la plus délicate du monde.

Vint ensuite l'amulette de pierre rose. C'était une création simple, sans prétention mais chargée de propriétés mystiques inconnues. La ramassant pour l'examiner de plus près, n'en ayant jamais vu d'aussi près auparavant, Nyssa examina le pendentif. La pierre rose portait une gravure de crâne de hyva et un mot qu'elle ne pouvait déchiffrer inscrit en dessous.

L'amulette était taillée dans un morceau de pierre rose pâle. Quand elle la tint à la faible lumière, elle scintilla légèrement d'un éclat argenté éthéré. Elle reposait dans sa paume, à peu près de la taille d'un gros fruit de dreff. Quand Nyssa la serra dans ses mains, elle ressentit une sensation de clapotis étrange, semblable à une outre d'eau partiellement remplie, ce qui lui fit froncer les sourcils de confusion intriguée.

Après un moment d'inspection, elle enveloppa à la fois l'amulette et la carte dans un morceau de tissu, une barrière de fortune contre tout accident, et les rangea dans son sac.

Dehors, l'aube hivernale s'éclaircissait lentement, la faible lueur pêche transformant les dernières traînées du gris crépusculaire. Les rues, vides quelques heures auparavant à part quelques patrouilles, commençaient maintenant à s'animer. Le murmure du royaume qui s'éveillait résonnait par-dessus le givre matinal. Laissant derrière elle la cachette de trésors volés, Nyssa se glissa dehors puis se fraya un chemin à travers la circulation matinale, se dirigeant vers la pompe à eau. La mémoire musculaire guida ses gestes tandis qu'elle remplissait son outre et rinçait ses mains et ses bottes. Portant l'outre pleine à ses lèvres, Nyssa gémit de plaisir. Jamais elle n'avait ressenti une telle soif. L'eau glacée heurta son estomac, et elle s'inquiéta un instant qu'elle ne reste pas.

Tenant l'outre pleine comme un précieux fardeau, elle commença à se diriger vers la boulangerie. En chemin, elle prit de petites gorgées frugales d'eau, sa bouche desséchée accueillant le répit glacé. L'eau commença à raviver un semblant de vitalité et réveilla ses sens. Son cœur se calma après les péripéties de la nuit. Bien que Nyssa sût qu'une nouvelle épreuve difficile l'attendait.

Ses pieds endoloris la guidèrent vers la boulangerie presque sans y penser. Nyssa fut reconnaissante de la familiarité du chemin. L'odeur du pain frais et de la cannelle l'accueillit alors qu'elle s'y traînait. Fixant la boulangerie à travers la fatigue qui brouillait sa vision, elle avait l'impression d'émerger d'un rêve.

Elle posa la main sur l'extérieur de son sac, le paquet enveloppé de tissu à l'intérieur lui rappelant ce qu'elle devait faire ensuite. Un soupir s'échappa de ses lèvres, épuisée mais résolue. Il était temps de mettre les choses en marche.

Le faible tintement de la cloche d'entrée fut étouffé par le bourdonnement régulier du travail à l'intérieur de la boulangerie, une symphonie de rouleaux à pâtisserie et de pas traînants recouvrant l'arôme de friandises fraîchement cuites. Nyssa se glissa à l'intérieur, se faufilant dans les ombres comme une passagère clandestine, son regard balayant la pièce. Elle espérait rejoindre les dortoirs sans que personne ne la remarque. La boulangerie était une ruche d'activité, des hommes et femmes couverts de farine s'affairaient, créant rapidement de la magie à partir d'ingrédients ordinaires.

Nyssa repéra rapidement Mara Kayseri, sa silhouette ronde penchée sur un comptoir, observant Aldith alors qu'elle décorait de minuscules gâteaux. Comme si elle sentait le regard de Nyssa, Mara Kayseri leva les yeux et la surprit en train de la fixer.

« Grands cieux, enfant ! Tu as l'air d'avoir été passée à l'essoreuse », s'exclama-t-elle, son visage se plissant d'inquiétude. Elle abandonna Aldith et contourna le comptoir à grands pas. Ses mains voltigeaient autour de Nyssa, telle une poule en tablier s'affairant autour de sa couvée ébouriffée. « Tu as l'air de n'avoir presque pas dormi. La famille de ton amie va-t-elle si mal ? »

Nyssa, malgré ses efforts pour rester inaperçue, se sentit touchée par l'inquiétude bienveillante de la maîtresse boulangère. Elle parvint à esquisser un faible sourire, bien qu'il vacillât sous le regard scrutateur de Kayseri. « Ce fut une longue nuit. Mais j'ai bon espoir qu'ils aient tous surmonté le pire et qu'ils semblent déjà aller mieux », admit-elle. « Je ne devrais avoir aucun problème à reprendre le travail demain si c'est toujours d'accord pour que je prenne congé aujourd'hui. »

Mara Kayseri claqua la langue, ses yeux s'adoucissant de sympathie. Elle saisit le bras de Nyssa, la propulsant vers la chaleur de l'arrière-boutique. « Bien sûr que c'est d'accord, petite sotte. Je te l'ai dit, non ? Maintenant, quand as-tu mangé quelque chose de chaud pour la dernière fois ? Tu vas t'épuiser à courir partout avec un cœur aussi grand que le tien. Assieds-toi. Mange. » déclara-t-elle, agitant une main impérieuse vers la longue table de tréteaux où quelques autres apprentis prenaient encore leur repas matinal.

« Mais je suis seulement venue me changer avant de… » La minuscule protestation de Nyssa se perdit dans l'air, inachevée et ignorée.

Les sourcils de Kayseri se froncèrent d'un air menaçant. « Je n'entendrai rien de tout cela, petite », intervint-elle fermement.

« Il faut d'abord que tu prennes soin de toi ! » Sur ce rappel ferme, elle guida Nyssa sans ménagement vers un siège à la table.

Un moment plus tard, Mara Kayseri posa avec un bruit sourd un bol rempli à ras bord de porridge nourrissant devant Nyssa. Quelques baies parsemaient la surface, dodues et appétissantes. L'idée de manger la fit grimacer. Malgré une nausée persistante, l'estomac de Nyssa protesta et gargouilla bruyamment, la faisant rougir. Sachant qu'elle avait besoin de manger pour garder ses forces, elle ramassa une cuillère usée par le temps et porta une cuillerée chancelante de porridge, ornée d'une baie, à sa bouche.

Mara Kayseri observa un instant, s'assurant que Nyssa mangeait. Un regard de satisfaction remplaça les rides d'inquiétude sur son large visage. « Voilà qui est mieux », annonça-t-elle, tapotant l'épaule de Nyssa. « Maintenant, je dois retourner au travail. Le pain ne se pétrira pas tout seul, après tout. » Avec un dernier hochement de tête encourageant à l'adresse de Nyssa pour qu'elle continue de manger, elle se tourna et disparut dans le cœur de la cuisine, laissant une Nyssa vaguement stupéfaite derrière elle.

Pendant qu'elle mangeait, les pensées de Nyssa se tournèrent un instant vers le musée, et elle se demanda ce qui se passerait lorsque Berossus et ses collègues prêtres retourneraient chez la conservatrice plus tard pour détruire sa collection. Il serait très évident qu'une grande partie des réserves d'Athura manquait. Autant Nyssa avait pu chaparder cette nuit-là, il était impossible de cacher l'état des quartiers vidés de la conservatrice, même si elle n'avait pas pris tout ce qu'elle aurait voulu. Nyssa pouvait presque imaginer la colère du grand prêtre et sourit à cette pensée.

Nyssa avala la dernière bouchée de porridge, la chassant avec une gorgée de thé chaud que la cuisinière lui avait donné. Son regard parcourut la pièce avec prudence, restant sur ses gardes. Les quelques apprentis restants étaient absorbés dans leurs conversations, les rires et le cliquetis intermittent servant de toile de fond parfaite pour sa sortie furtive.

Après un dernier balayage du regard, Nyssa saisit le bol vide et le déposa au poste de lavage.

Elle se faufila ensuite vers l'escalier du dortoir, ses pas feutrés ne faisant presque aucun bruit sur les marches bien usées. Montant les marches deux à deux, Nyssa ne jeta qu'un regard d'adieu vers les portes fermées du couloir, son esprit déjà absorbé par sa tâche imminente.

Dès qu'elle atteignit le dortoir, Nyssa se déshabilla, dénouant le nœud de sa cape et défaisant les liens de ses bottes crottées. Elle se retrouva debout, seulement en sous-vêtements légers, un souffle d'air frais caressant sa peau. Laissant échapper un soupir d'épuisement et de soulagement, elle se dirigea vers le lavabo, ses doigts frissonnants testant l'eau dans la cruche. Elle était suffisamment tiède, ce qui fit frissonner Nyssa malgré elle.

Elle versa l'eau dans le large bassin et y délia une poignée de savon parfumé aux fleurs, créant un mélange blanc mousseux. Avec un morceau de tissu, elle frotta la saleté obstinée autour de ses ongles, sous ses poignets ; elle essuya son cou, son visage fatigué, puis passa à ses cheveux emmêlés. Lorsque le tissu ressortit propre après un dernier rinçage, Nyssa se sentit un peu plus énergique, un peu plus optimiste pour la journée à venir.

Finalement, Nyssa enfila des vêtements propres, subtilement parfumés au savon et aux herbes. Sa tenue était simple : une chemise de lin et un pantalon de laine, pratique et confortable.

Regardant autour d'elle avec méfiance, elle se traîna vers le vieux coffre noueux au pied de son lit. Ses gonds grinçants révélèrent son contenu – un bric-à-brac de trésors trouvés dans la rivière, quelques vêtements et une seconde paire de bottes plus anciennes avec un couteau dissimulé à l'intérieur. Plongeant la main dans la botte, Nyssa en sortit le poignard, bien contente de ne pas l'avoir vendu à la Conservatrice Athura. Elle le tira de son fourreau simple, sa lame brillant méchamment sous la lumière rare.

Saisissant le couteau, elle le soupesa dans ses mains. Puis Nyssa prit son sac et y rangea le couteau à côté de la carte et de l'amulette enveloppées de tissu. Un lourd soupir s'échappa de ses lèvres lorsqu'elle referma le coffre dans un bruit sourd étouffé. Nyssa resta agenouillée devant son coffre un long moment, tandis que doutes et haine de soi tourbillonnaient dans son esprit. Les heures à venir détermineraient si elle pourrait sauver Vallen ou finir elle-même arrêtée.

Jetant son sac sur l'épaule, Nyssa se leva et se tourna pour partir.

CHAPITRE 21

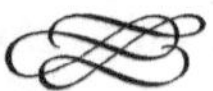

Nichée dans l'embouchure crasseuse d'une ruelle qui débouchait sur les abords du quartier de la lavande, elle observait. Devant Nyssa se déroulait une scène qui lui était aussi familière que les berges boueuses de la rivière Assur : sur un porche misérable menant à une humble demeure se tenait une prostituée drapée de lavande. La femme, Shamshi, hélait quiconque s'approchait de sa maison. Sa voix, aussi douce et mélodieuse que dans les souvenirs de Nyssa, résonnait dans les rues presque désertes. Nyssa craignait que peu de gens soient d'humeur à chercher du plaisir en un jour si sombre. Le jour du sacrifice pesait généralement lourd sur l'atmosphère d'Erishum. Cependant, elle pariait qu'il y aurait quelqu'un pour répondre à l'appel de Shamshi. C'était une prostituée populaire en raison de son joli visage et de sa gentillesse.

Nyssa transpirait malgré la fraîcheur du temps, ses nerfs la rendaient fébrile. Chaque fois que Shamshi hélait quelqu'un et qu'on lui répondait par un signe négatif, l'estomac de Nyssa se serrait davantage.

Le soleil matinal céda la place à l'après-midi, et ses rayons filtrèrent à travers l'enchevêtrement de toits, projetant de longues ombres. La lumière vive et crue dévoilait le quartier, exposant sa décrépitude sous l'éclat impitoyable du soleil. Au milieu de la décrépitude, Shamshi semblait plus éthérée que dans les souvenirs de Nyssa.

Shamshi, autrefois L'Alouette de la Vase comme l'avait été Nyssa, avait toujours été bienveillante et représentait désormais une lueur d'espoir pour Nyssa, même si elle l'ignorait si tout se passait comme Nyssa l'espérait. Des souvenirs de leurs jeunes années affluèrent : des luttes partagées et de rares éclats de rire sur les berges boueuses. Avant que Vallen ne prenne Nyssa sous son aile, Shamshi veillait souvent sur elle. La femme plus âgée avait toujours fait preuve d'une gentillesse rare. En grandissant, Nyssa avait pris Shamshi et Vallen comme modèles pour savoir comment traiter les autres. La gentillesse de Shamshi était restée gravée dans le cœur de Nyssa, un doux contraste avec des conditions de vie sinon dures.

Nyssa secoua la tête, chassant ses pensées, sans jamais détacher les yeux de Shamshi. Elle espérait ardemment que Shamshi était restée la femme chaleureuse et bienveillante qu'elle avait connue enfant. Si Nyssa échouait dans son plan actuel, elle savait qu'elle devrait solliciter Shamshi. Nyssa n'avait pas choisi Shamshi uniquement pour sa bonté. La prostituée était aussi l'une des rares à posséder sa propre maison dans le quartier de la lavande. La plupart des bâtiments du quartier étaient bondés de prostituées avec leurs nombreux enfants.

Quelle que soit l'issue, Nyssa restait résolue ; sa loyauté envers Vallen était inébranlable et elle se tenait prête à affronter les conséquences de ses actes, aussi intimidantes soient-elles. Un frisson d'anticipation lui parcourut l'échine, son étreinte sur le sac se raffermit.

Son cœur battait la chamade à l'idée de ce qui allait arriver alors qu'elle observait un homme enfin s'approcher de Shamshi. Il avait largement dépassé la cinquantaine, à en juger par son allure. Les deux eurent une discussion rapide ; sans doute marchandaient-ils le prix de quelques minutes de plaisir. Après un hochement de tête empressé, l'homme glissa une pièce dans la main de Shamshi. Tandis que le couple disparaissait dans la maison de la prostituée, Nyssa expira un souffle qu'elle retenait, ses jointures blanchies par la tension de sa prise sur le sac qu'elle portait. Son corps, raide et tendu en observant la transaction, relâcha son anxiété accumulée, laissant Nyssa envahie par le soulagement.

Elle n'agissait pas immédiatement. Elle attendit, comptant ses inspirations, tentant de les ralentir. Après plusieurs minutes, les yeux toujours rivés sur la maison de Shamshi, à l'affût du moindre mouvement, elle décida qu'elle avait laissé au couple assez de temps pour être bien occupés, puis sortit enfin de l'ombre fraîche de la ruelle, ses bottes raclant les pavés tandis qu'elle s'avançait vers la maison de Shamshi.

La maison était petite et modeste, son état usé évident sous le soleil éclatant de l'après-midi. Malgré l'usure apparente de la façade, on percevait des marques d'attention. Un vase ébréché rempli de fleurs violettes ornait un rebord de fenêtre, le porche d'entrée était soigneusement balayé, et des rideaux bien raccommodés pendaient à toutes les fenêtres.

Nyssa se dirigea résolument vers la maison de Shamshi, cachant sa peur derrière une expression impassible. Si elle rôdait, elle attirerait l'attention, alors elle devait paraître à sa place. Elle emprunta le passage étroit longeant la maison, empruntant l'allée entre la demeure de Shamshi et celle d'à côté.

Se fondant dans l'ombre, Nyssa se glissa silencieusement à l'arrière de la maison de Shamshi, son pouls battant au rythme du doux bruissement des feuilles mortes soulevées à son passage. Accolée au mur arrière de la maison se trouvait une petite remise, ses planches de bois patinées par l'âge. Se guidant sur l'allée parsemée de gravier, elle évita un petit parterre de fleurs qui dansaient rêveusement sous la lumière du soleil.

Elle s'arrêta juste devant la remise, s'arrêtant pour écouter d'éventuels bruits venant de la maison. Elle tendit l'oreille pour percevoir le moindre mouvement à l'intérieur. L'air lui-même semblait retenir son souffle avec elle, plein de tension, tandis que Nyssa restait aux aguets. Heureusement, tout ce qu'elle pouvait entendre venait de la route à l'avant. Rassurée, elle expira un bref soupir, sa main tremblant légèrement en saisissant la porte de bois discrète de la remise.

Elle ouvrit soigneusement le loquet rouillé de la remise, l'ouvrit avec une urgence silencieuse. L'intérieur sentait le linge propre et les herbes séchées, et une pointe de lavande.

S'habituant à la pénombre, ses yeux distinguèrent plusieurs vêtements lavande qui pendaient doucement à une corde à linge. Un soupir de soulagement franchit les lèvres entrouvertes de Nyssa. Les vêtements allaient des sous-vêtements à une robe, en passant par des écharpes de différentes tailles.

Nyssa éprouva un pincement de culpabilité avant de saisir les vêtements de Shamshi. Elle sélectionna quelques articles, veillant à ne pas en prendre trop pour que cela ne se remarque pas immédiatement.

Chaque pièce était soigneusement pliée, rangée dans un coin de son sac, à côté du couteau et de la carte. Une fois la tâche accomplie, elle se glissa hors de la remise et revint sous la lumière éclatante du soleil. En refermant silencieusement le loquet, une nouvelle pointe de culpabilité la saisit. Mais c'était une culpabilité qu'elle était prête à supporter. Elle rendrait les vêtements volés dès qu'elle aurait accompli sa mission. Pivotant sur ses talons, elle s'éclipsa de la remise, laissant derrière elle le parfum entêtant des fleurs en quittant le quartier de la lavande.

Nyssa savait que Shamshi lui aurait volontiers prêté les vêtements, mais elle aurait posé des questions auxquelles Nyssa ne voulait pas répondre. Si Nyssa était rapide, Shamshi ne saurait jamais qu'il manquait quoi que ce soit. Mieux valait que personne ne sache jamais ce qu'elle était sur le point de tenter.

Nyssa se fondit de nouveau dans le brouhaha du marché. Elle

observa la foule grandissante qui commençait à encombrer la rue. Jamais elle ne s'était sentie aussi étrangère de toute sa vie. Par-dessus le vacarme et le tumulte de la foule, Nyssa sentit poindre un sentiment de désillusion en observant ceux qui l'entouraient. Chacun était plongé dans son propre monde, totalement inconscient ou volontairement ignorant de la pourriture qui gagnait les marges boueuses de leur royaume, tandis qu'ils s'interpellaient gaiement, riant et bavardant avec une normalité factice au milieu d'une opulence qui s'effritait.

Les marchands ambulants vantaient leurs marchandises tandis que des enfants se faufilaient dans la foule compacte en riant aux éclats. L'odeur de la viande grillant sur le feu souleva le cœur de Nyssa à l'idée de manger. La jovialité semblait forcée, un air de désespoir rendant chaque rire strident et hystérique. Elle se fraya un chemin à travers la tapisserie vivante de couleurs et de senteurs, de la fumée grasse du gril qui flottait lourdement dans l'air derrière elle aux relents saumâtres du poisson rôti sur les braises, jusqu'aux effluves plus âcres des étals de bétail. Consciente de chaque regard susceptible de la remarquer, elle se faufila entre les marchands affairés et les acheteurs déterminés, s'efforçant de paraître détendue et imperturbable malgré l'adrénaline qui pulsait dans ses tempes.

À presque chaque coin des rues sinueuses de la ville, les vendeurs proposaient des sacs de parchemin bourrés de feuilles cramoisies arrachées du buisson de baies de murto. En ce dernier jour du Festival de Jerwan, les habitants d'Erishum les jetteraient par-dessus la tête et aux pieds des Tributs d'Enum lors de leur parade dans les rues du royaume. L'acte de faire tomber les feuilles sur la tête des prisonniers symbolisait la purification des âmes souillées des sacrifices par Enum, les rendant dignes de l'au-delà. Le royaume serait lui aussi purifié aux yeux d'Enum grâce au tribut important payé par le peuple d'Erishum. Pour la première fois, Nyssa était sceptique : un simple geste, jeter une feuille, pouvait-il vraiment purifier une âme ? Leur dieu bienveillant les purifierait-il vraiment parce qu'ils sacrifiaient des vies ? Ou bien le roi et Berossus abusaient-ils simplement d'un public crédule ?

Nyssa s'arrêta un instant, donna un seul rewp à l'un des marchands, et prit d'une main hésitante un sac plein de feuilles. Elle plongea le regard au fond du sac et ressentit une répulsion viscérale devant son contenu cramoisi.

En avançant, elle jetait de temps à autre un coup d'œil par-dessus son épaule, ses yeux scrutant la foule avant de se tourner de nouveau vers l'avant. Son chemin la menait inéluctablement vers la porte interdite menant hors d'Erishum et vers l'immensité inextricable des Terres Mourantes. Il n'y avait que deux portes taillées dans les murs d'enceinte d'Erishum : la porte principale, qui ne s'ouvrait que deux fois par an pour envoyer les Tributs d'Enum dans les Terres Mourantes, et une porte plus petite utilisée exclusivement par les Enumerii. Seuls les hommes saints étaient autorisés à sortir de la ville et à pénétrer dans les Terres Mourantes dans le but d'entretenir le tumulus sacrificiel et de renforcer régulièrement la magie qui empêchait les Terres Mourantes d'envahir le royaume.

La porte principale était une structure imposante de fer riveté et de bois ancien, patinée par le temps mais résistant aux intempéries. Elle était surmontée de pointes menaçantes, frôlant presque la voûte de pierre taillée dans le mur de la forteresse. En levant les yeux, elle vit que le mur au-dessus de la porte était bordé de plusieurs gardes surveillant l'entrée — même si jamais personne n'avait tenté de s'aventurer de son plein gré dans les Terres Mourantes.

Nyssa suivit la périphérie de la foule, ses yeux cherchant le meilleur point d'observation pour son plan. Finalement, son regard se posa sur un endroit légèrement surélevé en bordure de la route. C'était un coin longeant la route, ombragé par un arbre — chose rare si près du mur et dans le Quartier de l'Ombre. L'arbre noueux offrait un peu de répit face au soleil écrasant. De cet endroit légèrement surélevé, elle aurait aussi une vue dégagée sur la route menant au cœur de la ville, d'où viendraient les prisonniers sacrificiels. C'était assez près de la porte pour qu'elle puisse approcher les sacrifices juste avant qu'ils ne soient conduits dans les Terres Mourantes. Derrière elle se trouvait une rue pavée animée avec plusieurs boutiques, offrant une fuite rapide si besoin, mais assez éloignée de la foule pour rester discrète. Satisfaite, elle s'empara rapidement de l'endroit, le cœur battant d'anticipation. S'asseyant, le dos appuyé contre l'écorce de l'arbre, elle se positionna pour observer la rue et attendre le début de la procession sacrificielle.

Nyssa s'installa, attendant la cloche qui annoncerait le début de l'événement final du Festival de Jerwan. Elle s'assura de préserver sa place alors que de plus en plus de gens la rejoignaient le long de la Route du Roi. Il y avait là un mélange de marchands impatients de voir la fin du défilé, d'aventuriers espérant entrevoir la porte et les Terres Mourantes avec ses hyva, et de gens attristés venus dire adieu. C'était un tableau chaotique d'émotions tourbillonnant sous l'ombre imposante du mur. Quelques artistes de rue profitaient de l'agitation de la foule pour présenter leurs tours, des marionnettistes tissaient des contes des terres sauvages, et des mendiants profitaient de l'occasion pour gagner quelques pièces.

Au milieu de cette foule grouillante, Nyssa se retrouvait sans cesse captivée par la porte. Son immensité, le gris patiné du bois épais et du métal terne, l'effrayait autant qu'elle la rassurait à la fois. Avec la magie du roi, c'était tout ce qui empêchait les féroces hyva d'atteindre leurs portes.

CHAPITRE 22

L'épuisement causé par le stress et la nuit blanche fit tourner la tête de Nyssa. Elle sentit la nausée se tordre dans son ventre, l'aboutissement d'une nuit implacable à courir à travers le royaume et de la lassitude douloureuse de la peur et de la tristesse qui emplissait chaque recoin de son corps. Ses doigts picotaient, le sang battait dans ses tempes, et la vague de fatigue déferla en elle, la faisant vaciller sous l'arbre où elle était assise. C'était comme si de lourds poids tiraient sur ses paupières qui papillonnaient. Une fatigue profonde l'enveloppait, tentant de l'attirer comme un filet dans l'obscurité accueillante du repos. Chaque clignement d'œil semblait plus long que le précédent, comme si elle était à quelques instants de tomber dans un sommeil profond et importun contre sa volonté. Le désir de prétendre que rien de ce qui se passait n'était réel était une tentation qu'elle s'obligea à ignorer.

Malgré ses circonstances changées, Nyssa était une alouette de la vase. Elle connaissait le pouvoir de lutter contre les courants, de résister à l'envie d'être emportée. Avec une détermination obstinée et inébranlable, Nyssa força ses yeux à s'ouvrir, plissant les paupières contre le soleil éclatant de l'après-midi.

Cela fit mal à ses yeux brûlants même depuis l'ombre protectrice de l'arbre. Dans l'étreinte glacée de sa propre fatigue, elle tint bon, son regard défiant rivé sur la rue vide.

Le son dur des cloches fit sursauter Nyssa si violemment qu'elle poussa un cri. Il signalait le début de la marche des prisonniers. Les sacrifices seraient forcés de marcher de la prison à travers la ville, le long de la Route du Roi. Ils s'arrêteraient brièvement à la cour royale où le Roi Jorek et le Grand Enumerox Berossus feraient tous deux des discours. Cela fit scintiller la colère en Nyssa à l'idée que le roi fasse parader les sacrifices dans toute la ville. On disait que c'était pour permettre à chacun de donner aux victimes involontaires ses remerciements et ses bénédictions, mais maintenant que les œillères étaient tombées, Nyssa soupçonnait que c'était une tactique visuelle pour effrayer les citoyens d'Erishum et les maintenir dans une obéissance silencieuse. C'était un message disant : obéissez ou cela pourrait vous arriver.

Le dernier tintement de la cloche résonna comme un glas sur le royaume. Tirant une respiration tremblante, Nyssa se détendit de sa place, utilisant l'écorce noueuse de l'arbre pour se hisser debout. Son cœur imitait le lourd péage des cloches invisibles, battant un rythme si féroce qu'il menaçait de s'échapper de sa cage thoracique. Nyssa se pressa aussi près du bord de la route qu'elle l'osait.

L'attente sembla interminable, mais elle savait qu'il faudrait probablement plusieurs heures avant que le défilé n'arrive à l'endroit où elle attendait. Alors que de plus en plus de gens la rejoignaient au bord de la route, Nyssa défendit férocement sa place. Tout autour d'elle se brouilla en un bourdonnement sans conséquence, s'estompant en arrière-plan comme un faible murmure. Elle était ferme et immobile au milieu d'une mer chaotique, chaque fibre de sa conscience tendue vers la distance de la route vide. Personne ne marchait sur la route s'il pouvait l'éviter – cela semblait sacrilège et irrespectueux. Son corps, mince et nerveux de son labeur quotidien, était une barricade ferme contre le courant vacillant des spectateurs qui se bousculaient et bouillonnaient contre elle. Elle ancra ses pieds et garda sa place avec une ténacité née du désespoir et de la peur, ses semelles usées fermement plantées sur les pavés.

Après une attente interminable avec tous les sens en alerte maximale, un silence finit par balayer la foule comme une vague saluant le rivage. Nyssa continua à fixer la route vide, ne voyant aucun mouvement, mais l'anticipation grésillait dans l'air, s'imprimant dans l'atmosphère même, piquant la peau de Nyssa avec la chaleur de ce qui allait venir. Les cris des vendeurs s'estompèrent, les rires des enfants diminuèrent jusqu'à ce que leur bruit joyeux disparaisse complètement, et les conversations bavardes se réduisirent à un silence retenant son souffle.

Elle contraignit ses membres tremblants à rester fermes, les semelles de ses chaussures usées creusant profondément dans les pavés inégaux alors qu'elle se hissait sur la pointe des pieds, scrutant le long du chemin étrangement silencieux.

Le début de la procession entra dans sa ligne de vue. Deux jeunes prêtres apparurent en premier – des initiés dont les torses blanchis n'étaient ornés d'aucune cicatrice rouge, leurs robes noires bruissant contre les pavés à chacun de leurs pas mesurés. Chaque garçon portait un panier débordant dans ses bras minces, éparpillant des poignées de feuilles cramoisies sur la route comme s'il semait des graines.

Ensuite, le roi et la reine d'Erishum émergèrent du tournant de la route, emmitouflés dans d'épaisses fourrures contre l'air froid du début de soirée. La silhouette imposante du Roi Jorek était assise à côté de la reine sur un siège luxueux, ses robes vertes opulentes scintillant de fils d'or tissés qui reflétaient le soleil déclinant, créant un halo de radiance froide autour de lui. Sa femme, la reine, était assise silencieusement à ses côtés, ses yeux fixant droit devant, son sang-froid glacial complétant l'image de royauté éthérée qu'ils projetaient.

Enveloppée dans un plaid de fourrure soyeuse, ses cheveux de corbeau étaient relevés en un chignon enroulé parsemé de joyaux scintillants. Ses vêtements étaient de soie vert forêt profond, parsemés de pierres précieuses et de broderies lustrées. Le couple était assis au sommet de leur carrosse royal comme des cerises sur un gâteau. Le chariot était une monstruosité dorée qui brillait d'un étalage ostentatoire de richesse dans la lumière déclinante.

Le regard de Nyssa balaya les visages du roi et de la reine encore et encore, cherchant à y déceler un indice de leurs vrais sentiments sur ce qui allait se produire. Se souciaient-ils de condamner cinq personnes à la mort ? Nyssa fut presque choquée par la haine qui coulait dans ses veines. Le sentiment de haine la submergea presque alors qu'il jaillissait d'un endroit profond en elle qu'elle n'avait jamais soupçonné exister.

Le délicat carrosse était tiré par une équipe d'hommes robustes en livrée royale. Leurs muscles tendus luisaient de sueur de leur tâche ardue. Mais le visage de chaque homme était figé dans une expression sérieuse et placide. Ils marchaient en synchronisation, tirant le couple royal à travers le royaume.

Alors que la procession royale passait, le craquement des feuilles sous les pieds des serviteurs et les roues du carrosse royal résonna bruyamment aux oreilles de Nyssa. Les feuilles écrasées libéraient un arôme légèrement amer et herbacé dans l'air. Le souffle collectif des spectateurs fut retenu alors que le cortège impérial passait, tous s'agenouillant devant le couple royal. Nyssa fut prise de l'envie de se tenir droite et d'afficher sa défiance et son mépris, mais elle savait qu'il valait mieux ne pas le faire. Elle inclina donc la tête et effleura ses doigts dans le signe de révérence pour le roi et la reine, ne voulant pas se faire remarquer.

Le carrosse s'arrêta devant l'immense portail. Les serviteurs s'agitèrent comme un essaim d'abeilles, installant un marchepied brodé pour que les monarques descendent de leur perchoir. Le Roi Jorek, sa silhouette titanesque laissant une ombre plus grande que nature, et la Reine Sasana descendirent puis montèrent les marches menant à une plateforme érigée à côté des portails imposants. Sasana tenait le bras du roi alors qu'ils montaient, les pierres précieuses de sa couronne scintillant dans une danse complexe de lumière. Le couple s'installa dans leurs grands sièges d'or recouverts de velours, se préparant à assister au spectacle de la procession avec le reste d'Erishum. Ils étaient assis au-dessus du reste de leurs citoyens rassemblés, qui formaient une mosaïque de bruns et de tons terreux, vêtus de vêtements ternes. Nyssa observa le contraste frappant entre les bijoux étincelants du couple royal et les têtes de leur peuple.

Alors que Nyssa continuait d'observer le roi, elle remarqua une lueur fugace dans ses yeux. Tournant la tête, elle suivit la direction de son regard. Les prêtres des Enumerii traversaient la ville, sur les talons du cortège royal.

Ce qui frappa d'abord Nyssa fut la parade dominatrice de blanc. Ce n'était pas le blanc rassurant de la pâte fraîchement faite ni le blanc doux de la fleur d'une plante. Alors que les corps peints en blanc des prêtres approchaient, Nyssa ne pouvait se défaire de l'impression glaçante qu'ils étaient durs et froids – aussi impitoyables que les pierres sous ses pieds. À la tête de la procession des Enumerii se trouvaient deux prêtres poussant un immense chariot rempli de feuilles rouges.

Les visages des hommes, aussi froids et sévères que leur tenue austère, avaient une apparence presque squelettique, avec leurs têtes chauves et leur peau blanchie. La seule couleur sur les hommes était le rouge des cicatrices couvrant leur peau exposée. Cela fit remonter un frisson le long de la colonne vertébrale de Nyssa. Ils semblaient couverts de blessures suintantes.

Nyssa regarda depuis son point d'observation alors que la procession avançait, son attention se concentrant sur la silhouette de Berossus qui marchait directement derrière le chariot. Le Grand Enumerox émergea du coin, un homme d'autorité froide, aussi intense qu'inquiétant. Il se tenait derrière le chariot de bois sculpté débordant de feuilles rouge sang du buisson murto – la même plante qui fournissait les baies donnant aux prêtres leurs cicatrices rouges. Ses mains immenses, d'une pâleur blanche, tranchaient avec le cramoisi des feuilles. Nyssa le regarda prendre des poignées du feuillage et les jeter haut au-dessus de sa tête. Elles pleuvaient derrière lui, s'ajoutant aux feuilles déjà sous les pieds. Pour Nyssa, chaque feuille était un rappel silencieux du sacrifice de sang à venir. La voix de Berossus était un monotone profond, psalmodiant une prière ancienne dans la vieille langue d'Erishum, forte et retentissante au-dessus du silence de la foule envoûtée. Nyssa avait toujours cru qu'il offrait des mots de dévotion, mais maintenant chaque syllabe semblait menaçante et méchante. L'acte était empreint de signification religieuse, un symbole sanctifié du sang payant la pureté. Pourtant, derrière les yeux jaunis et fixes de Berossus, Nyssa jurait y voir un pouvoir exercé sans remords, révélant son vrai but – tout ce qu'il voulait, c'était le pouvoir et le contrôle. Il voulait le pouvoir sur Erishum et utilisait la foi et la piété des gens contre eux, c'était la domination masquée sous un rituel de foi.

Elle le haïssait. Encore plus que le roi et la reine. Un instant, elle pensa au couteau caché dans son sac.

Un choc de colère et de fureur primaire traversa Nyssa alors qu'elle regardait Berossus. Sans réflexion consciente, sa main glissa dans son sac, et ses doigts trouvèrent sans faillir la poignée de la dague. Ses doigts se crispèrent sur le manche du couteau. La rage pure et la frustration s'enroulèrent comme des serpents sous sa peau, s'inscrivant et exigeant qu'elle se jette sur Berossus. Elle pouvait vivement imaginer enfoncer sa lame dans son cœur. Elle pouvait le tuer. Son corps vibrait de cette potentialité.

Le mépris et la rage qui bouillonnaient en elle avaient un goût métallique sur sa langue, comme celui du sang ancien. Ce serait si facile, pensa-t-elle, de s'élancer hors de la foule et d'attaquer l'homme qui se drapait dans la sainteté tout en manipulant le royaume vers la soumission.

Aussi vite que la marée rouge de colère l'avait submergée, elle se retira. Le visage de Vallen surgit dans son esprit. Elle vit ses lèvres courbées en un sourire irrépressible, les yeux embrasés d'une vie qui refusait d'être étouffée par les réalités de son passé. Blesser Berossus n'aiderait pas Vallen, et c'était là son seul but. Nyssa étouffa la bête dangereuse qui s'était levée en elle. Ses muscles tremblèrent sous les répliques de sa rage contenue.

Nyssa se rappela qu'elle devait faire preuve de patience et d'intelligence.

Ainsi, Nyssa refoula ses impulsions dangereuses, forçant ses doigts à se décrisper lentement de la poignée de l'arme. Ses yeux ne quittèrent jamais Berossus, sa haine forgeant un lien aussi solide que n'importe quelle chaîne. Mais avec l'image de Vallen comme bouée dans son esprit, elle lâcha l'arme et saisit plutôt les morceaux de tissu lavande volés.

Alors qu'elle sortait les vêtements de son sac, elle garda un œil sur la procession. Les autres prêtres de rang inférieur étaient entrés dans le champ de vision derrière Berossus. Leur peau portait la même pâleur non naturelle dénotant leur statut - un emblème de leur caractère sacré, sacro-saint et intouché par les défaillances humaines. Bien que le reste des Enumerii soient ornés de beaucoup moins de cicatrices que le Grand Enumerox, les rendant moins affreux et sinistres. Leur peau blanche et leurs robes noires formaient un contraste saisissant contre le gris terne de la foule qui regardait.

Alors que la procession de prêtres arrivait à la hauteur de l'endroit où Nyssa se tenait, elle enroula rapidement l'un des foulards autour de sa tête, cachant ses cheveux et une grande partie de son visage.

Avec une vivacité qui démentait ses nerfs croissants, Nyssa commença à draper les foulards lavande autour de sa silhouette mince. Elle les enroula brièvement autour de son cou, les nouant en un nœud lâche et laissant le matériau doux s'étaler sur ses épaules. Les couleurs vives couvraient et atténuaient ses vêtements fanés, la décorant des habits d'une prostituée. Délibérément, elle arrangea un autre foulard comme une jupe, l'étirant autour de sa taille. Les couleurs qu'elle portait étaient à des mondes de sa palette terne habituelle mais parfaitement en harmonie avec la tenue des hommes et femmes qui faisaient commerce du plus vieux métier du monde. Avec des doigts habiles, elle glissa le couteau gainé dans sa manche. Et puis elle enveloppa la carte et l'amulette dans le dernier mouchoir de teinte lavande qu'elle possédait. Elle fit un paquet du tissu et fit mine de s'essuyer les yeux comme pour éponger ses larmes.

Positionnée au bord de la rue, Nyssa regarda les prêtres dans leur défilé morbide passer, leurs corps blanc fantomatique glissant comme des spectres entre les murs ternes de la foule se pressant de près des deux côtés de la route. La palette blanchie de leur peau était autant un symbole de révérence qu'une marque de leur exclusion des vies simples des citoyens d'Erishum. À chaque pas, les hommes psalmodiaient un hymne lent et hanté. La foule fit un pas instinctif et inconscient en arrière des prêtres quand ils passèrent.

Jetant un regard de côté, elle repéra le roi et la reine, Berossus, et une poignée d'autres prêtres de rang supérieur au sommet de la scène d'un côté du portail sinistre, attendant silencieusement et observant le défilé. Le reste des prêtres de rang inférieur s'arrangeaient autour de la base de la plateforme. Chaque prêtre avait les mains jointes sous le menton, leurs bouches bougeant en prières silencieuses. Cependant, les yeux de faucon de Berossus scrutaient la foule, la sévérité de son regard en contraste frappant avec sa piété supposée. Son aura intimidante pulsait autour de lui, faisant baisser la tête à Nyssa, s'assurant que le châle cachait complètement son visage, et serrer plus fort la dague cachée dans sa manche.

Puis, comme des taches de sang frais contre les rues d'ardoise, les pies-grièches en uniforme rouge foncé entrèrent en vue. Chacune portait la même armure de maille rouge avec l'emblème noir d'une pie-grièche sur la poitrine. Leurs visages étaient fermés et inexpressifs. Le soleil couchant au-dessus faisait flamboyer leur armure d'une radiance cramoisie sanglante – hantante et complètement froide.

Marchant avec un air calme et résigné se trouvaient les cinq sacrifices, pris entre deux rangées jumelles des pies-grièches. Alors que Nyssa scrutait les visages des hommes, cherchant Vallen, elle se demanda pour la première fois les expressions placides et calmes des sacrifices. Si cela avait été elle, elle aurait crié et combattu. Elle les aurait fait la traîner à travers les rues du royaume, ne pas marcher lentement et délibérément vers son destin sans un seul mot de protestation. Regardant par-dessus les sacrifices, Nyssa nota qu'ils étaient composés entièrement d'hommes cette fois. Il était rare qu'une femme soit l'un des Tributs d'Enum, mais pas inouï. Tous les hommes semblaient avoir autrefois porté une aura de force et de résilience, bien que plusieurs paraissent nouvellement émaciés. Leurs visages – pâles et anormalement vides, hanteraient Nyssa pour le reste de sa vie. La vue remua un goût amer d'appréhension et de colère, un sentiment de rage impuissante s'écrasant contre sa cage thoracique comme une tempête violente.

Elle regarda la procession avec une détermination d'acier, protégeant son cœur derrière une armure de détermination et de résolution.

Alors que les sacrifices approchaient, la foule se pressa plus près, jetant des feuilles rouges sur les hommes. Les feuilles tombaient en rafale, tourbillonnant et dansant dans l'air, le soleil de fin d'après-midi les peignant en pluie rouge sang brillante. Les feuilles s'éparpillaient sur les Tributs d'Enum en une pluie sinistre d'écarlate.

La foule gonflait et refluait, la mer de gens, une entité vivante et palpitante par elle-même. Les feuilles voltigeantes camouflaient les sacrifices et les bousculades de la foule, rendant de plus en plus difficile pour Nyssa de maintenir sa ligne de vue. Ses yeux parcouraient la ligne de visages, désespérée d'apercevoir le cher visage de Vallen. À travers le maelström, elle projeta sa concentration, ses nerfs tendus à l'extrême.

Nyssa poussa vers l'avant à travers le pandémonium, ses yeux scrutant la petite ligne unique d'hommes prise en sandwich entre les pies-grièches. Enfin, comme un phare au milieu du tumulte, son regard trouva ce qu'il cherchait. Là, à la queue de la file, se trouvait Vallen. Dépouillé de son uniforme de pie-grièche, il était vêtu d'une épaisse chemise de corps rentrée dans un vieux pantalon. Saisi par l'une des pies-grièches vêtues de rouge, Vallen était dirigé et marché le long de la route. Sa vigueur habituelle avait disparu, son esprit émoussé à une simple braise en contraste avec la volonté brûlante que Nyssa était habituée à voir.

Les yeux sombres et poussiéreux de Vallen, qui étaient habituellement remplis du feu de la vie, paraissaient maintenant boueux et sans focus. Sa fierté, autrefois imposante comme une forteresse indomptable, semblait réduite à un tas pitoyable.

Même ses cheveux sombres paraissaient maintenant ternes et sans vie. Les vêtements qu'il soignait méticuleusement pendaient sur lui comme une toile de sac froissée, renforçant sa silhouette désolée.

Le cœur de Nyssa se serra à cette vue, comme un étau se resserrant autour de sa poitrine. Le goût de la bile monta dans sa gorge, le goût âpre du désespoir la faisant se sentir tendue comme la corde d'un arc. Elle avait envie de crier, voulait libérer un beuglement enragé vers les cieux. Elle avala contre l'envie de libérer le nœud serré de panique qui s'envenimait en elle.

Nyssa jeta un coup d'œil rapide vers le couple royal, Berossus, et le reste de la foule rassemblée attendant à côté du portail menaçant, vérifiant si quelqu'un regardait dans sa direction. Heureusement, le Grand Enumerox semblait occupé par une discussion qu'il avait avec le Roi Jorek. Les murs imposants de la forteresse et le portail jetaient le grand prêtre dans l'ombre.

Avec une inspiration rapide, Nyssa plongea la main dans la

poche cachée de son sac en lambeaux, ses doigts ramassant chaque pièce qu'elle possédait. Une poignée de pièces ternes et insignifiantes était tout ce qu'elle possédait, imprimées avec les visages de monarques oubliés depuis longtemps gravés sur leurs surfaces battues par les intempéries. Cela représentait des années de dur labeur. Pourtant, elle savait ce qui devait être fait ; leur vraie valeur était leur pouvoir de créer une diversion convaincante.

Sa tête battait, un rythme en synchronisation avec le tambourinage de son pouls, mais il y avait un calme dans son âme. Rapidement, elle retira les pièces de sa poche, leur jetant un regard furtif, presque plein de remords. « Oh non, mon argent ! » gémit-elle et éparpilla les pièces en un large arc autour d'elle.

L'effet fut immédiat. Un cri gonfla dans la foule alors que les gens tombaient au sol, se bousculant après les pièces tombées. La foule se rua, poussant et criant, se battant pour la petite offrande de pièces. Ils se précipitèrent en un essaim désordonné, se renversant les uns les autres. Une bagarre commença à quelques pieds de Nyssa. Leur cupidité les réduisit à rien de plus que des instincts de survie primaires gravés par la pauvreté.

Le tumulte soudain attira l'attention des pies-grièches, leurs uniformes cramoisis paraissant encore plus menaçants dans le chaos. Leurs visages se durcirent à l'orchestre indiscipliné de mains qui se bousculaient et de cris de joie résonnant autour d'eux. Pendant qu'elles étaient préoccupées à rétablir l'ordre, Nyssa se précipita vers Vallen sur des orteils légers, glissant à travers la foule qui se bousculait avec facilité. Son cœur battait comme un oiseau en cage, chaque pulsation un rappel du danger qu'elle courtisait. Une pellicule de sueur coula le long de son dos alors qu'elle traversait le labyrinthe humain, sa destination à quelques pieds seulement.

Nyssa esquiva autour des traînards de la foule encore en lutte. Avec une poussée de détermination alimentée par le chaos autour d'elle, Nyssa se précipita vers la fin de la ligne, et dans un bond rapide et gracieux, elle se jeta sur Vallen, ses bras s'enroulant étroitement autour de ses épaules larges et robustes. Elle pressa son visage contre sa poitrine, prétendant sangloter le cœur brisé.

Vallen, habituellement stoïque et composé, laissa échapper un halètement de surprise bien que ses bras s'enroulent instinctivement autour de Nyssa, la tenant près. Son corps était raide de l'intrusion soudaine, mais il se détendit rapidement.

Alors que Nyssa pressait sa tête contre sa poitrine, sanglotant bruyamment, elle laissa furtivement tomber l'amulette et la carte à l'intérieur du devant de sa chemise, les objets enveloppés dans un bout de tissu effiloché. Nyssa fut reconnaissante que la façon dont sa tunique était rentrée dans son pantalon attrape le petit paquet à sa taille. Elle passa une main le long du devant de sa poitrine jusqu'à sa ceinture, s'assurant que le paquet était sécurisé et bien caché dans un pli de sa chemise rentrée.

Nyssa se redressa à sa pleine hauteur, et son regard s'éleva pour rencontrer le visage de Vallen, le vérifiant avec une inquiétude fervente et persistante. Alors qu'elle le fixait, elle saisit ses deux mains dans les siennes, les amenant entre leurs corps. Elle devait encore lui donner la dague et voulait s'assurer qu'elle était à portée de main pour lui plutôt que fourrée dans sa chemise.

Pendant un moment, les yeux troublés de Vallen ne contenaient que confusion et perplexité, mais, semblable à la façon dont le soleil matinal perce un brouillard dense, la reconnaissance se leva dans ses yeux, son regard s'intensifiant alors qu'il réalisait que la femme debout devant lui était Nyssa.

« Ny– » Vallen commença à s'exclamer son nom, le choc commençant à fleurir sur son visage. Mais Nyssa fut rapide, plus rapide que sa capacité à finir de dire son nom. Avec tout le courage qu'elle put rassembler, elle jeta la prudence au vent et pressa ses lèvres sur les siennes, le faisant taire au milieu de la foule tumultueuse. Elle devait s'assurer que Vallen ne révèle pas son identité. Derrière elle, elle pouvait entendre des cris et ce qui ressemblait à des bagarres qui se rapprochaient.

Alors qu'ils s'embrassaient au milieu du chaos qui les entourait, le bruit de la foule se transforma en un bourdonnement flou. Ce n'était pas un moment pour des interludes romantiques ; le baiser n'était qu'une diversion, mais Nyssa s'attarda un moment, mémorisant la sensation des lèvres de Vallen contre les siennes. Que son plan fonctionne ou non, ce serait la dernière fois qu'elle le verrait jamais. Retirant ses lèvres à contrecœur des siennes, Nyssa se dressa sur la pointe des pieds, amenant sa bouche près de son oreille.

« Vallen », murmura-t-elle, sa voix tremblant subtilement de l'adrénaline qui coulait dans ses veines. Avant qu'il ne puisse répondre, elle continua courageusement, « J'ai caché une carte et l'une des amulettes du prêtre dans ta chemise. L'amulette te protégera des hyva. La carte te guidera à travers les Terres Mourantes. La Conservatrice Athura m'a montré que les royaumes de Puzur et Hassuna existent encore au-delà des frontières des Terres Mourantes. Il y a de la vie et de la liberté au-delà des limites d'Erishum. »

Restant pressée près de Vallen pour cacher ses mouvements, Nyssa glissa la dague hors de l'endroit où elle l'avait cachée dans sa manche. C'était, heureusement, une arme mince. Discrète mais mortelle. Avec autant de subtilité qu'elle put gérer, Nyssa glissa doucement le couteau dans la manche de la tunique de Vallen.

« Cours, Vallen », implora Nyssa, sa prise sur sa main tremblant. « Trouve la liberté au-delà des Terres Mourantes et ne regarde pas en arrière. »

Quand ils se séparèrent lentement, Nyssa pressa son front contre le sien. Les yeux de Vallen semblaient encore légèrement sans focus, mais elle pouvait dire qu'il comprenait ses mots. Il avait l'air sur le point de répondre quand la pie-grièche gardant Vallen la remarqua finalement et les sépara d'une poussée, levant une main pour la frapper sur le côté de la tête. « Dégage d'ici, sale catin. File ! »

Nyssa trébucha hors de sa portée, trébuchant presque sur le

bord de la route mais se redressant rapidement. Vallen montra les premiers signes de vie et se débattit dans la poigne du pie-grièche. Nyssa grimaça quand le garde le frappa sur la joue. Elle voulait intervenir en faveur de Vallen mais savait que cela ne ferait qu'empirer la situation. Vallen resta debout, une main frottant sa joue et jetant au pie-grièche un regard mortel.

Une fois que Nyssa eut échappé au bord de la route, elle examina Vallen pour s'assurer que le petit paquet caché dans sa chemise et le couteau dans sa manche n'étaient pas détectables. Son cœur battait douloureusement dans sa poitrine alors qu'elle se détournait, se rappelant qu'elle avait accompli ce qu'elle s'était fixé de faire.

Le tumulte sur la place du marché s'était finalement installé en une agitation latente au moment où Nyssa s'extirpa de la horde, glissant dans une ruelle étroite. Elle était protégée par les ombres, le chaos frénétique de moments auparavant doucement étouffé par les hauts bâtiments de pierre de chaque côté. Les échos de cris durs et de pleurs de bagarres persistantes s'estompèrent comme s'ils appartenaient à un autre temps et lieu tout à fait.

Nyssa retira rapidement les couches de tissu lavande dont elle s'était parée. Pièce par pièce, elles trouvèrent leur chemin de retour dans son sac de tissu usé.

Rajustant sa cape, elle releva la capuche pour couvrir sa tête à nouveau, masquant son identité dans ses plis sombres et ombreux. Puis Nyssa émergea de nouveau sur la rue principale. Trouvant une nouvelle place près de la route, Nyssa regarda les doubles lignes de pies-grièches se rassembler maintenant que les troubles s'étaient calmés. Elle regarda, effrayée que ses efforts pour aider Vallen ne soient pas suffisants, alors qu'elles guidaient les sacrifices vers le portail massif. Son regard trouva infailliblement Vallen. Il paraissait petit contre la toile de fond des énormes portails, pourtant la posture déterminée de son dos, et l'attitude défiante de ses épaules promettaient qu'il était tout sauf vaincu.

Nyssa serra le bord de sa cape plus fort, le tissu se tendant sous sa prise. Elle inspira profondément, goûtant l'air moisi et humide de sa ville. Au-dessus d'elle, le soleil commença sa descente, commençant à plonger sous la ligne des toits, jetant de longues ombres sinistres qui dansaient à travers le paysage urbain.

Les sacrifices furent rassemblés vers la zone au pied de la scène. Le grand prêtre s'avança, s'éloignant de l'endroit où il se tenait à côté du Roi Jorek.

Regardant par-dessus les sacrifices rassemblés avec leurs têtes baissées, Berossus étendit ses bras, initiant une prière. Sa voix était mesurée et hypnotique alors qu'elle résonnait à travers la foule rassemblée. « Grand Dieu Enum, créateur des Terres Mourantes et des hyva. Notre protecteur et gardien divin », commença-t-il, « accepte cette offrande du Royaume d'Erishum. Nous te donnons des hommes qui seront purifiés de leurs péchés par ta justice divine. » Si Nyssa ne savait pas mieux, elle aurait cru qu'il était l'incarnation parfaite d'un leader spirituel, ses mots infléchis de foi, masquant son désir dévorant de contrôle.

À mi-chemin de la prière, le regard de Nyssa erra à nouveau vers Vallen. Là, au milieu d'une mer de têtes baissées, la sienne coupait une silhouette solitaire et obstinée. Son dos était droit comme un piquet, sa posture faisant écho à la force que Nyssa savait qu'il possédait. Pas de tête baissée ici, pas de résignation, juste une détermination silencieuse gravée dans chaque ligne de son corps. Cela fit se tordre son cœur dans sa poitrine.

« Merci pour votre sacrifice. Vous ne serez pas oubliés. » Les mots de Berossus flottèrent dans l'air, jetant une ombre de morosité sur la foule. Ses mots sonnaient creux à Nyssa, rien de plus qu'un éloge vide. La ville offrait ses citoyens, les sacrifiant sur l'autel de la peur et de la superstition.

Nyssa resserra sa prise autour de sa cape et envoya une prière silencieuse à Enum. « S'il vous plaît, laissez-le s'en sortir. Laissez-le trouver une vie au-delà de l'ombre de cette ville misérable...

une vie bonne et merveilleuse. » Son regard, rempli d'émotions non dites, s'attarda sur le dos raide de Vallen alors que Berossus recula, retournant aux côtés du roi.

Le Roi Jorek se leva de son trône grandiose, sa voix commandante résonnant à travers le silence qui était tombé sur l'assemblée, « Le moment est venu. »

Ses mots s'accrochèrent à l'air du soir, déchirants et hantants. Un anneau de silence s'étendit vers l'extérieur depuis le centre du rassemblement alors que même les chuchotements les plus doux cessèrent. Le visage de Jorek, un masque de contrôle et d'autorité, portait un regard fixe et implacable qui scannait la foule.

« Ouvrez les portails ! » commanda le Roi Jorek, sa voix ferme et résolue, rebondissant sur les murs frontaliers. À ses mots, une vague d'inquiétude ondula à travers la foule tremblante alors qu'un groupe de gardes musclés commença à tourner l'énorme manivelle qui se trouvait au sommet du mur haut au-dessus du portail.

Avec un grognement inquiétant, la bûche qui servait de barricade sur le grand portail commença à se lever alors qu'elle était lentement manivellée vers le haut et suspendue en l'air.

Avec un tour final de la manivelle à roues, la bûche fut soulevée libre. Les gardes au sommet du mur verrouillèrent la manivelle, leurs poitrines se soulevant comme des soufflets et leurs muscles luisant de sueur. Le Roi Jorek hocha la tête en approbation, son visage bienveillant et satisfait tandis que Berossus descendit de la plateforme et se tint sur le côté du portail. L'un des autres prêtres Enumerii se précipita après lui, tenant une boîte ornée.

Alors que la foule retenait son souffle collectif, plusieurs pies-grièches s'avancèrent vers le Grand Enumerox. Aux côtés de Berossus, le prêtre tenant la boîte ouvrit cérémonieusement son couvercle. Alors que les pies-grièches attendaient devant Berossus, il se tourna et plongea dans la boîte, sortant une amulette. Se retournant vers le premier homme de la ligne, Berossus murmura quelques mots que Nyssa était trop loin pour entendre mais supposa être un type de bénédiction. Il plaça alors le collier autour du cou du pie-grièche qui attendait. Quand cet homme se mit de côté, Berossus répéta l'action jusqu'à ce que les six gardes aient leurs amulettes. Puis avec une grande formalité, les pies-grièches approchèrent du portail, le poussant lentement pour l'ouvrir. Avec un effort tendu, le grand portail voûté commença à s'ouvrir avec un grognement. Les portes massives protestèrent contre le mouvement, ses gonds rouillés grinçant de façon menaçante. C'était une symphonie étrange, les poutres gémissantes sonnant comme la lamentation d'une bête mourante. Alors que l'écart entre les portes commença à s'élargir, la foule rassemblée fit un pas simultané et inconscient en arrière des portails qui s'ouvraient. L'air devint dense de peur, une sensation piquante tangible alors que les portails se fissuraient, exposant les Terres Mourantes. Avec rien entre les gens rassemblés et le danger du monde extérieur, un murmure de peur s'éleva de la foule.

La foule recula instinctivement, leurs dos se pressant les uns contre les autres dans une tentative de gagner de la distance des portes colossales. À chaque craquement, chaque grattement des portes qui s'ouvraient, Nyssa pouvait sentir une terreur glacée s'infiltrer dans l'air. La sensation rappelait à Nyssa le bétail paniquant sans esprit dans leurs stalles pendant un orage.

Une fois que la porte finit de s'ouvrir, la foule commença à se calmer alors que leurs instincts primaires furent une fois de plus dépassés par leur bon sens. Aucun bruit n'émanait des Terres Mourantes et aucune bête ou monstre ne remua dans ses profondeurs.

Avec un commandement aigu, le Roi Jorek envoya les pies-grièches protégées par des amulettes allumer les torches qui bordaient le long chemin vers le monticule sacrificiel. Après que le groupe de pies-grièches soit parti, une procession de quelques prêtres suivit rapidement après.

Sur le côté du seuil mammouth, maintenant ouvert, un prêtre

se tenait derrière un petit podium. Sur le podium se trouvait un grand tome, dont le parchemin portait les noms de ceux qui avaient marché sur ce chemin avant, sacrifiés aux Terres Mourantes et aux hyva. Nyssa imagina que le livre contenait des centaines d'années de noms. Et maintenant il inclurait celui de Vallen.

La foule retint son souffle alors que, un par un, les sacrifices s'avancèrent, prononçant leurs noms pour être ajoutés à cette histoire morbide d'Erishum. Une fois que chaque sacrifice eut fini de témoigner de son nom ajouté au livre, il fut escorté hors du portail par une pie-grièche portant une amulette.

Quand vint le tour de Vallen, il s'avança avec une résolution de fer gravée sur son visage. Nyssa aurait aimé être assez proche pour entendre sa voix une dernière fois.

Alors qu'il parlait, la plume du prêtre s'arrêta sur le parchemin, ses yeux se levant pour rencontrer ceux de Vallen, le choc et la surprise écrits partout sur son visage. L'homme se pencha plus près de Vallen, chuchotant. Nyssa essaya de lire les lèvres du prêtre mais fut incapable d'interpréter ce qu'il chuchotait si urgemment. Vallen secoua la tête et répondit, son visage résolu et inébranlable.

Avec un léger haussement d'épaules et un air de résignation, le prêtre baissa son regard, la plume dansant à nouveau sur la page. Le nom de Vallen fut gravé dans la liste des sacrifices, scellé avec une finalité qui fit se retourner les entrailles de Nyssa. La vie de l'enfant des rues qui devint garde royal n'était maintenant qu'un nom parmi d'innombrables autres.

Le garde aux côtés de Vallen saisit son bras et commença à le faire marcher hors du portail. Le cœur de Nyssa se serra de perte. Elle regarda, se sentant à la dérive, alors que Vallen disparaissait hors du portail et dans les Terres Mourantes. Cela arriva si vite que Nyssa fut abasourdie – un moment, Vallen était là, et puis il était parti.

Remplie d'une poussée soudaine d'urgence, Nyssa pivota et se précipita, ses semelles de cuir glissant presque sur les pavés humides et froids alors qu'elle sprintait vers l'échelle que les gardes du mur utilisaient pour monter au sommet du mur frontalier pour leurs patrouilles. Elle devait tenir vigile pour Vallen – elle veillerait sur lui jusqu'au dernier moment. Serrant les dents, Nyssa plongea vers l'avant, tissant un chemin entre la foule qui se dispersait, laissant derrière elle la Route du Roi, couverte de feuilles rouge sang écrasées qui ressemblaient étrangement à une veine ouverte.

Trouvant l'échelle sans garde, Nyssa posa son pied sur le premier barreau. Elle était montée sur cette échelle deux fois auparavant, mais la hauteur imposante ne devenait jamais moins effrayante.

Nyssa grimpa de plus en plus haut, les doigts agrippant chaque barreau comme une bouée de sauvetage. L'escalade sembla prendre une éternité mais n'aurait pu être plus de quelques minutes.

Alors que Nyssa escaladait le dernier barreau, ses bras tremblant d'épuisement, le trio de gardes sur le mur au-dessus sursauta quand sa tête apparut soudainement par-dessus le bord. « Qui t'a laissée monter ici ?! » demanda l'un d'eux, son visage illuminé par la lumière des torches. Nyssa, pensant rapidement, laissa échapper un sanglot pathétique qui résonna sur les murs de pierre. « L'un... l'un des sacrifices est... est de ma famille », s'interrompit-elle, les épaules secouées de chagrin seulement en partie feint. Libérant une main de sa prise mortelle sur l'échelle, Nyssa couvrit son visage alors qu'elle fabriquait des larmes pour un membre de famille imaginaire décédé qui lui était très cher.

Heureusement, l'un des gardes adoucit son comportement dur. Son regard sévère fut remplacé par la compréhension alors qu'il étudiait la jeune femme devant lui. « D'accord, fille », accorda-t-il avec un soupir fatigué, sa voix portant la lassitude d'années passées au service du roi. « Tu peux monter », concéda-t-il, gesticulant vers l'espace ouvert sur le mur. « Mais reste silencieuse et hors de notre chemin. Nous avons un devoir à accomplir. » Les autres regardèrent Nyssa avec méfiance mais la laissèrent passer. Alors que l'attention du garde retourna à la procession en bas.

Nyssa hocha la tête avec ferveur, promettant de ne causer aucun problème du tout avec des larmes répétées brillant encore dans ses yeux. Le garde compatissant se mit de côté, lui permettant le passage sur l'ancien mur de pierre.

Elle avala la boule dans sa gorge alors qu'elle se tenait droite. Stabilisant ses nerfs, elle jeta un coup d'œil par-dessus son épaule à la vue qui s'estompait de la ville. Les bords d'Erishum, où le royaume rencontrait la rivière et le mur, étaient d'un brun boueux. Les bâtiments étaient ternes, avec de la peinture écaillée, des briques fissurées, et des toits en pente soutenus par des chevrons de bois maigres.

Ses yeux voyagèrent vers le cœur de la ville, où la vue était vastement différente. Les structures devenaient plus hautes, la maçonnerie qui s'effritait remplacée par des pierres polies qui brillaient dans la lueur douce du soleil couchant.

Le centre-ville bourdonnait de vivacité et d'opulence, étalant la richesse de l'élite d'Erishum. Les places de marché étaient flanquées de grandes tavernes et de demeures luxueuses. Les rues pavées, comme une toile d'araignée, s'étendaient du cœur de la ville, reliant le centre scintillant aux périphéries mornes. La ville d'Erishum ressemblait à un organisme vivant, pulsant et coulant mais avec des bords qui étaient pourris et en décomposition.

Trouvant un endroit isolé loin des gardes, Nyssa se pressa contre les pierres battues par les intempéries, son regard fixé sur le long chemin bordé de torches qui serpentait vers le monticule sacrificiel menaçant. Le monticule était trop loin pour être vu, même depuis sa position élevée au sommet des remparts.

Depuis son point d'observation élevé, elle regarda Berossus émerger en dernier des profondeurs du portail, agrippant son bâton religieux comme une canne ornée. Le roi ne s'aventurerait pas, bien sûr, à l'extérieur dans les Terres Mourantes. Nyssa pouvait juste l'imaginer retournant dans son carrosse fantaisiste et étant tiré de retour au château par ses serviteurs bien habillés.

Nyssa détourna le regard de Berossus, ses yeux se verrouillant immédiatement sur Vallen.

Abritée contre le froid croissant dans son perchoir solitaire, Nyssa resta une observatrice invisible alors que le petit cortège d'hommes serpentait le long du chemin qui coupait à travers les bords imposants des Terres Mourantes. Autre que le chemin solitaire, comme une rainure sculptée hors des ronces, l'enchevêtrement chaotique des Terres Mourantes s'étendait sans fin à l'horizon. Le reste de la zone était un enchevêtrement imposant et inconquérable d'arbres noircis et noueux, de buissons épineux, et de fourrés. Des volutes de brouillard rampaient à travers l'enchevêtrement avec des éclairs miasmatiques occasionnels de lumière maladive pulsant dans l'obscurité avant de s'estomper.

Nyssa fixa, gardant sa vue entraînée sur la forme qui diminuait de Vallen. Les hommes bougeaient régulièrement mais lentement. Leur progrès tortueux serpentait le long du chemin comme un serpent qui bouge lentement, les torches vacillant sur leurs formes.

Dans la lumière déclinante, chaque homme n'apparaissait pas plus qu'une silhouette, créant une danse sombre d'ombres qui tremblaient au bord de la nature sauvage. Alors qu'ils commençaient à contourner une courbe rampante dans le chemin, chaque silhouette fut perdue de vue, absorbée dans les profondeurs grouillantes des Terres Mourantes jusqu'à ce qu'aucune ne reste. Vallen, son garde, et Berossus étaient tout ce qui restait alors que Nyssa fixait avec des yeux brûlants. Alors qu'ils suivaient la courbe, elle aurait juré que Vallen regarda en arrière dans sa direction. Elle savait qu'il ne pourrait pas la voir contre les derniers rayons du soleil couchant, mais elle imagina qu'il la voyait et savait que ses pensées et prières le suivaient.

Pendant longtemps, Nyssa resta en position dans sa veille, ses yeux fixés sur le chemin maintenant vide, consumée d'un espoir illogique que les hommes puissent réapparaître. Pourtant, même alors que l'obscurité commençait à s'insinuer et que la ville d'Erishum scintillait comme une constellation dans la nuit qui s'approchait derrière elle, elle garda vigile – une sentinelle solitaire enveloppée d'ombres.

Inconsciente du froid qui se frayait un chemin à travers ses vêtements miteux ou des faibles sons de réjouissances qui résonnaient du cœur bijouté d'Erishum, Nyssa resta stoïque. Alors que les deux lunes se levaient au-dessus, la nuit descendit autour d'elle, avalant irrévocablement les teintes vibrantes du coucher de soleil alors qu'elle transformait le monde en fragments de minuit et de poix. Pourtant, même sous le linceul de l'obscurité, elle continua à fixer le sentier désolé menant dans les Terres Mourantes, l'espoir se mêlant au parfum des feuilles écrasées dans l'air froid de la nuit.

Les heures se transformèrent en éternité alors que Nyssa gardait sa vigile solitaire, son regard enchaîné au chemin sinistre bordé de ses torches vacillantes. Son cœur ralentit son rythme mais battait encore comme un tambour de guerre, chaque battement faisant écho à la douleur alors que la peur, le doute, et l'espoir grouillaient sans repos en elle.

Les yeux de Nyssa commençaient à s'affaisser quand un mouvement attira son attention. Quelque chose émergea d'entre les ombres, de la gorge même des Terres Mourantes. Les torches vacillantes révélaient les silhouettes de silhouettes qui revenaient contre le paysage hostile des griffes tordues et saisissantes de la forêt noircie et corrompue. Une petite flambée d'espoir inonda le cœur de Nyssa, battant contre son désespoir comme un guerrier solitaire contre un ennemi implacable.

La procession de prêtres et de pies-grièches émergea du vide trouble, chacun paraissant aussi spectral qu'ils l'avaient fait lors de leur départ. Le tourbillon de leurs robes imitait la danse des ombres jetées par leur lumière de torche, peignant un panorama étrange contre la toile de fond muette de la nuit.

Un par un, ils éteignirent les torches bordant le chemin, étouffant la lumière. Elle regarda l'obscurité rampante reprendre son territoire jusqu'à ce qu'ils arrivent à la dernière torche, et le chemin fut avalé entier par la nuit.

Cependant, alors que le rideau de nuit descendit complètement sur la terre à l'extérieur du mur frontalier, les yeux de Nyssa ne bougèrent pas de la scène sombre devant elle. Malgré l'obscurité englobante, malgré le vent glacial, malgré ses peurs chuchotant une lamentation d'espoir perdu dans ses oreilles, elle continua sa veille.

Un grattement de botte tira Nyssa de sa vigile silencieuse. Elle se tourna vers le bruit et repéra l'un des gardes du mur qui approchait. Son visage rude était adouci de compassion, causant à Nyssa de sursauter de sa transe solennelle. Dans la faible lumière, les rides encadrant son regard inquiet étaient à peine visibles. « Fille », fit-il appel, sa voix enveloppée de couches de résignation fatiguée, « tu dois rentrer chez toi maintenant. Il est parti, il ne reviendra pas, et s'attarder ici ne changera pas cela. » Sa voix était rude, bien que pas méchante. Un seul hochement de tête fut tout ce que Nyssa put rassembler comme réponse, sa voix perdue. Avec un soupir silencieux, faisant écho à la brise nocturne gémissante et mélancolique, elle se hissa debout, la raideur dans ses articulations criant leur protestation. Son cœur vacilla, mais avec une attitude résolue à ses épaules, elle commença silencieusement son chemin de retour vers l'échelle.

S'arrêtant au sommet de l'échelle, Nyssa se tint et regarda pardessus Erishum. La ville s'étendait devant elle comme une tapisserie usée lacée de complexités qui racontaient l'histoire de ses habitants. La ville gisait exposée sous la nuit la plus brillante de l'année, les deux lunes exposant le royaume à son regard. Le clair de lune était si brillant qu'elle pouvait presque détecter chaque brique et pavé qui composait la rue loin en dessous d'elle.

Un peu à sa gauche, la Rivière Assur serpentait léthargiquement à travers la ville, une veine serpentine sombre qui était la force vitale du royaume. Elle reflétait la luminescence des deux lunes dans ses eaux troubles. Le courant fredonnait une berceuse douce alors qu'il serpentait à travers le royaume.

Le quartier de l'ombre, froid et solennel, était encore dans l'obscurité, principalement caché des rayons des lunes jumelles à cause du mur frontalier imposant. Son labyrinthe de ruelles étroites et de structures délabrées émettait un silence glaçant. Les maisons là étaient emballées étroitement ensemble, leurs murs crasseux et toits battus témoignant des réalités dures de la vie à la périphérie. Des fenêtres vides et sombres fixaient hors des façades des bâtiments comme des yeux vacants.

Tranchant à travers la ville, la Route du Roi s'étendait comme une rivière écarlate due aux feuilles murto tapissant sa surface. Elle coulait comme une veine directement au cœur du royaume, le palais royal.

Le cœur du royaume, où les lumières scintillaient, et la musique s'élevait dans l'air, n'était qu'un noyau scintillant pourri. Tout n'était qu'une illusion, un truc pour faire croire aux citoyens d'Erishum que leurs leaders bienveillants se souciaient.

Le quartier des boulangers était silencieux, étalé non loin de la célébration qui se déroulait devant le palais, voisin de la place du marché maintenant silencieuse, le parfum chaud de pain et de pâtisseries remplacé par l'odeur froide et aigre de boue de rivière au crépuscule. Même la guilde des métallurgistes habituellement bourdonnante était un spectre silencieux de son ancien soi. Tout ce que Nyssa pouvait voir des cours était la lueur douce des feux des forges mis en veilleuse pour la nuit.

Nyssa déplaça son regard des quartiers vides, regardant à nouveau vers le cœur vivace du royaume qui battait de vie. Le palais royal se dressait haut au milieu de la toile de la ville, criarment royal et décadent. L'extérieur était orné de lumières, illuminant la façade et la rendant visible à l'entièreté du royaume.

C'était un vernis scintillant qui cachait le noyau qui s'effritait du royaume, il détournait l'attention de tous des coins de pauvreté, des guildes en difficulté, et de l'inégalité croissante qui finirait par déchirer Erishum.

Soufflant un soupir malheureux qui se traîna dans l'air nocturne, Nyssa hésita au sommet de l'échelle. Descendre dans le monde en dessous semblait comme fermer la porte sur Vallen et les royaumes maintenant loin hors de sa portée. Son avenir était en bas, mais maintenant elle comprenait vraiment comment ce monde fonctionnait et sa place en lui. Cela laissa un goût amer dans sa bouche, et une partie d'elle souhaitait qu'elle puisse être comme les oiseaux, libre de parcourir le ciel sur leurs ailes, loin de la fange des troubles créés par l'homme.

Levant son pied, elle le plaça délicatement sur le barreau supérieur de l'échelle, testant la force du vieux pas de bois. Sous son poids, l'échelle grinça un peu, comme un enfant grognon étant réveillé d'un sommeil profond. Juste alors qu'elle commençait à descendre, les premiers cris glaçants des hyva résonnèrent dans l'air, tranchant l'immobilité avec leurs cris étranges. Un frisson d'inquiétude ondula à travers la colonne vertébrale de Nyssa. Elle s'arrêta, sa prise sur l'échelle si serrée que ses jointures lui faisaient mal, pour envoyer une prière finale à Enum que Vallen avait fait son évasion et était même maintenant se forgeant un chemin vers la liberté.

Elle commença sa descente, pas par pas prudent, agrippant les côtés de l'échelle avec une ténacité aux jointures blanches. Alors qu'elle continuait à descendre, la clameur des réjouissances noya les cris des hyva. Elle s'arrêta à mi-chemin sur l'échelle, prise dans un moment de décision. Son plan original était de retourner au dortoir de la boulangerie, mais les rires effrontés et les acclamations joyeuses des fêtards irritaient ses nerfs. Elle voulait la solitude et la promesse de tranquillité, loin de la gaieté bruyante de la célébration.

Prenant une respiration stabilisante, Nyssa redressa ses

épaules et résolut de changer son cours. Un sentiment de nostalgie tira sur les cordes de son cœur alors qu'elle pensait à son ancienne maison nichée dans les confins labyrinthiques du quartier de l'ombre – un lieu de danger, où l'obscurité cachait souvent de nombreux dangers, mais au moins elle pouvait jouir d'une solitude silencieuse loin du cœur du royaume. La pensée de coins familiers et de la couverture du silence prit la décision pour elle.

Accélérant son rythme, elle glissa le reste du chemin vers le bas de l'échelle, ses bottes atterrissant avec un bruit sourd étouffé sur les pavés. Avec une détermination renouvelée, Nyssa dirigea son chemin vers le quartier de l'ombre, laissant les échos distants des réjouissances s'estomper.

Elle passera une dernière nuit dans son ancienne maison avant de l'abandonner pour de bon. L'écrasement des feuilles sous les pieds libérait un parfum astringent amer dans l'air.

Nyssa se précipita à travers les rues principalement vides vers son ancienne maison. Alors qu'elle se glissait dans son ancien logis, Nyssa imagina que l'air avait déjà commencé à prendre un parfum moisi de désuétude. Le clair de lune projeta des doigts de lumière faible à travers les fissures dans le plafond, faisant briller certains des objets volés éparpillés du musée.

Se recroquevillant sur son ancien paillasson bosselé, Nyssa tira une couverture qui avait été si mangée aux mites qu'elle l'avait laissée derrière. Elle l'enroula étroitement autour de sa silhouette mince. Fermant les yeux, Nyssa prit une respiration lente et profonde. Elle pouvait encore sentir le parfum trop familier de boue de rivière qui s'accrochait lourdement à son ancienne maison. Il se mélangea avec le parfum persistant des feuilles amères écrasées, faisant tressaillir le nez de Nyssa.

Le pouls de Nyssa battit d'inquiétude alors que l'image fantôme de Vallen fit surface dans son esprit. L'ampleur de ses épaules et la résilience dans ses yeux. Elle sentit un pincement dans sa poitrine, presque douloureux, alors qu'elle luttait avec la peur qui rongeait dans son ventre. Mais elle se fortifia avec une détermination féroce, s'accrochant étroitement à la foi qu'il était assez fort pour survivre à tout ce qui se présenterait à lui. « Il peut le gérer », murmura-t-elle à elle-même. Prenant une respiration stabilisante, elle se força à se détendre et desserra ses poings. Elle n'avait même pas remarqué qu'elle s'était enfoncé les ongles dans la paume. Elle avait fait sa part. Elle l'avait aidé autant qu'elle le pouvait. Il était temps de faire confiance au courage de Vallen et à la main guidante d'Enum. Elle était complètement certaine que Vallen survivrait à la nuit et à tout ce que la vie lui réservait d'autre.

Avec un dernier regard sur l'assortiment étrange de ses objets volés, chaque objet une histoire par lui-même, elle s'endormit doucement.

ÉPILOGUE

Il faisait encore nuit dehors lorsque Nyssa ouvrit les yeux. Profondément enfouie dans le cocon de sa couverture, elle flotta un instant, bercée par l'appel des rêves dont les images, entremêlées aux souvenirs vifs de la veille, la hantaient encore. Le visage de Vallen apparaissait et disparaissait tandis qu'elle refermait les paupières. Le cri strident du hyva perçait à la fois ses rêves et la réalité, au-delà des murailles extérieures.

Un froissement, étranger au rythme nocturne familier de sa demeure, rompit brusquement son demi-sommeil. Nyssa se figea dans son lit, les yeux grands ouverts, et tendit l'oreille. Il y avait le murmure de la rivière proche, le grondement du vent entre les bâtiments, et le cri lointain du hyva, mais la maison restait silencieuse. Pourtant, quelque chose clochait. Une présence étrangère troublait l'atmosphère. Nyssa resta allongée, les yeux ouverts et les sens en alerte. Son cœur battait dans sa gorge, martelant un rythme effréné.

Écoutant attentivement, ses sens aiguisés par une soudaine poussée d'adrénaline, elle l'entendit à nouveau : le léger froissement d'un tissu et le faible craquement d'une planche du plancher sous un poids. Le hoquet à demi étouffé qui s'échappa de ses lèvres fut étouffé par une soudaine prise de conscience glaciale. Quelqu'un se trouvait dans la pièce. L'amertume de la bile, mêlée à la peur, remonta dans sa gorge, lui brûlant la langue. Luttant contre la montée de panique qui menaçait de la submerger, elle resta parfaitement immobile. Elle ne pouvait rien faire d'autre qu'attendre et écouter, retenant son souffle dans une attente périlleuse. Bêtement, elle n'avait pas gardé d'arme à portée de main. Elle aurait dû le savoir, et maintenant, cette négligence allait peut-être lui coûter la vie.

Dans le silence oppressant qui pesait comme une chape de plomb, une voix familière fendit l'air, douce et quelque peu tendue. « Nyssa. »

Le soulagement la submergea comme une vague puissante se brisant sur le rivage. C'était Vallen. Mais aussi vite que le soulagement l'avait envahie, il céda la place à l'horreur et à la stupeur. Que faisait-il dans sa maison ? Il était censé être à des lieues d'ici, en route pour Puzur ou Hassuna, fuyant vers la sécurité.

Elle se redressa brusquement, la paille de sa paillasse protestant bruyamment sous son mouvement soudain. Ses yeux, maintenant habitués à la faible lueur, le trouvèrent debout près du seuil, sa silhouette familière dessinée par les rayons de lune filtrant à travers les fissures du mur. Ses vêtements étaient maculés de terre et humides, témoignant de son éprouvant voyage à travers la nuit, mais il était bel et bien vivant, bien présent devant elle.

Elle le fixa, le cœur battant à tout rompre, l'esprit en complète déroute. « Vallen... » souffla-t-elle, plus dans un souffle d'incrédulité qu'en véritable parole. Le silence s'installa lourdement entre eux, chaque seconde s'écoulant avec une lenteur tortueuse, chargée d'une tension palpable.

Finalement, elle repoussa la couverture rugueuse et se leva, ses mouvements raides et fatigués trahissant son épuisement. Lorsqu'elle comprit qu'elle ne rêvait pas, Nyssa se précipita vers

Vallen sans réfléchir. Seul comptait le soulagement immense de le savoir vivant. Vallen l'attrapa et l'enveloppa dans une étreinte serrée et désespérée. Nyssa s'accrocha à lui pendant de longues secondes, respirant son odeur mêlée de sueur et de terre, jusqu'à ce qu'elle prenne soudain conscience qu'il n'était pas en route vers Puzur ou Hassuna. Il ne devrait absolument pas être à Erishum.

Nyssa se dégagea lentement de ses bras pour fixer Vallen avec une confusion et une effroi grandissantes.

« Attends. Pourquoi es-tu ici ? » demanda-t-elle, sa voix résonnant faiblement dans la demi-obscurité. « Tu devrais être en train de traverser les Terres Mourantes en ce moment même. Revenir ici, c'est... » Sa voix se brisa à la réalisation de l'immense danger que représentait la présence de Vallen à Erishum. Elle déglutit avec peine, la bouche soudain sèche. « C'est une condamnation à mort, Vallen », haleta-t-elle, les mots sortant dans un souffle rauque.

Il resta silencieux, ses yeux, noirs et insondables dans la faible lumière, plongés dans les siens pendant un temps inconfortablement long. Les lèvres de Vallen étaient closes, fermes, comme s'il retenait des mots trop lourds pour être prononcés.

« Tu ne peux pas te montrer. Quelqu'un, n'importe qui, pourrait te reconnaître, et alors... » Nyssa secoua la tête avec véhémence, ses mèches sombres frémissant autour de ses épaules. Elle ne pouvait se résoudre à dire ce qui arriverait à Vallen s'il était découvert. La pensée de sa capture, les rumeurs terrifiantes sur le sort réservé à ceux qui déplaisaient au roi, lui serraient la poitrine comme un étau.

Elle tendit la main avec hésitation, ses doigts effleurant à peine le tissu rugueux de sa manche. Ses vêtements étaient souillés de boue séchée, il n'était plus vêtu que de haillons humides collés à son corps épuisé.

« Je sais que tu es fort, Vallen. Je sais combien tu es courageux », dit-elle, la gorge serrée par l'inquiétude croissante et le désespoir. « Mais ça... c'est trop téméraire, même pour toi. Pourquoi n'as-tu pas fui comme je te l'avais demandé ? » Le désespoir enveloppait ses mots, s'immisçant dans le silence lourd qui pesait entre eux. Elle ne savait pas si elle avait plus peur pour Vallen ou si elle lui en voulait d'avoir gaspillé la chance qu'elle lui avait offerte – à grand péril pour elle-même.

Vallen sembla ancrer son regard dans celui de Nyssa, son regard inébranlable perçant la pénombre et la tenant captive. Puis, avec une douceur qui contrastait avec la gravité du moment, il tendit la main et enveloppa les siennes. Ses doigts étaient rugueux, maculés de crasse et de sang séché, et chauds malgré le froid mordant de la nuit. Ses yeux contenaient une tempête d'émotions, tourbillonnantes et bouillonnantes – brutes, sauvages, et autre chose d'indéfinissable.

« Nyssa... Tout ce qu'on nous a dit ; tout ce qu'on nous a appris depuis notre enfance... » Il commença lentement, sa voix grave résonnant dans la pièce, tel un grondement de tonnerre lointain. « C'est un mensonge. Tout. »

À suivre...

REMERCIEMENTS

Merci infiniment d'avoir pris le temps de lire mon livre. Votre intérêt et votre soutien me donnent la force de continuer ! J'espère sincèrement que vous avez apprécié le voyage que je vous ai fait vivre. L'histoire continuera du point de vue de Vallen dans le prochain livre, intitulé La Pie-grièche des Caniveaux. Il paraîtra dans quelques semaines seulement.

L'idée de ce livre m'est venue en écoutant un podcast de voyage que j'aime écouter avec mon mari. Si cela vous intéresse, le podcast s'appelle Travel with Rick Steves – j'adore son enthousiasme, à la fois doux et inlassable. J'ai aussi grandi en regardant son émission de voyage sur PBS, donc il m'évoque beaucoup de nostalgie. J'écoutais l'épisode n°634 lors d'un voyage en voiture, et il a consacré un segment aux Alouettes de la Vase sur la Tamise. Je n'avais jamais entendu ce terme auparavant. J'ai adoré l'idée de trouver des trésors dans la boue lorsque la marée descendait. Cela m'a plongée dans des recherches et des rêveries qui ont abouti à ce livre.

La fouille de vase remonte aux XVIIIe et XIXe siècles à Londres. Le terme « mudlark » était utilisé pour décrire ceux qui fouillaient dans la Tamise pour trouver des objets de valeur. Les Alouettes de la Vase étaient souvent des gens pauvres – et beaucoup étaient des enfants. Ils cherchaient tout ce qui pouvait être vendu.

Les Alouettes de la Vase de cette époque devaient descendre sur les berges de la rivière à marée basse pour chercher des objets, ce qui était un travail dangereux, compte tenu du risque de montée rapide de la marée, des maladies, et des conditions insalubres de la Tamise à l'époque. Les objets précieux étaient rares, et les trouvailles les plus fréquentes étaient des fragments de la vie quotidienne – des objets comme des pipes à fumer, des boutons et des tessons de poterie.

La fouille de vase est encore pratiquée aujourd'hui. Mais aujourd'hui, c'est un passe-temps plutôt qu'un gagne-pain – une sorte d'archéologie urbaine. Les Alouettes de la Vase modernes sont généralement aidées par des détecteurs de métaux, et il s'agit moins de survie que de recherche d'artefacts historiques. Certains de ces objets peuvent être très anciens, remontant à l'époque romaine ou au Moyen Âge.

Ce qui était autrefois un acte désespéré de survie est devenu un passe-temps enrichissant et une contribution significative à notre compréhension de l'histoire. Il existe quelques chaînes YouTube vraiment merveilleuses dédiées à la fouille de vase que j'aime particulièrement regarder.

Enfin, je dois remercier ma famille pour tout son soutien. Je remercie également mes lecteurs bêta : David, Jessica, Jillian, Joanne, Karen, Leon, Paige, Pam, Rachel et Susan. Je tiens à remercier mon illustratrice de couverture Rebecacovers et mon éditrice Arundhati Subhedar.

Si vous avez apprécié L'Alouette de la Vase, veuillez laisser un avis – cela aide vraiment les auteurs indépendants comme moi.

www.ingramcontent.com/pod-product-compliance
Lightning Source LLC
LaVergne TN
LVHW091139080826
845145LV00008B/2202

* 9 7 8 1 9 6 3 9 0 6 5 0 9 *